Aprobado en amor

IRENE FRANCO

Aprobado en amor

Grijalbo

Primera edición: noviembre de 2023

© 2023, Irene Franco
© 2023, Penguin Random House Grupo Editorial, S. A. U.
Travessera de Gràcia, 47-49. 08021 Barcelona
© 2023, Anna Bellvehí, por las ilustraciones del interior

Printed in Spain – Impreso en España

ISBN: 978-84-253-6536-2
Depósito legal: B-15.661-2023

Compuesto en Llibresimes

Impreso en Liberdúplex
Sant Llorenç d'Hortons (Barcelona)

GR 6 5 3 6 A

Para quienes se han roto en mil pedazos.
Siempre habrá una manera de volver a encajarlos,
la diferencia es que esta vez será distinto.
Será mejor

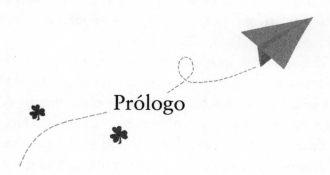

Prólogo

Cuando era pequeña mi abuela solía decir que siempre hay calma antes de la tormenta. Sé que el refrán no es exactamente así, pero, en el fondo, tenía razón.

Nunca me había fijado y, aunque puede parecer algo simple, últimamente no dejo de darle vueltas a ese momento previo, cuando todo está tranquilo y parece que no hay nada que pueda manchar una mañana soleada mientras te tomas un café y miras a través de la ventana. Pero, de repente y sin previo aviso, todo se nubla y se tiñe de negro. La lluvia moja las hojas que hasta hace un instante estaban secas, recorre las calles en las que los niños jugaban e inunda cada rincón de esta ciudad llena de vida y alegría.

Puede que se quede en eso. En esa frase que escuché tantas veces y a la que dejé de prestar atención. Pero, sin embargo, hoy ha vuelto con más fuerza que nunca.

Porque, para mí, en este momento significa mucho más.

Sé que cuando diga estas palabras que llevan tanto tiempo atascadas en mi garganta todo cambiará. La tormenta que he estado temiendo va a estallar, y no tengo fuerzas para hacerle frente.

Adrián mira concentrado el menú del restaurante italiano en el que tantas veces hemos estado. Nos hemos sentado en la terraza, a una de las mesas más apartadas, y no puedo evitar pensar que es otra de las tantas señales que me están diciendo alto y claro: «Suéltalo ya».

Sé que he retrasado demasiado esta conversación hasta el punto de que queda solo un mes para que me vaya. También sé que, por mucho que busque el momento adecuado, tengo que aceptar que simplemente no existe. No lo fue la mañana que dimos un paseo y que acabamos haciéndolo en la parte de atrás de su coche, tampoco el día en el que decidimos ir a ver una película al cine y terminamos discutiendo por alguna tontería que ya ni siquiera recuerdo, y mucho menos la noche en la que salí a tomar algo con las chicas y se me hizo tarde. Aún tengo que responder preguntas sobre aquella noche: «¿Seguro que no te has liado con otro? Tus amigas te llevan siempre a sitios raros para conocer tíos», me soltó Adrián semanas más tarde, aún enfadado. «Seguro», le respondí mientras me contenía para no decirle nada por hablar así de mis amigas; sabía que era una batalla perdida. Pero la mirada desconfiada que me dedicó hizo que me sintiera mal, otra vez, por no haberle mandado un mensaje para avisarle de que me quedaba un par de horas más con las chicas, pues se suponía que iría a dormir a su casa.

Así que aquí estoy, con la boca seca, fingiendo que miro la carta mientras trato de decidirme sobre qué plato pedir a sabiendas de que cada vez quedan menos segundos para que la bomba estalle.

—¿Qué vais a tomar esta noche, pareja? —pregunta el camarero con una sonrisilla.

—Yo quiero unos raviolis con salsa de queso y ella tomará la lasaña de verduras —contesta Adrián mientras le tiende nuestras cartas.

No me sorprende que ni si quiera me haya preguntado lo que quiero, tan solo ha dado por hecho que será lo habitual.

Cuando el camarero se despide, Adrián coge mi mano y la apoya en la mesa.

Su vestimenta es formal, como casi siempre que quedamos para salir a cenar. Lleva puesta una de sus caras camisas azules, que hacen juego con sus ojos, y se ha peinado el pelo negro perfectamente hacia arriba, lo que contrasta con mi trenza pelirroja mal hecha.

Creo que si ahora se formara un tornado, no se le movería ni un mechón del sitio.

—Tenía ganas de verte por fin, llevamos mucho sin hacer un plan juntos —murmura mientras acaricia mi pulgar.

Me muerdo el labio inferior y me trago las palabras que han estado a punto de salir por mi boca. Solo llevamos tres días sin vernos y la razón no le va a gustar mucho... He estado con todo el papeleo que tenía pendiente para irme.

—En cuanto a eso... —Miro su gesto cariñoso y algo dentro de mí se rompe un poco—. Yo también tenía ganas —termino de decir.

Mi respuesta le gusta, pues se levanta de la silla y se inclina sobre la mesa para darme un beso.

Pasamos el resto de la cena hablando de temas sin importancia, planes que queremos hacer antes de que acabe el verano y cuestiones de economía relacionadas con la carrera de Adrián. Entre una cosa y otra, llega el postre y el nudo que tengo en el estómago se aprieta un poco más.

Se me está acabando el tiempo.

No ayuda mucho que mientras Adrián se lleva a la boca un trozo de tiramisú, me pregunte de repente:

—¿Cuándo vuelves a Madrid?

Mi cuerpo se pone en tensión en cuanto lo escucho.

—Esta vez te visitaré más. El año pasado la distancia lo complicó todo, ya sabes que no me gusta. Encima te pasas el día de fiesta, no es fácil —continúa con voz tranquila—. Aunque este verano hemos reconectado, sé que te arrepientes de todo lo que ha pasado y no te lo voy a tener en cuenta. Estabas más ausente por todo lo de tu «nueva vida», tus amigas y eso, pero ya es agua pasada.

Noto que unas gotitas de sudor caen por mi frente y mi mirada nerviosa trata de centrarse en cualquier punto que no sean los ojos azules que ahora mismo me estudian.

Me quedo callada unos segundos tratando de buscar las palabras adecuadas.

—¿Y bien?

Me dedica un gesto de impaciencia.

—Adrián... —Inspiro hondo—. Tengo que contarte una cosa.

Un silencio se apodera de la mesa.

—¿Estás embarazada? —suelta de repente, alarmado.

—¿Qué? ¡No! —respondo.

Observo como se lleva la mano al pecho, aliviado.

—Joder, qué susto, Carola. Imagínate el problemón. Ni de coña lo tendríamos, pero ya el rollo de haber de quitárnoslo de encima sería una putada.

Me muerdo la lengua y trato de mantener la calma. Prefiero pensar que, en realidad, si de verdad pasara eso algún día, esa no sería su reacción, sino que lo hablaríamos como dos personas adultas.

Paso por alto sus palabras y, de una vez por todas, tomo aire y lo suelto:

—Me voy de Erasmus a Dublín.

En este caso, el gesto de horror que me dedica es aún peor.

—Es coña, ¿no?

Toqueteo un poco mi trenza, nerviosa, mientras niego lentamente con la cabeza.

—Ya sabes que quiero viajar… y que para mi carrera me viene bien salir de España y mejorar el inglés. Es una oportunidad muy buena.

La voz me tiembla un poco.

Se queda callado, asimilando la información, y por un momento se me pasa por la cabeza que a lo mejor no ocurre nada.

A lo mejor lo entiende y se alegra por mí; sabe que esto es algo que siempre he querido hacer.

Un pequeño halo de esperanza se instala en mi pecho hasta que responde:

—Pues apúntate a una jodida academia de idiomas, no te vayas a miles de kilómetros de aquí. Si quieres conocer otros países, ponte un maldito documental y listo. —Se remueve en la silla, enfadado—. No me mientas, Carola. En realidad lo que quieres es irte y hacer lo que te dé la gana sin que nadie se entere, ¿no? Si ya lo hacías en Madrid, en Dublín ni te cuento. Otra vez seré yo el gilipollas que se queda esperándote en Murcia mientras tú te vas por ahí «a ver mundo». ¡Una mierda!

Adrián alza tanto la voz que varias mesas se giran a mirarnos.

—Déjame que te lo explique —le ruego mientras levanto las manos para pedirle que baje el tono.

—Venga, sí, explícame otra vez cómo mi novia, la que supuestamente debería estar a mi lado, me deja solo una vez más. Ya lo hiciste con Madrid, pero no era suficiente… Has tenido que joderme aún más.

—Es solamente un año…, vendré en Navidad y tú podrás visitarme. No puedo irme tranquila si te pones así. Por favor…

Se remanga la camisa con brusquedad y me dedica una mirada acusatoria.

—No finjas que te importa una mierda lo que yo opine. Has tomado la decisión sin consultarme y encima me lo dices, ¿qué, a un mes de irte?

Una sensación de culpabilidad me recorre el cuerpo y bajo los ojos hacia mi regazo.

—Me voy en tres semanas —contesto a media voz.

Suelta un bufido.

—De puta madre. ¿Tú sabes cómo llaman a los erasmus?

Me quedo callada.

—Orgasmus —sentencia—. Lo pillas, ¿no? Te vas a ir con un montón de gente que lo último que va a querer será enseñarte la lengua inglesa.

Trato de mantener la calma mientras escucho a Adrián quejarse sin parar, a pesar de que intento interrumpirle varias veces.

Hace tan solo unos días veía la idea de irme con nitidez en mi cabeza. Sabía que no resultaría fácil y que no le iba a gustar, pero no creí que me fuera a desestabilizar tanto como para que esa claridad que tenía hace solo unas horas se esté diluyendo apenas diez minutos después de habérselo contado.

A pesar de que irme de Erasmus y empezar a ver distintas ciudades poco a poco siempre ha sido mi sueño, una sensación incómoda se asienta en mi pecho y me lo oprime.

Parece que no sé hacer las cosas bien. Siento que a cada paso hacia delante que doy en mi vida, a su vez, hace que retroceda varios hacia atrás en mi relación con Adrián, y me sabe fatal. Sé que se pone así porque le cuesta que estemos separados, y ser la causa de su enfado no es plato de buen gusto.

En el fondo, creo que por eso he tardado tanto en decírselo…, porque sabía que si lo hacía antes de firmar todos los documentos me echaría atrás. Pero ya está todo hecho, compré el vuelo hace semanas.

No hay vuelta atrás, por más que ahora mismo las lágrimas recorran mis mejillas mientras observo cómo Adrián se levanta de la mesa.

—Joder… Necesito estar solo. A algunos nos cuesta pensar en estar lejos de nuestra pareja.

Deja un billete de cincuenta en la mesa y, sin darme tiempo a decirle nada más, se aleja.

Me quedo sola en el restaurante con varios pares de ojos que se preguntan a qué se debe la discusión que acaba de tener lugar y con un sentimiento de culpabilidad difícil de ignorar.

—¿Estás segura de que es este mostrador? —le pregunto a Nuri, dudosa.

—Tía, que pone «mostrador de facturación de Dublín», tampoco hay que ser un lince —contesta divertida mientras nos ponemos en la cola.

—Oye, ¿y el resto? —Vega dirige una mirada extrañada a mi única maleta—. ¡¿Solo llevas esto?!

Su exageración hace que suelte una carcajada.

—Pues claro, es todo lo que necesito.

Se lleva las manos a la boca, realmente impactada.

—Es imposible que ahí te quepan suficientes conjuntos de fiesta, zapatos y maquillaje para todo el año.

Me encojo de hombros para darle a entender que llevo lo justo y necesario mientras Nuri la rodea con el brazo.

—Cálmate, Cruella de Vil, que tampoco es que se vaya a la Fashion Week de Milán.

Vega pone los ojos en blanco y resopla.

Me alegro mucho de que las chicas se ofrecieran a acompañarme al aeropuerto, aunque me habría gustado que también hubiera venido mi familia. Desgraciadamente, en mi casa hay un solo coche y mi padre lo necesitaba para irse a trabajar, por lo que no les era posible traerme hasta aquí. Hubo un momento en el que pensé que Adrián se ofrecería, pero estaba muy equivocada. A pesar de que después de «la gran pelea» hayamos intentado estar bien, sé que su opinión respecto al Erasmus no ha cambiado ni un ápice. Tampoco es que lo haya intentado ocultar mucho... Cada vez que digo algo referente al viaje suelta algún comentario mordaz que ya he aprendido a evadir.

No puedo evitar pensar que no haberme traído ha sido una especie de castigo. Una protesta por mi decisión para hacerme saber que no está nada contento con esto.

Es por eso por lo que, a pesar de que estos días he estado un poco de bajón, tener aquí a las chicas me anima.

Sobre todo porque Nuri le ha pedido el coche a su madre, y eso que solo hace dos semanas que se sacó el carnet, e ir por la autovía con ella al volante ha sido como ir al parque de atracciones y tener un subidón de adrenalina.

Creo que Vega ha estado a puntito de vomitar, la pobre.

Tras facturar la maleta, ambas me acompañan hacia la entrada del control del aeropuerto.

Se me hace raro pensar que voy a estar un año lejos de ellas, sin poder ver cómo Vega empieza por fin la carrera de Diseño y avanza en su relación con Nico, ni disfrutar de las continuas ocurrencias locas de Nuri o de su manía con predecir el futuro según lo que pone en nuestro horóscopo.

Pero sí, está pasando, y ha llegado el momento de despedirse.

—No voy a llorar —promete Vega cuando nos detenemos.

Sin embargo, observo que sus ojos empiezan a llenarse de lágrimas.

—Pues no lo parece —comenta Nuri, lo que hace que ella le dé un manotazo en el brazo.

Unos segundos después, las tres nos fundimos en un abrazo.

—Os voy a echar mucho de menos —digo con la voz amortiguada entre las cabezas de ambas.

—Cuéntanos todos los detalles y déjate conocer, no te encierres. Que la gente vea la maravillosa Carola que eres —me pide Vega mientras nos separamos y enreda su meñique con el mío.

—Y haz alguna locura, ¿vale? —añade Nuri imitando el gesto—. Aunque sea una pequeñita, que el Erasmus está para eso.

Asiento mientras un par de lágrimas se escapan de mis ojos.

Tras darles un pequeño apretón en la mano me separo de ellas y, con pasos indecisos pero a la vez ansiosos, me encamino hacia el control.

Empieza mi aventura.

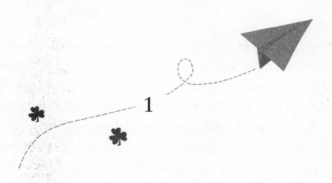

1

Sabía lo que podía pasar cuando compré los billetes más baratos de una compañía aérea *low cost* y creía venir preparada para ello: cascos de música, una almohada pequeña para tratar de estar más cómoda en el asiento estrecho y unas galletas con chocolate para matar el hambre que hice yo misma hace unos días.

Venía lista para todo, creyendo de verdad que las tres horas del primer vuelo que cogería en mi vida se me pasarían rápido.

Claro que no contaba con que me fuese a tocar sentarme en el asiento de en medio entre una señora con un bebé precioso pero demasiado dado a los berrinches y un señor al que, a juzgar por el olor, sospecho que el desayuno no le debió de sentar especialmente bien. Cada vez que me acercaba un poquito para mirar a través de la ventanilla, maravillada por las vistas, la peste se intensificaba y tenía que taparme la nariz con todo el disimulo posible mientras volvía a apoyar la espalda en mi incómodo asiento.

Si a eso le sumamos las pequeñas turbulencias que ha habido, digamos que cuando hemos aterrizado he sido la primera en salir disparada.

Tras coger un bus que me ha traído directa al centro de la ciudad, busco la dirección en el GPS del móvil y me pongo en marcha.

De camino me fijo en las calles de Dublín, todas antiguas pero bien cuidadas, con un encanto especial digno de una película de época. La gente anda de aquí para allá disfrutando del día soleado de principios de septiembre mientras que yo avanzo con dificultad a causa de la maleta.

Diez minutos después, entro en el patio interior de un edificio, tal y como me indica la pantalla.

Cuando me puse a buscar un sitio donde quedarme, barajé la posibilidad de solicitar un puesto en algunas de las residencias de estudiantes que hay repartidas por la ciudad, pero pronto descarté esa idea. Me apetecía vivir en un piso donde no tuviera que dividir el frigorífico entre más de veinte personas y despertarme a las tantas porque hay alboroto en el pasillo.

Después de haberme pasado varias semanas buscando piso a un precio razonable sin éxito y ponerme en contacto con distintas personas que anunciaban habitaciones compartidas, pero que me daban mala espina (¿cuántas posibilidades hay de que me toque con un asesino en serie?), di con una chica de Zaragoza que buscaba compañera y que me convenció.

Al parecer también se ha venido de Erasmus un año y encontró esta casa gracias a su tutor, pero queda una habitación libre y no puede pagar la mensualidad ella sola.

Busco la puerta y llamo al timbre cuando estoy segura de que me encuentro en el sitio correcto.

Me pongo un poco nerviosa.

Las veces que hemos hablado para comentar cosas de los pagos y que me enseñase fotos de la casa me ha parecido muy simpática, pero ¿y si no lo es?

A lo mejor Adrián tenía razón y debería haberme quedado en España. Pensaba que después de haber vivido un año lejos de mi familia y de mi pareja estaba preparada para esto. Pero ¿y si no lo estoy? Hacer amigos, socializar, salir sola en general… no se me da especialmente bien. Al fin y al cabo, el año pasado tenía a las chicas para apoyarme.

Ahora no tengo a nadie.

Mientras me planteo la locura de volver por patas al aeropuerto, el pitido del telefonillo me sobresalta.

Cuando paso, observo que la entrada del edificio es un poco antigua. En la pared de la izquierda hay varios buzones y al fondo veo el ascensor junto a la escalera que lleva a las plantas superiores.

—¡Hola!

Me vuelvo hacia la voz y compruebo que proviene de una chica morena a la que reconozco por las fotos del chat. Me mira desde una puerta un poco escondida, supongo que debe de dar a nuestro piso, que, según el anuncio, está en la planta baja del edificio. Tras echar un vistazo, observo que no hay ninguna otra entrada de la que no me haya dado cuenta.

—Hola, ¿eres Eva? —pregunto para cerciorarme.

—¡Sí! Y tú Carola, ¿no? —Me dedica una sonrisa afable y asiento—. ¡Pasa!

Abre la puerta del todo y se pone a un lado para dejarme espacio.

—¡Qué bien que seas tú! —exclama emocionada tras cerrar.

—¿Esperabas a alguien? —pregunto curiosa mientras echo un vistazo a mi alrededor.

Un salón pequeño y acogedor me da la bienvenida. El sofá, que está repleto de cojines de distintos colores, se encuentra pegado a la pared junto a una chimenea. El suelo, como ya me esperaba por las fotos que me mandó, está enmoquetado y del techo cuelga una lámpara antigua peligrosamente baja con la que tiene pinta de que más de una persona se habrá dado un cabezazo.

—¡No! Me refería a que me alegro de que seas una persona de carne y hueso, no un *catfish*. No sabes la de gente rara que me llegó a hablar por el anuncio. Por un momento pensé que tendría que sucumbir a las insistentes peticiones de un italiano que decía que me haría *pasta penne* todas las noches, imagínate —me explica.

Suelto una carcajada.

—Madre mía.

—¡Ven! Te enseño la casa.

Me lleva hasta la cocina, que conecta con el salón y es un poco pequeña, pero aun así veo que está perfectamente equipada. La pared está cubierta por unos azulejos verdes que le dan encanto y hay una mesa para comer junto a una ventana llena de plantas y a través de la cual se ve el jardín delantero.

—Las he comprado yo, le faltaba algo de vida. ¿Te importa? —pregunta refiriéndose a las macetas.

—Qué va, me gustan mucho.

Tras explicarme cómo funciona la chimenea, enseñarme el baño (que es compartido) y la sala de la lavandería, me acompaña a mi habitación.

—Las dos son exactamente iguales, solo que cada una está a un lado de la casa —me explica—. Las colchas son feísimas, pero si compramos mantas y las ponemos por encima no se ven.

Me fijo en el estampado un tanto anticuado al que se refiere y tiene razón, pero es lo único que no me gusta de mi habitación.

Es mucho más grande de lo que parecía en las fotos. Hay

una cama de matrimonio situada en el centro y, al pasar, observo el armario blanco que hay pegado a la esquina. Pero lo que más me gusta es sin duda la ventana que hay en una de las paredes, entra mucha luz y frente a ella hay un pequeño escritorio perfecto para estudiar.

—Te dejo para que te instales. Si quieres, luego podemos ir a hacer la compra juntas —se ofrece Eva.

Tras decirle que sí, sale de la habitación y me tumbo sobre la cama. Compruebo que es bastante cómoda.

No me puedo creer que esté aquí, en Dublín, y que esta sea mi casa.

Paso un rato colocando mi ropa y haciendo la habitación un poco más de mi estilo. Pego en la pared algunas de las fotos que me regalaron las chicas antes de venir y, cuando llego a una que me dio Adrián, el estómago se me encoge.

No me ha preguntado nada, a sabiendas de que mi vuelo llegaba por la mañana y ya casi es la hora de comer.

Dudo, pero termino pegando su foto junto a las otras. En ella salgo sonriendo mientras él me da un beso en la mejilla. Es de cuando empezamos a salir, hace tres años, y decidimos irnos a pasar el día a la playa. Cuando recuerdo que esa tarde me dijo por primera vez que me quería, algo se agita dentro de mí.

Estoy pensando en escribirle un mensaje cuando recibo una llamada de mi madre.

—¿Qué tal, cariño? Te echamos mucho de menos.

Suelto un suspiro.

A mis padres tampoco les ha hecho mucha gracia que me venga, pero mi madre es la que peor lo lleva. Ya le costó dejar que me fuera a Madrid, pero Dublín... para ella es como si me estuviera despegando demasiado de ellos. No tenerme cerca ni poder venir a verme es algo que le disgusta. Ni siquiera existe la opción de coger un vuelo y venirse a pasar el fin de semana, no pueden permitírselo. Si yo estoy aquí, es solo gracias a mi beca.

—Mamá, me he ido hace... —Compruebo la hora en el móvil, allí hay una más que aquí y aún tengo que acostumbrarme—. Ocho horas. Es imposible que ya me eches de menos —termino en un tono de guasa.

—Claro que es posible, estás en la otra punta del mundo. ¿Cómo es la casa? ¿Está todo bien? ¿Has comido ya?

Me río ante su exageración y su avalancha de preguntas.

Voy contestándole a todo mientras termino de arreglar el cuarto y guardo la maleta bajo la cama. Dejo preparada la esterilla de yoga que he traído conmigo, pensando ya en hacer unos cuantos estiramientos cuando vuelva de hacer la compra. El vuelo me ha dejado la espalda fatal.

Tras hacer que le prometa que la llamaré todos los días, cuelgo y reviso mis mensajes.

Respondo a las chicas, que se ríen ante mi horrible primera experiencia volando, cuando recibo un mensaje de Adrián.

Antes, cuando me hablaba, notaba cómo mi corazón daba un pequeño salto. Me encantaba intercambiar mensajes con él sobre cualquier tontería. Pero ahora... Bueno, desde hace un tiempo no es tan divertido. En fin, es una etapa, todas las relaciones las pasan.

> Has llegado ya?

A lo mejor esta vez es distinto. A lo mejor la época tan mala que pasamos en Madrid no tiene que repetirse.

> Sí!

> La casa es muy acogedora y mi habitación me encanta

> Tendrías que ver el barrio, es superbonito!

Un tanto más animada, espero su respuesta.

> Y tu compañero de piso?

Me desinflo un poco.

Le he dicho mil veces que comparto con una chica precisamente porque sabía lo que pasaría si no era así.

> Compañera, es supermaja

> Me alegro

> Estás bien?

> Qué tal todo por allí?

> De maravilla

Me toqueteo un poco la trenza, nerviosa.

> Quieres que hagamos videollamada?

> Ahora no puedo

> Esta noche sales?

No, estoy cansada

Muy bien

Bueno, tengo que irme, he quedado
con los chicos

Vale, pásalo bien!

Se desconecta antes de que termine de enviar el mensaje.
«Es solo una etapa», me repito.

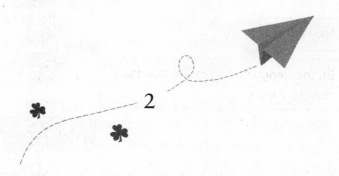

2

El bar Robin es el sitio erasmus por excelencia.

O, al menos, eso me ha dicho Eva.

Como llevamos varios días dedicándonos a hacer turismo, no me ha parecido mala idea aceptar su ofrecimiento de pasarnos por aquí para tomarnos una cerveza.

Apenas llevo una semana en Dublín, pero ya he visitado la mitad de los monumentos emblemáticos y poco a poco empiezo a ubicarme entre sus calles adoquinadas. Lo único que me falta por hacer es…, bueno, relacionarme un poco más con la gente.

Estos días he podido darme cuenta de lo bien situada que está nuestra casa, en el barrio de Portobello. A diez minutos andando del bar y, cuando llegamos, no puedo evitar fijarme en su exterior: las paredes están revestidas de madera pintada de rojo y en lo alto se lee un enorme cartel que anuncia el nombre del sitio junto a una selección de las cervezas que ofrecen.

Al entrar compruebo que Eva tenía razón: el sitio está lleno y, a juzgar por los fragmentos de conversaciones en distintas lenguas que alcanzo a oír por encima de la música y el ajetreo, estudiantes de todas partes del mundo han quedado aquí para tomarse algo.

Hay una barra larga con distintos tiradores para los barriles situada a la izquierda del local, mientras que el resto está repleto de mesas y sillas.

Eva me toma del brazo y nos dirigimos hacia el fondo, donde un grupo de personas vitorean frente a un pequeño karaoke del que no me había percatado hasta ahora.

—¡Hola! —exclama mi compañera al llegar.

No me hace falta fijarme mucho en el gesto de las personas que están sentadas a la mesa para saber que ninguna tiene ni idea de quiénes somos.

—¿Conoces a alguien? —le susurro.

—Qué va —responde tranquila.

Suelto una risa nerviosa.

No me ha hecho falta pasar mucho tiempo con Eva para darme cuenta de lo espontánea que es. Cada mañana, mientras desayuno y planeo los lugares que quiero visitar ese día, aparece con su pelo negro rizado recogido en un moño deshecho y me pregunta qué es lo que voy a hacer. Sea lo que sea, suele apuntarse, y acabamos pasando el día juntas.

—Hola, ¿sois de nuestro grupo? —pregunta una chica.

Eva asiente como si nada, y yo la imito a pesar de no tener ni idea de a qué grupo se refiere.

—¡Pues sentaos! —nos anima la chica—. ¿De dónde sois?

Aunque al principio me siento un poco cohibida, trato de integrarme en la conversación y hablo con varias de las personas que están sentadas a mi alrededor. Eva se encuentra a mi lado hablando con Leire, una chica rubia que al parecer estudia Medicina, igual que ella.

La noche sigue su curso y voy conociendo a gente de distintas partes de España que, como yo, han venido a estudiar. La verdad es que todo el mundo es bastante simpático y eso hace que me sienta más cómoda. No puedo evitar soltar una carcajada cuando a Tom, uno de los chicos del grupo (he descubierto que simplemente era un chat para los erasmus), canta de una forma un tanto desafinada una de las canciones de *High School Musical*. Me han dicho que el karaoke lo ponen únicamente los martes para animar a la gente a venir, y solo tengo que echar un vistazo a mi alrededor para comprobar que funciona.

Al cabo de un rato me apetece beber algo. El camarero está hasta arriba con las comandas y no creo que venga a nuestra mesa en un buen rato, por lo que decido acercarme a la barra.

Me siento en uno de los taburetes y, mientras espero a que me atiendan, me distraigo fijándome en los detalles de las paredes. Están repletas de noticias antiguas sobre el bar, fotos de la ciudad de por lo menos hace cincuenta años y estanterías con distintos tipos de whisky. Cojo una de las cartas que hay en el mueble y me pongo a ojearla. El sitio también ofrece comida, otro motivo por el que debe de ser tan popular.

Oigo a alguien hablando en otro idioma a mi lado y me da por intentar descifrar lo que está diciendo, pero es imposible. Entiendo el inglés y, aun así, tengo que mejorarlo bastante. Es una de las razones por las que he venido, aunque Adrián no se lo crea.

Suelto un resoplido.

Vuelvo a escucharlo, aunque ahora mucho más cerca, tanto que me da por alzar la vista y compruebo que un camarero me mira desde el otro lado de la barra, con unos ojos interrogantes de color verde oscuro que me recuerdan a los pinos que crecen frente a mi casa. Su pelo, de un rubio apagado, le crece hasta las orejas, donde forma pequeños remolinos.

Mueve los labios volviendo a hablar en ese lenguaje desconocido, pero cuyo acento me parece angelical.

Un momento, ¿me está hablando?

—¿Perdona? —le digo.

Me mira sorprendido.

—No te entiendo —explico negando a la vez con la cabeza.

—Lo siento —contesta ya en inglés mientras se lleva una mano a la frente—. Te he confundido.

Debe de notar mi extrañeza, pues explica:

—Bueno..., pensaba que eras irlandesa.

Le dedico un gesto asombrado.

—¿Yo? —Me señalo y asiente—. ¿Lo parezco?

Suelta una pequeña risa.

—Creerás que es una tontería, pero como eres pelirroja... —Se calla un momento—. En realidad, sí es una tontería. Perdona.

Vuelve a decir algo en voz baja (en lo que supongo que tiene que ser gaélico). Por su gesto parece algo avergonzado.

—No te preocupes. Supongo que es normal. —Observo mi trenza, de repente un poco nerviosa—.Lo cierto es que soy española.

No tengo ni idea de por qué lo puntualizo, pero él asiente con la cabeza y se pone a trastear tras la barra.

—Aunque te extrañe, lo he notado luego.

Frunzo el ceño y sonríe.

—Por el acento —aclara.

—¿Tanto se me nota? —vacilo un poco avergonzada.

Se encoge de hombros mientras seca un vaso con uno de los trapos que lleva colgados en su delantal.

—Es muy bonito.

Vale, creo que me acabo de poner roja.

—Bueno, ¿qué vas a tomar...? —me pregunta al cabo de un rato.

—¡Gael! Prepárame dos cervezas cuando puedas —exclama un camarero que pasa detrás de mí—. ¡Y un agua!

Lo miro divertida.

—Una cerveza, por favor —le digo—. ¿Cuál me recomiendas?

Observo cómo le tiende al camarero lo que le ha pedido y se queda un poco pensativo ante mi pregunta.

—Si nunca la has probado, la cerveza Guinness es la más famosa de aquí.

—Pues eso mismo, Gael —le digo con una sonrisa.

Me devuelve el gesto y se pone a prepararla tras la barra. Me quedo mirando la forma en la que se mueve y se aparta el pelo de la cara. Viste una camiseta básica blanca con el logo del bar que acentúa su piel dorada. Yo, en cambio, llevo un top rojo que no hace más que resaltar mi palidez y que deja al descubierto las miles de pecas que salpican mi cuerpo.

—Aquí tienes, eh… —dice cuando me la sirve.

—Carola —me presento antes de darle un trago pequeño.

Tiene un sabor bastante fuerte comparado con las que suelo tomar, pero está buena.

—Me encanta —declaro mientras la dejo en la mesa.

Dirijo mis ojos hacia Gael, que tiene las manos apoyadas en la barra, y me fijo en que trata de aguantarse la risa.

—¿Qué pasa? —pregunto, buscando alguna mancha en mi ropa.

Coge una servilleta y me la tiende.

—Tienes un poco de espuma en la boca.

Con los ojos como platos y sin pararme siquiera a coger la servilleta, me limpio corriendo con el dorso de la mano.

Cuando la miro, me doy cuenta de que eso de «un poco» lo ha dicho por ser educado; tenía un mostacho blanco enorme. Genial.

—No te quedaba mal —bromea.

Resoplo, pensando en que no hay peor manera de hacer el ridículo, y comienzo a sacar el monedero para pagar.

Veo que me hace un gesto con la mano y me detengo.

—Invita la casa.

—No hace falta… —empiezo a decir.

—Insisto —repite mientras se toquetea un poco el pelo—. Por la confusión —explica.

Me quedo unos segundos sopesando si debería aceptarlo.

—Bueno…, gracias —termino diciendo—. Ha sido un placer.

—Igualmente, pelirroja —contesta como si nada.

Cojo la cerveza y, andando excesivamente despacio para que no se derrame, vuelvo a la mesa.

Un rato después, mientras trato de escuchar la conversación que está teniendo lugar a mi alrededor, no puedo evitar girarme para observar de nuevo al camarero que me ha atendido. Anda de un lado a otro tras la barra, preparando bebidas y sacando de vez en cuando un plato con comida.

—Es muy mono —comenta Eva tras seguir la dirección de mi mirada..

—¿Qué?

—El camarero —señala.

Le resto importancia con la mano y vuelvo a clavar la vista en la mesa.

—Supongo.

3

—¡Corre! —apremio.

—¡Llegamos de sobra! —me responde Eva con voz agitada.

Miro hacia el final de la calle y atisbo cómo el autobús empieza a detenerse.

—¡Ya está aquí! —le informo apretando el paso.

Llegamos justo cuando las puertas se están cerrando. El conductor nos mira con gesto burlón, pero nos deja pasar.

Tratando de volver a respirar con normalidad, pagamos y nos sentamos.

—Te dije que aquí eran más puntuales —comento una vez que he recuperado el aliento.

Eva se hace un moño desenfadado y se recuesta en el asiento.

—En España siempre dan cinco minutos de cortesía.

—Dirás que siempre llegan tarde —respondo.

—También.

Nos reímos y miramos por la ventanilla mientras el autobús cruza el río dirigiéndose hacia la parte norte de la ciudad.

Hoy me he levantado temprano, nerviosa por mi primer

día de clases en inglés, por lo que he decidido que lo mejor que podía hacer era llegar puntual y sentarme en alguno de los sitios de delante.

Pero durante el desayuno Eva ha aparecido por la cocina y, mientras hablábamos, nos hemos dado cuenta de que la facultad de Medicina está en la misma zona que la mía, por lo que hemos dicho de ir juntas en transporte público (ya que ambas están lo suficientemente lejos para que no sea una opción ir andando).

Claro que no contaba con que mi compañera de piso se metiera en la ducha tan solo quince minutos antes de que tuviéramos que irnos.

—Creo que me he pasado con la comida —se lamenta.

Observo el interior de su mochila y suelto una carcajada.

—Solo un poco —ironizo.

Mira los tres táperes mientras resopla y me tiende uno.

—Es que he salido corriendo y no me he fijado en lo que cogía. ¿Te gusta el lomo con queso?

Lo cierto es que mis clases terminan antes que las suyas y pensaba volver para comer en casa, pero me da pena y lo acepto.

—Gracias.

Pasamos el resto del trayecto comentando cosas relacionadas con el piso y la serie que hemos decidido empezar juntas hasta que Eva se pone a revisar los mensajes de su móvil y me enseña la pantalla, emocionada.

—¡Fiesta esta noche!

La miro extrañada.

—¿No estamos a lunes?

Asiente y se encoge de hombros.

—Me lo ha pasado Leire, es una especie de fiesta de bienvenida para los erasmus.

Me quedo pensativa. Sabía que habría muchas fiestas de

este estilo, pero ya el primer día de clase... Tengo que intentar llevar al día las asignaturas si no quiero perder la beca. Aunque ese no es el único motivo por el que dudo: esta noche había quedado con Adrián para hacer videollamada.

Eva debe de notar mi indecisión, porque dice:

—Venga, que lo vamos a pasar genial. No me seas antisocial.

—No sé... —dudo.

Planteo mentalmente las posibilidades que tengo de que salir hoy se convierta en un problema.

—A ver, si no te apetece, no te sientas obligada a venir, estoy segura de que habrá mil fiestas más —continúa ella, tras ver que sigo sin contestar—. Pero sería genial que vinieras.

Su voz tranquilizadora hace que le dedique una pequeña sonrisa mientras me toco la trenza.

Sé que si le digo que no quiero ir, no pasará nada. Pero el caso es... ¿realmente eso es lo que quiero?

El año pasado ya me perdí muchas noches con las chicas por quedarme en la residencia y, antes de venir, me prometí a mí misma que esta vez no dejaría que eso volviera a suceder.

«No pasa nada, es solo una fiesta. No tiene nada de malo..., ¿no?», me digo.

Sin embargo, una sensación de culpabilidad se asienta en mi estómago, una que conozco demasiado bien.

Trato de dejarla a un lado, autoconvenciéndome de que no tengo motivos por los que ponerme así, y tomo un poco de aire antes de contestar:

—Iré.

Cuando llego a casa de la universidad, estoy exhausta.

Después de cinco horas de clases sin parar, tratando de enterarme de todo lo que decía el profesor (en ocasiones, sin éxito) y tomando apuntes de las cosas que vamos a necesitar para cada asignatura, noto como si mi cerebro estuviese a punto de explotar.

Caliento en el microondas la comida que me ha dado Eva y me la tomo mientras hablo con mi madre por teléfono. Cuando termino, recojo las cosas y me cambio los vaqueros por unos *leggings*, decidida a hacer unos cuantos estiramientos.

Empecé a hacer yoga hace unos años porque me relajaba; es uno de los pocos momentos del día en el que me quedo sola con mis pensamientos. A veces está bien, me sirve para abstraerme y tratar de conectar un poco conmigo misma, pero otras... Bueno, hay días en los que tengo la cabeza en otras cosas. Unas en las que prefiero no pensar y simplemente dejar la mente en blanco.

Cuando mi compañera llega a casa, ya he terminado y estoy tumbada en la cama vagueando.

—Carola. —Llama a la puerta—. ¿Puedo pasar?

Tras decirle que sí, entra y se acuesta a mi lado.

—Estoy muerta. —Suspira—. Me ha dicho Leire que la fiesta es en su residencia y que llevemos algo de comida, ¿te parece bien?

Me encojo de hombros.

—Sí, claro.

—Genial. —Se pone de lado y cierra los ojos.

—¿Pretendes dormir la siesta en mi cama? —le pregunto divertida.

—No tengo fuerzas para moverme y aquí huele muy bien.

Suelto una pequeña risa, menuda cara tiene.

Mientras Eva duerme a mi lado, paso la tarde con el ordenador organizando todo el temario que hemos dado hoy y viendo algunos vídeos por internet que me encantan. Desde hace un tiempo sigo a una pareja que se dedica a viajar por el mundo y a hacer vídeos donde enseñan sus aventuras. No puedo evitar el sentimiento de envidia que me surge cada vez que los veo recorrer el globo.

Cuando ya es de noche, despierto a Eva y nos ponemos en marcha.

Me doy una ducha rápida y, como no me apetece mucho arreglarme, me visto con unos vaqueros y una blusa de manga larga verde claro que hace juego con mis ojos. Si Vega me viera ahora mismo, se moriría y empezaría a sacarme alguno de sus miles de conjuntos para tratar de convencerme de que me ponga otra cosa.

Sonrío un poco.

Me arreglo la trenza, que ya casi me llega por la cintura, y reviso el teléfono antes de salir.

Le he mandado un mensaje a Adrián para ver si podía hablar antes y, aunque no le he dicho que era porque me iba a una fiesta, no puedo quitarme de encima la sensación de que se lo huele. No me ha contestado y ya han pasado varias horas desde que le escribí.

Ese simple hecho hace que de camino a la fiesta mi cabeza no deje de darle vueltas una y otra vez al posible motivo por el que haya pasado de mí. ¿Se habrá enfadado? Espero que no. A lo mejor le ha surgido algo y está ocupado, pero una parte de mí sabe que esa es una posibilidad muy remota.

Sé que Adrián odia que le cambie los planes.

Por suerte, Eva se pasa todo el camino hablando animada, por lo que no me da mucho más tiempo a pensar en ello.

Escuchamos la música a través de la puerta exterior del edificio.

—¿No tenemos que llamar a ningún timbre? —le pregunto a Eva cuando veo que abre.

—Qué va, estas residencias son una ciudad sin ley, aquí entra y sale quien quiera —me explica riéndose—. Al menos eso es lo que me ha dicho Leire.

Una vez dentro, no nos hace falta buscar mucho para encontrar dónde está todo el mundo.

El salón principal del edificio está lleno de gente, aquí debe de haber por lo menos cien personas de distintas nacionalidades, bebiendo y bailando juntas sin pudor.

Nos acercamos a una de las mesas, dejamos las dos bolsas de patatas que hemos traído como «comida» y mi compañera me tiende un vaso vacío antes de servirse un gin-tonic.

Imito sus movimientos, pero me limito a ponerme una copa mucho más suave que la suya que, con la cantidad que se ha echado, me sorprendería si después de dos de estas sigue siendo capaz de andar en línea recta.

Una vez que tenemos nuestras bebidas, nos adentramos en la multitud. Eva se desenvuelve con soltura y se presenta a cualquiera que se le pone por delante como si fueran amigos de toda la vida, hasta que encontramos a Leire.

—¡Habéis venido! —exclama la rubia.

—¡Pues claro! —responde Eva.

Tom, el chico moreno que desafinó el otro día (reconozco que me siento un poco mal por recordarlo únicamente por eso) se encuentra a su lado y dice en tono confidente:

—Ya he visto a dos tíos poniendo los cuernos, esto es como un *reality show*.

Se me escapa una pequeña carcajada, menudo cotilla.

—¿Te imaginas que hiciéramos un programa sobre eso? —plantea Leire.

—La gente os mataría —comento.

—Pues ya ves —añade Eva.

—Se llamaría *Exponiendo a infieles* —anuncia Tom, emocionado.

—¡Podríamos venderlo a alguna cadena de televisión! Seguro que nos haríamos ricos —dice Leire dando saltitos.

—Pero ¿tú no querías ser pediatra? —le pregunta Eva entre risas.

La otra se encoge de hombros y responde:

—Siempre hay que tener varios frentes abiertos.

Más tarde, cuando nos juntamos con el resto del grupo que conocimos el otro día, hablo con varias personas y noto que cada vez me voy sintiendo más integrada.

Sé que a Adrián no le hace ninguna gracia que hable con personas que no conozco (sobre todo si son chicos) y creo que eso ha hecho que inconscientemente me sienta fuera de lugar algunas ocasiones.

Por eso ahora me sorprende lo cómoda que estoy y lo bien que me lo paso conforme avanza la noche. La gente que hemos conocido está un poco loca, no dejan de hacer tonterías y bailes contorsionistas un tanto extraños (aunque debo decir que no sé si es porque son así o porque deben de tener los niveles de alcohol por las nubes), pero me caen bien.

Yo, en cambio, voy por mi segunda copa, por lo que estoy lo bastante sobria para no dejar que me arrastren al corrillo que acaban de formar, pero aun así me sacan varias carcajadas.

Como es una fiesta de bienvenida para todos los estudiantes internacionales, el DJ (o, mejor dicho, el francés que se ha autoproclamado como tal porque los altavoces son suyos) se limita a poner los temazos de toda la vida de Shakira o Britney Spears, cosa que me encanta. Eva me coge de las manos, bastante más achispada que yo, y bailamos juntas animadas por el ritmo de la canción que está sonando.

Creo que el sitio, si es posible, cada vez está más lleno, y tengo que limpiarme el sudor de la frente por el calor que hace aquí dentro y por todo el tiempo que llevamos bailando.

Al cabo de un rato, me parece notar la vibración de mi móvil y, cuando lo miro, me doy cuenta de que es una videollamada de Adrián.

Me paro un segundo, sopesado si contestarle aquí en medio, pero termino descartando la idea. Hay demasiado ruido.

Eva se da cuenta y se vuelve para seguir bailando con Leire y con los demás mientras yo cuelgo y le escribo un mensaje:

> Ey! Ahora no puedo hablar

> Quieres que te llame mañana al salir de clase?

No tardo mucho en recibir una respuesta.

> Pero no habíamos dicho que hoy haríamos videollamada?

> Joder, Carola

> Dónde estás?

Me muerdo la lengua, nerviosa.

Encima de esta conversación está el mensaje que le he mandado esta tarde y que no se ha dignado en responder.

Se me pasa por la cabeza mentirle, decirle que estoy viendo una película con Eva y que por eso no puedo hablar, pero soy incapaz. Decir mentiras es algo que nunca se me ha dado bien y luego mi conciencia no me deja tranquila.

Me siento un poco mal, habíamos quedado en llamarnos y he sido yo la que ha cambiado los planes, así que decido serle sincera.

> Estoy en una discoteca, por eso no puedo hablar ahora

> Pero mañana sí que podré!

Genial

Te vas por ahí de fiesta cuando habíamos quedado en llamarnos

Gracias por dejarme plantado, pásatelo de lujo

Se me forma un nudo en la garganta y trato de mandarle varios mensajes más pidiéndole disculpas, pero ya no los recibe. Debe de haber apagado el teléfono.

Mi ánimo cae en picado. De repente me siento un poco sola en esta sala llena de gente que, en realidad, apenas conozco, y más con Adrián sin responderme a las llamadas que intento hacerle.

Paso unos minutos tratando de volver a disfrutar de la fiesta, pero ya no es lo mismo. Siento como si hubiera hecho algo terrible y tuviera que remediarlo de alguna manera.

Así que después de intentarlo un rato más, decido que volver a casa es lo mejor.

Me planteo avisar a Eva, pero cuando la encuentro veo que está bailando con un chico moreno al que hemos conocido antes y me da apuro interrumpirla, así que opto por dejarle un mensaje de WhatsApp.

Choco con varias personas al salir, el pasillo de la residencia está a reventar.

Cuando llego a la puerta, una ráfaga de aire frío hace que se me pongan los pelos de punta. Está claro que la temperatura baja varios grados por la noche y a mí ni se me ha pasado por la cabeza traerme una chaqueta. Genial.

Miro a mi alrededor, tratando de ubicar la calle en la que me encuentro, y un cabello rubio llama mi atención.

Gael, el camarero al que conocí hace apenas unos días, escucha atento lo que le dice un chico. Hasta ahora no me había dado cuenta de que estaba en la fiesta, supongo que habrá salido a acompañar a su amigo a fumar.

Lleva una camisa de cuadros verdes abierta sobre una camiseta básica y unos vaqueros marrones. El pelo, a causa de la humedad, se le ondula a la altura de las orejas y le crea un aire desenfadado.

Es bastante guapo. Quizá no tiene uno de esos atractivos evidentes de supermodelo de revista, pero no hace falta fijarse mucho para darse cuenta de que tiene unas facciones que estoy segura de que vuelven loca a más de una.

El caso es ¿por qué me estoy fijando yo?

Me doy una reprimenda mental, no sé qué hago pensando en su atractivo, no es algo que deba importarme y tampoco está bien la cantidad de tiempo que me he quedado mirándolo, aunque no sabría decir cuánto ha sido. Entonces alza la cabeza y sus ojos se encuentran con los míos.

Parece reconocerme, pues me dedica una sonrisa ladeada y me dirige un breve saludo con la mano.

Ya no puedo dar media vuelta y fingir que no lo he visto, quedaría fatal, así que le devuelvo el saludo un tanto incómoda y saco el móvil del bolsillo, buscando una distracción.

Sopeso la opción de pedir un taxi y volver así a casa. Pero mi cuenta bancaria no puede permitírselo y, según el

GPS, solo tengo que andar quince minutos para llegar, unos que fácilmente puedo convertir en diez si me doy prisa. La calle está iluminada por la luz de unas farolas que no cumplen muy bien su función, pues sigue bastante a oscuras.

De reojo me parece ver que Gael se despide de su amigo y viene hacia a mí. Pero no puede ser, no creo que esa sea su intención porque apenas nos conocemos; supongo que irá a tirar algo al cubo que hay apenas a unos metros de m...

—¿Tan aburrida es la fiesta?

Su voz se cuela por mis oídos y giro la cabeza en su dirección.

—¿Perdona?

Señala mi móvil, que sigue mostrando el mapa.

—¿Ya te vas?

—Ah, bueno. —Lo guardo de nuevo en mis vaqueros y le miro—. Es tarde.

Se remanga un poco y comprueba la hora en su reloj.

—Pensaba que los españoles salís de fiesta hasta las ocho de la mañana. Solo son las doce —puntualiza.

Siendo sincera, ni siquiera me había parado a mirar la hora.

—Mañana tengo clase temprano —explico.

Gael asiente.

—¿Qué tal tus primeros días en Irlanda? ¿He sido el único que se ha confundido pensando que eras de aquí, pelirroja?

Suelto una pequeña risa.

—La verdad es que sí.

Finge estar dolido.

—Supongo que mi radar está roto.

—Parece ser —le sigo la broma—. ¿Tienes amigos erasmus?

—¿Yo? No —responde.

—Y ¿entonces...? —Me callo.

—¿Qué hago aquí? —termina suponiendo mi frase.

—Sí —admito.

Se encoge de hombros.

—Un amigo mío vive aquí, según él le sale más rentable que pillarse un piso. Aunque sospecho que su verdadera razón son las fiestas que se montan —contesta con voz burlona—. ¿Estás esperando un taxi?

—No, había pensado irme andando —explico.

Me mira extrañado.

—¿Sola? —Asiento—. ¿A estas horas?

—No vivo muy lejos de aquí —le tranquilizo.

—Puedo acompañarte, si quieres —se ofrece.

Lo miro, un tanto incómoda.

A ver, es muy simpático, pero... ¿quién me dice a mí que no es un asesino en serie?

En las series de Netflix siempre son los más majos.

Creo que supone por dónde van mis pensamientos, porque aclara divertido:

—No voy a hacerte nada.

Me planteo decirle que sí.

Pero los ojos azules de Adrián cruzan mi mente. Sé que esto no le haría ninguna gracia y ya la he cagado lo suficiente por esta noche.

—Puedo ir sola, pero gracias igualmente —termino diciendo.

Frunce el ceño, pero acepta mi respuesta.

—Bueno, pues ya nos veremos...

Ladea la boca en una pequeña sonrisa y se despide con un movimiento de cabeza.

Me dirijo al final de la calle. En algún momento la gente ha debido de unirse de nuevo a la fiesta, pues ahora no veo a tanta como hace un rato. Me fijo en dos chicos que parecen ir borrachos y, cuando paso por su lado, un olor fuerte a marihuana llega hasta mis fosas nasales.

Pongo cara de asco. No estoy acostumbrada a esos olores, nunca me han gustado, y uno de ellos parece darse cuenta.

—¡Eh! ¿Qué miras? —pregunta con malas maneras—. ¿Quieres un poco?

Clavo la vista al frente y oigo varios silbidos a mi espalda.

Decido no volverme para averiguar si esos sonidos van por mí. Me centro en seguir mi camino y me miro los pies. Abrazo un poco mi cuerpo cuando otra ráfaga de viento me revuelve el pelo y hace que mi piel se erice.

Giro a la derecha y cruzo una esquina, dejando atrás la calle de la residencia y metiéndome en otra que resulta estar incluso menos iluminada que la anterior. Genial.

—¡Guapa! ¿Estás segura de que no quieres un poco de esto? Únete a nosotros, ¡es temprano para irse! —exclama jocosa la misma voz de antes a mi espalda.

Se me disparan las pulsaciones.

Sigo andando, esta vez un poco más deprisa. Empiezo a arrepentirme de haberle dicho que no a Gael y trato de controlar mis nervios.

Giro la cabeza y trato de enfocar los dos cuerpos que andan a unos metros de mí, pero está tan oscuro que no lo consigo.

—¡No corras tanto!

En un abrir y cerrar de ojos, noto que las manos de uno de ellos me sujetan por el brazo para frenarme.

—¡Dejadme en paz!

Trato de zafarme como puedo, pero el chico que me agarra es tan fuerte que solo consigo hacerme daño.

—Hostia, ¡es extranjera! —Se ríe su amigo—. Las tías con acento me ponen mucho.

Bajo la vista e intento pensar en algún modo de deshacerme de su agarre lo justo para soltarme y echar a correr.

El tío me zarandea buscando que le mire a los ojos mientras hablan entre ellos. No entiendo la mayoría de las cosas que dicen, pero se me ponen los pelos de punta cuando me parece reconocer la palabra «follar» entre ellas.

—Tranquila —dice cuando me nota temblar—. Vamos a pasárnoslo muy bien los tres.

En cuanto esas palabras salen por su boca, las lágrimas que he intentado contener se me escapan y bañan mi cara sin pudor.

Pero entre ellas, una tercera sombra aparecer tras ellos.

—Tienes tres segundos para soltarla del brazo.

Entorno los ojos, tratando de enfocar mejor, y me sorprendo al ver a Gael aquí.

Pero ¿no había vuelto a la fiesta?

—Venga, tío. No seas aguafiestas —dice el amigo.

Les dedica una sonrisa que no le llega a los ojos, tan oscura que incluso a mí me dan ganas de salir corriendo.

—Te queda uno.

El chico suspira, molesto por la interrupción, pero al final me suelta.

Sin perder ni un segundo, doy varios pasos atrás alejándome todo lo que puedo de ellos.

—¿Os gusta molestar a las chicas al salir de fiesta?

Ambos, ante el tono amenazante de Gael, niegan rápidamente con la cabeza.

El irlandés se acerca enfadado. A pesar de no ser mucho más alto que ellos, su complexión musculosa delata la posición de inferioridad en la que se encuentran los otros, que, a su lado, parecen dos adolescentes de catorce años.

—Joder, que solo era una bromita de nada —dice el que me tenía agarrada, alargando las sílabas.

—No es para tanto —balbucea el amigo.

Creo escuchar una risa grave saliendo de la boca del rubio.

—Conque una broma, ¿eh? —Da otro paso hacia ellos, haciendo que ambos se empequeñezcan—. ¿Queréis que juegue yo con vosotros?

Vuelven a negar con la cabeza, arrepentidos.

—¡Largaos!

El grito de Gael hace que se sobresalten y ambos echan a correr todo lo rápido que sus piernas les permiten.

—¿Estás bien?

Alzo mis ojos, que hasta ahora se habían quedado ensimismados viendo cómo los dos chicos desaparecían calle abajo.

—Sí... —susurro.

Me froto los brazos, de alguna manera intentando recuperarme del susto.

Él da un paso adelante y me estudia con atención. Sus ojos se pasean por mi cuerpo antes de clavarse en los míos y veo que se quita la sobrecamisa.

—Toma —dice mientras me la tiende—. Estás helada.

Un escalofrío me recorre, como si quisiera darle la razón.

Aunque no sé si es por el frío o por la intensidad de su mirada.

—Gracias.

Trato de volver a respirar con normalidad.

—¿Me dejas ya acompañarte a casa? —pregunta.

Suelto un pequeño suspiro, cansada.

—Sí —acepto con la voz aún un poco temblorosa.

Un ligero olor a madera me envuelve cuando me abrigo e, inconscientemente, inspiro hondo.

Los primeros minutos caminamos callados.

No me pasa desapercibido que Gael anda un par de metros alejado de mí, como si le diera miedo incomodarme si se acercara más.

—¿Qué hacías ahí? —pregunto al cabo de un rato.

Él sabe muy bien a lo que me refiero, pues contesta:

—He visto a esos dos desaparecer por la misma calle por la que te he visto irte y quería asegurarme de que no pasaba nada raro.

Asiento agradecida, aunque no puedo contener un ligero temblor al pensar en lo que podría haber pasado si el irlandés no hubiera aparecido.

—Luego te pasaré la factura.

Lo miro sin entender.

—Por mis servicios. Ser escolta está muy mal pagado estos días —explica con guasa.

—Venga ya, no pienso pagarte nada —contesto siguiéndole la broma.

—Hay que ver, uno intenta hacer cosas buenas, pero la vida no se lo pone fácil.

Suelto una carcajada.

Sé que lo ha dicho para cambiar de tema y hacer que me relaje.

En cierta forma, lo ha conseguido.

—¿Es algo habitual en ti?

—¿El qué?

—Rescatar a damiselas en apuros —ironizo divertida.

Se ruboriza un poco y se rasca la cabeza al tiempo que una risa ronca escapa da sus labios.

—Solo cuando es necesario.

—¿Has vivido siempre aquí? —le pregunto por curiosidad al cabo de un rato.

—Sí, aunque mis padres viven a las afueras de la ciudad. Yo me vine aquí hace unos años y empecé a trabajar en el bar.

Sin saber cómo, el resto del camino lo pasamos hablando

de cualquier cosa que se nos ocurre. Poco a poco se va acercando más, hasta que acabamos andando el uno junto al otro con nuestros hombros a unos centímetros de rozarse, pero sin llegar a hacerlo. Su presencia me tranquiliza y hace que me sienta cómoda, tanto que al cabo de unos minutos me veo riéndome a carcajadas. No dejamos de decir palabras al azar que son imposibles que el otro entienda. Gael no tiene ni idea de español y en mi caso, aunque entiendo la mayoría de las cosas que dice, hay algunas expresiones que se me atascan más que otras, por lo que en ocasiones no podemos evitar reírnos mientras gesticulamos y nos confundimos todavía más.

—Está claro que la mímica no es lo tuyo —dice mientras me dedica una sonrisa ladeada.

Unos minutos más tarde, llegamos a la puerta de mi casa y, emocionada, me acerco a un gatito negro que reconozco de haber visto con el vecino alguna que otra vez.

—Adoro a los animales. —Alzo la mano con la intención de acariciarlo, pero parece que al animal no le hace ninguna gracia porque da un par de pasos hacia atrás y me dirige una mirada enfadada.

—Pues por lo visto ellos a ti no —trata de picarme.

Le doy un pequeño codazo.

—¿Tú tienes mascota? —pregunto.

—Sí, un perro, lo adopté el año pasado. Se llama Hood.

Me quedo pensando unos segundos.

—¿Hood? ¿De *Robin Hood*?

Suelta otra carcajada.

—Es que lo encontré en la puerta del bar un día, fue lo primero que se me ocurrió.

—Qué original. —Me río con ganas mientras saco las llaves—. Gracias por acompañarme.

—No me las des.

Nos quedamos callados y se forma una especie de tensión entre nosotros.

Lo miro, con las manos metidas en los bolsillos y el pelo ligeramente despeinado. Entonces me doy cuenta de que aún llevo la sobrecamisa que me ha dejado, por lo que me la quito y se la tiendo.

Nuestros dedos se rozan durante unos segundos escasos cuando la coge. Tiene la piel caliente en contraste con la mía, que se ha enfriado demasiado rápido tras quitarme la prenda.

—Que descanses, pelirroja.

Murmuro un «igualmente» y me meto en casa.

Observo mi cara en el espejo de la entrada.

¿Por qué estoy sonrojada?

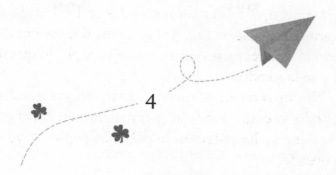

4

NURI
Cuál es la condena si envenenas a una
persona y la mandas al hospital intoxicada?

VEGA
Qué dices?

NURI
Cuánto te queda?

VEGA
He salido tarde de mi clase de patronaje

Nico me ha recogido, ya vamos para allá!

Dice que es muy alta, por cierto

No envenenes a nadie

NURI
Pero cuánto os queda?

Vega
Uf, pesada, no lo sé

Quince minutos?

Nuri
Qué?!

A mí no me la cuelas, habéis echado un polvo y por eso llegáis tarde

Yo
Se puede saber qué está pasando?

Nuri, me voy y ya salen a relucir tus instintos de asesina?

Nuri
Que tu amiga Vega (porque mía ya no es, que conste) va y me dice «quedemos para tomarnos algo» pero se le ha olvidado añadir que su amigo, la rata de cloaca, también venía

Vega
Ya estamos llegando

Nuri, de parte de Nico: no mates al único chico que hay en el grupo, que me dejas solo

NURI
Qué grupo? Pero si aquí somos solo chicas

ABAJO EL PATRIARCADO

Yo
Debo suponer que esa rata de la que hablas es Iván?

NURI
Supones bien

Carola, cuéntame algo para tratar de sobrevivir a esta experiencia traumática

Yo
No sé qué quieres que te cuente, no me ha pasado nada interesante

Unos ojos verdes cruzan rápidamente por mi mente, pero los descarto tan rápido como vienen.

Yo
Voy a buscar trabajo aquí, estoy bajo mínimos de dinero

VEGA
Ostras, tía, dónde?

NURI
Por favor, dime que te vas a hacer *stripper*

Pongo los ojos en blanco, aunque no pueda verme.

> **Yo**
> Evidentemente, no

> He pensado en probar en un par de tiendas que hay cerca de mi casa

> **Nuri**
> Qué aburrida

> **Yo**
> Hala, gracias

> **Vega**
> Nuri, ya estamos llegando

> Carola, hacemos llamada grupal esta semana para ponernos al día?

> **Yo**
> Perfecto!

Vega manda una foto por la calle cogida de la mano de Nico mientras ponen cara de burla. Les contesto con una selfie en uno de los pasillos de la universidad.

Bajo por la escalera hasta llegar a la puerta principal. Antes de guardar el móvil me fijo en que Nuri ha pasado una foto donde finge ponerse una pistola en la boca con Iván de fondo y no puedo evitar soltar una carcajada.

Compruebo la hora y miro a mi alrededor, buscando a Eva.

La encuentro a unos metros, me espera sentada en un

banco. Hemos quedado para comer al salir de clase y, como estamos ya a final de mes, eso de pagar en la cafetería no nos viene especialmente bien, por lo que nos hemos traído unos bocadillos y hemos decidido hacer una especie de pícnic.

—¡Hey! ¿Has tenido que esperarme mucho? —le pregunto cuando llego a su altura.

—Qué va, acabo de llegar —contesta mientras se levanta—. Sígueme, he visto una zona en la que no había mucha gente.

Caminamos hasta llegar a uno de los jardines más cercanos a la facultad. Saco la sábana que he metido en el bolso esta mañana, pues ha llovido y supuse que la hierba estaría húmeda, aunque por suerte unos cuantos rayos de sol se cuelan ahora entre las nubes y se está bastante a gusto.

—Estoy agotada —me informa Eva mientras se sienta con un suspiro.

Saco la comida y me pongo a su lado.

—¿También tienes clase esta tarde?

—Para mí desgracia, sí.

Mi compañera tiene clases tanto por la mañana como por la tarde varios días a la semana y le toca quedarse. Estudiar Medicina aquí no es tan fácil como decían.

Supongo que puedes tener más o menos suerte dependiendo del país, y está claro que aquí no nos van a regalar las notas. En mi caso, los profesores son bastante buenos, pero eso no quita que tenga que llegar a una media bastante alta si quiero mantener la beca.

—Menos mal que es viernes ya. Hoy hay fiesta en una de las residencias, ¿te apuntas?

Suelto un suspiro y doy un mordisco a mi bocadillo.

—No creo, pero gracias —contesto.

Después de la otra noche, tuve una discusión tan grande

con Adrián que lo último que me apetece es repetirla y darle más motivos para que se sienta mal. No para de decirme lo duro que está siendo todo esto para él y eso que solo llevo aquí un mes, no quiero hacer que lo pase aún peor.

—Oh, ¿tienes planes? —me pregunta Eva, distraída.

—No —contesto de forma automática.

—¿Entonces? ¿No te apetece?

Me toqueteo la trenza.

—Mañana quiero levantarme temprano. —No es mentira, había pensado en darme una vuelta por la ciudad—. Y a lo mejor hablo un rato con mi novio por teléfono.

Me dirige un gesto pensativo.

—Carola…, ¿puedo hacerte una pregunta?

Le doy un trago a mi botella de agua y asiento.

—El otro día no te viniste a la cena que organizó el grupo porque tenías que hablar con tu novio… y la noche de la fiesta desapareciste después de recibir un mensaje de él… ¿Está todo bien? Sé que no nos conocemos desde hace mucho, pero si quieres hablar de algo, aquí me tienes —ofrece.

—No, bueno… Todo está bien. Me echa de menos, eso es todo. Esto del Erasmus es algo que no le hacía mucha gracia —explico un tanto cohibida.

—Entiendo —responde.

—¿Y tú no has dejado algún novio en Zaragoza? —le pregunto, en parte porque quiero desviar el tema de conversación y también por curiosidad.

Hace un gesto de desdén con la mano y suelta una carcajada.

—¿Yo? ¿Novio? ¡Qué va!

Me río por su contestación.

—¿Y el moreno con el que te vi bailando el otro día? —la chincho.

Bufa.

—Solo era un baile entre amigos, no pienso liarme con nadie aquí —anuncia—. Verás, estoy en un punto de mi vida en el que me gusta tanto estar sola que no se me pasa por la cabeza salir con alguien, ni siquiera para un rollo. A no ser que se presente el hombre de mi vida (y no creo que Robert Pattinson venga a buscarme de momento), me apetece ir a mi bola y, aunque así fuera, lo tendría muy difícil. Estoy felizmente casada conmigo misma, adoro no tener que depender de nadie, estar a mis anchas y hacer lo que me apetezca cuando me apetezca. Por eso me vine aquí, me parecía una buena oportunidad para respirar.

La miro extrañada por eso último.

—¿Respirar?

—Sí. A veces, cuando estamos en un mismo sitio rodeadas de las personas de siempre y con las mismas obligaciones, podemos llegar a ahogarnos un poco. No me refiero a que eso sea malo, pero un cambio de vez en cuando siempre viene bien. Ahí es cuando recuerdas lo importante que es respirar aire nuevo, visitar sitios nuevos, conocer a personas distintas. No le quita valor a todo lo demás, simplemente le da un aroma diferente.

Asiento y me quedo un rato pensando en sus palabras.

—A mí a veces se me olvida respirar —confieso.

Me dedica una mirada cariñosa y contesta:

—No pasa nada, el día que vuelvas a acordarte, tomarás la bocanada de aire más grande de todas. Y entonces te sentirás llena.

Ojalá tenga razón.

Después de comer, decido pasar por la librería e imprimir mi currículum.

Le echo un vistazo mientras ando y suelto un suspiro. Espero que sea suficiente. No tengo experiencia en trabajos comerciales ni de hostelería; mi experiencia laboral se reduce a haber paseado a los perros de mis vecinos durante unos meses, ser niñera y cortar el césped de algunas casas de gente adinerada.

Lo he adornado un poco para que parezca más, pero tengo la esperanza de que cuando me vean y comprueben las ganas que tengo que trabajar (o cuánto lo necesito, sinceramente), me contraten.

Dedico la tarde a pasar por algunas de las tiendas locales que hay por mi barrio y hablo con los encargados. La mayoría me dicen que no está buscando a nadie o que ya me llamará, lo cual se traduce en: «No, pero gracias».

Sin darme por vencida, pregunto en algunas cafeterías no muy concurridas que veo en la calle, pero la respuesta sigue siendo la misma. Después de varias horas, mis perspectivas de conseguir un trabajo empiezan a desmoronarse.

Estoy planteándome volver ya a casa y seguir otro día cuando veo a lo lejos el Robin.

Me paro en seco. ¿Por qué no? Por probar no pasa nada. Además, van muchos erasmus y yo también soy estudiante, como ellos. A lo mejor eso me da puntos.

Menuda tontería estoy pensando.

Pero estoy desesperada, así que camino hasta la puerta y entro.

Hay varias personas en las mesas tomándose unas cervezas, aunque no está tan lleno como el otro día.

Me acerco a la barra buscando al encargado, pero en su lugar me encuentro con el pelo rubio de Gael.

No puedo evitar ponerme un poco nerviosa al recordar cuando me acompañó a casa la semana pasada, pero decido dejar eso a un lado y actuar con normalidad.

—¡Hey!

Se da la vuelta, sorprendido de verme aquí, y pregunta:

—Pelirroja, ¿necesitas a tu escolta personal de nuevo?

Me sonrojo un poco, igual que cuando me despedí de él aquella noche, y suelto una pequeña risa.

—Esta vez no. ¿Sabes quién es el encargado?

—¿Para qué lo necesitas? —pregunta distraído mientras le sirve una cerveza a un hombre.

—Verás…, estoy buscando trabajo —digo un poco tímida—. ¿Puedes decirme quién es? Y, de paso, ¿cómo podría convencerle para que me contrate? —termino con seguridad.

Ladea la cabeza, divertido.

—Bueno, me gustan los pasteles de naranja, no tienen que ser caseros, y siempre he querido viajar a la India, aunque si estás aquí, no creo que puedas regalarme un billete de avión.

Lo miro sorprendida.

—¿Tú eres el encargado?

Sonríe.

—Se podría decir que sí.

Me llevo las manos a la cara, avergonzada.

—Genial. —Suspiro.

Le tiendo mi currículum y, mientras lo lee, pregunta:

—¿Alguna vez has trabajado como camarera?

Niego con la cabeza.

—No. Pero tengo muchas ganas y aprendo rápido —añado con énfasis.

Alza los ojos y me mira divertido.

—¿Sabes llevar una bandeja?

Me remuevo en el sitio, nerviosa.

—No tiene que ser muy difícil, ¿no?

Deja el papel a un lado y apoya los brazos en la barra mirándome directamente a los ojos.

—¿Tienes ganas de trabajar durante tu Erasmus? —duda.

Me encojo de hombros.

—Lo necesito.

Me examina durante unos segundos que se me hacen eternos, sobre todo por lo nerviosa que me ponen sus ojos verdes, hasta que asiente con la cabeza y me dice:

—Dame un segundo.

Suelto un suspiro, deseando con todas mis fuerzas que me diga que sí.

Desaparece por una puerta que, por el olor, supongo que da a la cocina, y me quedo unos minutos esperando. Escucho varias voces hablando, pero no llego a entenderlas del todo.

Cuando sale, no viene solo; un chico con el pelo castaño tan largo que le llega por los hombros se acerca con él.

—Buenas, Carola, soy Liam, el dueño del bar. —Me pongo un poco más recta y estrecho la mano que me tiende—. Gael me ha comentado que estás buscando empleo.

—Mmm, sí. Puedo venir todas las tardes y los fines de semana —le informo—. Y me encanta el bar —me apresuro a decir.

No sé por qué remarco eso último, pero a lo mejor ayuda, ¿no?

Me parece ver que Gael se aguanta una carcajada a su lado.

—De acuerdo —responde—. ¿Puedes empezar mañana?

Me quedo asombrada.

—¿En serio? —pregunto por si no he oído bien.

—En serio.

—¡Claro! —respondo agradecida.

—Genial. Gael te informará ahora de tu sueldo y te ayudará los primeros días, ¿de acuerdo?

Afirmo con la cabeza y observo cómo se marcha.

—Vaya, eso ha sido... —empiezo a decir—. Demasiado fácil, ¿no? —reflexiono.

El rubio, que sigue mirándome con una sonrisa en la cara, me contesta:

—Estamos faltos de personal.

Le dedico una mirada sospechosa.

—¿Y eso que quiere decir?

A unos metros de mí, en el otro extremo de la barra, un hombre llama la atención a Gael para que le ponga una cerveza.

—Significa que no vas a aburrirte ni un segundo mientras trabajes aquí —responde antes de alejarse para atenderle.

Ay, Dios mío, ¿en qué me he metido?

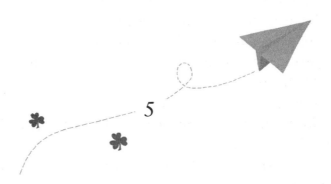

5

Resulta que eso de trabajar como camarera es mucho más complicado de lo que creía.

Mi primer día en el Robin está siendo…, bueno, un poco caótico.

—¡Chica nueva! ¡Mesa diez! —Cojo el plato que me tiende uno de los camareros y lo llevo a donde me indica—. ¡Esa no! ¡La diez!

Vale, está siendo bastante más que caótico.

No me esperaba que el sitio fuera a estar tan lleno un miércoles, pero las treinta mesas que tenemos que atender me indican lo equivocada que estaba. A eso hay que sumarle que aún no me sé muy bien el orden que llevan, que voy como pollo sin cabeza de un lado para otro tomando nota de los pedidos y limpiando mesas, que en apenas una hora he conseguido romper dos platos y hacer que varios compañeros tengan que ayudarme para llevar las comandas.

Después de anotar las bebidas de unos clientes, me acerco a la barra, donde se encuentra Gael.

—Esto es una locura —exclamo mientras le tiendo el papel y me siento en uno de los taburetes.

—Pero si apenas hay gente —contesta riéndose, y se pone a preparar todos los vasos en una bandeja.

Le dirijo una mirada suspicaz.

—Me va a dar un infarto como sigan llegando personas.

Justo en ese momento, Liam pasa por la barra como un rayo y me dice:

—Prepárame una mesa para diez.

Suelto un quejido mientras apoyo la frente en la madera y Gael se carcajea.

—Lo estás haciendo muy bien para ser tu primer día, no te preocupes. Conforme pase el tiempo, te irás acostumbrando.

—No sé cómo estás tan tranquilo. —Alzo la cabeza y lo miro—. Dime tu secreto —le pido en tono suplicante.

Ladea la cabeza y me hace un gesto con la mano para que me acerque un poco a él.

Agudizo el oído.

—Eso hay que ganárselo.

Le doy un golpecito en el hombro y le saco la lengua.

—Menuda cara tienes —respondo mientras cojo la bandeja.

—Venga, ¡que tú puedes!

Me río un poco y cuando me doy la vuelta para alejarme, un niño que corre se cruza en mi camino y, al intentar esquivarlo, se me caen todas las bebidas al suelo, consiguiendo que un ruido estrepitoso resuene por todo el local y que varias cabezas se giren para mirarme.

Lo que me faltaba.

Liam pasa por mi lado y me dice:

—Eso va a tu cuenta, nueva.

Genial.

Gael sale de detrás de la barra y se agacha para ayudarme a recoger.

—¿Qué decías? —ironizo.

Barre varios cristales y responde en tono de guasa:

—A lo mejor sí que necesitas un poco de práctica.

Cuando mi turno termina, siento que mis piernas están a punto de colapsar.

Son las once de la noche, ya se ha ido todo el mundo y me ha tocado quedarme a limpiar el local. Al parecer, tienen una especie de tradición en la que a los nuevos les cae el marronazo de ordenar tras el cierre. Me parece haber oído decir a Liam que es una «iniciación», aunque yo creo que le pegaría mucho más llamarlo «tortura».

—¿Has terminado con las sillas? —me pregunta Gael.

—¡Sí!

Él es el único que se ha quedado para ayudarme. Creo que verme con el delantal lleno de restos de comida le ha dado la pena suficiente como para ofrecerse.

Lo observo fregar varios platos mientras yo cojo la fregona y la deslizo por el suelo.

—Del uno al diez, ¿cómo de mal lo he hecho? —pregunto con ironía.

—Mmm... Un tres.

Le dedico un gesto burlón.

—Venga ya, puedes serme sincero.

Soy consciente del desastre que he sido hoy.

Me da rabia, porque normalmente soy de las que mantienen la calma y no se dejan superar por la situación, pero está claro que hoy no lo he conseguido.

—Te estoy siendo sincero —responde con una sonrisa ladeada—. En mi primer día, casi prendo fuego al local. Dejé un trapo cerca del fuego sin querer.

Lo miro sorprendida.

—¿En serio?

Se encoge de hombros.

—Qué va, ¿por quién me tomas? —Le tiro una servilleta que tengo cerca y suelta una carcajada—. Aunque sí que me equivoqué con varias comandas.

Resoplo.

—A lo mejor no he hecho bien metiéndome a trabajar aquí —reflexiono en voz alta.

—¿Por qué dices eso?

—No lo sé. —Dejo de fregar—. Ni siquiera se lo he dicho a... —Me quedo callada.

¿Qué estoy haciendo? A Gael no le importa mi vida privada y yo no soy de las que la van gritando a los cuatro vientos.

—¿A quién? —pregunta de repente.

Me toqueteo un poco la trenza, nerviosa.

—Es una tontería —contesto—. No se lo he dicho a mi novio.

Su cara adopta una expresión de sorpresa.

Aunque no sé si es por lo de que tengo novio o porque no se lo había contado.

Tras unos segundos, pregunta:

—¿Y por qué?

Tardo un poco en contestar.

—Supongo que porque quería hacerlo bien hoy. Así, cuando se lo cuente, tendré cosas buenas que decir sobre la decisión que he tomado.

Me mira extrañado.

—¿Necesitas hacerlo bien para decírselo?

—Bueno...

Pienso en si debería estar explicándole estas cosas a Gael. Apenas le conozco y no quiero que se lleve una impresión errónea de Adrián. Aunque no sé si es por la expresión calmada con la que me mira o porque estoy tan cansada que no pienso las cosas bien, pero ahora me siento tan cómoda con él que termino por decirle:

—Sé que no le va a hacer mucha gracia que me haya puesto a trabajar de camarera, por eso quería tener algún dato bueno que contarle —reconozco—. Ahora va a tener motivos para enfadarse.

Acabo de limpiar el suelo y me acerco a la barra, donde está el, un poco avergonzada por lo que le acabo de confesar. Seguramente ni siquiera le importe, le parecerá una tontería que esté preocupada por esto.

—No sé cómo es tu novio —empieza a decir—. Pero yo creo que deberías estar orgullosa de ti misma. Por lo que me has explicado, nunca habías trabajado en un bar y has estado yendo de un lado para otro sin parar, incluso cuando a ese francés tan raro le ha dado por tirarte kétchup sobre los zapatos una y otra vez.

—¿Lo has visto? —pregunto ruborizada.

—Claro. —Se ríe—. Lo que quiero decir es que... afirmaste que necesitabas este trabajo, y lo has hecho lo mejor que has podido. Irás mejorando. Y si lo sé yo, que te conozco desde hace tan solo unas semanas, tu novio también.

Me muerdo la lengua. No estoy tan segura de eso.

—No tiene motivos para enfadarse —me tranquiliza—. Yo, al menos, no los tendría.

Me mira fijamente, como si quisiera transmitirme cada una de sus palabras con sus ojos.

El nudo que se había ido formando en mi estomago se deshace un poco y suelto un suspiro.

—Y... ¿desde cuando llevas trabajando aquí? —le pregunto, quiero dejar atrás el tema.

Coge el trapo y empieza a secar un vaso.

—Desde hace tres años, cuando terminé el instituto. Estoy ahorrando para entrar en una escuela culinaria.

Agrando los ojos, no me lo esperaba.

—¿Te gusta cocinar?

Asiente.

—Mi... —Se rasca la cabeza con una mano, un poco avergonzado—. Mi sueño es ser chef profesional algún día.

—¡Qué guay! ¿En cuál quieres entrar?

—He ojeado varias en Francia y alguna en España. Son muy caras, por eso estoy esperando a ahorrar dinero suficiente. Me gustaría sacarme el título profesional e ir probando comidas en distintas partes del mundo. Viajar, ver cómo combinan las especias, las formas tan diferentes que hay de cocinar... Es una especie de arte, si lo piensas. Hay que elegir bien la paleta de colores y emplear una buena técnica para obtener un buen resultado, pero sobre todo hay que tener creatividad. Cuando lo haya hecho, abriré mi propio restaurante.

El brillo que se le forma en los ojos al hablar hace que se me caliente un poco el corazón.

—Estoy segura de que lo vas a conseguir —le digo convencida.

Me sonríe haciendo que se le marquen unos pequeños hoyuelos en las mejillas.

—Gracias —contesta—. Liam a veces me deja practicar en su cocina, el estofado de los jueves lo hago yo —me informa orgulloso.

—Tendré que probarlo, entonces.

—¿Y tú?

—¿Yo qué? —dudo.

—¿Cuál es tu sueño por cumplir?

Me remuevo un poco en el sitio.

—Estudio Turismo y Gestión hotelera así que... también

me encantaría viajar por el mundo. No he tenido la oportunidad de hacerlo antes, mis padres no podían permitírselo, y siempre he tenido ganas de conocer sitios nuevos. Si tuviera la ocasión, querría abrir un hotel.

Gael apoya ambos brazos en la barra.

—Yo también estoy seguro de que lo vas a conseguir, pelirroja.

Ladeo la boca en una pequeña sonrisa.

—Vete si quieres, ya cierro yo —se ofrece con tranquilidad.

—¿Estás seguro?

Saca una caja de refrescos y empieza a meterlos en el frigorífico.

—Seguro, tú mañana tienes clase, ¿no?

—Sí —afirmo.

—Pues ya está. Pero no se lo digas a Liam, que si no te hará repetir la iniciación la semana que viene. —Se ríe.

Aunque dudo un poco al principio, cuando miro la hora y compruebo que casi es medianoche, me decido, que mañana tengo que madrugar.

—Gael…, gracias —le digo antes de irme.

—No me las des.

—En serio, por ayudarme y… por lo demás —termino refiriéndome a la charla que hemos tenido.

Sus ojos se suavizan y asiente con la cabeza en señal de entendimiento.

De camino a casa, inexplicablemente me encuentro de un humor que hace tiempo que no sentía y que no sé si me durará solo unos minutos o varios días, pero decido cerrar los ojos y disfrutarlo.

Estoy tranquila.

6

Conforme pasan las semanas, y a medida que el frío de noviembre se instala, una especie de rutina empieza a acomodarse en mi vida.

De lunes a viernes me levanto temprano y voy a mis clases correspondientes. A veces me quedo para hacerle compañía a Eva durante la comida y otras me vuelvo directamente a casa y trato de preparar recetas que no se basen solo en hervir un poco de arroz y mezclarlo con lo que sea que tenga en la nevera. Por las tardes me voy a trabajar y, ahora que le he cogido el tranquillo a la dichosa bandeja, disfruto mucho más de las horas que paso en el bar. Algunas veces me sigue tocando quedarme a limpiar, pero ya no me importa. De hecho, en ocasiones espero con ganas a que llegue ese momento del día. Gael suele ayudarme y al final acabamos hablando de cualquier cosa que se nos ocurra mientras terminamos de cerrar. Sin ir más lejos, ayer estuve riéndome de él porque se puso a contarme las pesadillas que tenía de pequeño por haber visto *Harry Potter y el cáliz de fuego*. Según él, ver a Voldemort a una edad tan temprana es algo traumático para cualquier niño. Aunque mi conclusión fue que era un gallina, me lo pasé genial picándole con eso toda la noche.

También me toca trabajar algunos sábados, pero se hace mucho más ameno porque Eva y los del grupo suelen venir a tomar algo y, ya puestos, a molestarme todo lo que pueden. Lo cierto es que me siento muy cómoda con ellos. He estado yendo a algunas de las fiestas que hacen cada semana y, aunque sigo sin ser de las que se quedan hasta las mil, me lo paso muy bien.

Cada vez que tengo un hueco libre, trato de hablar con Adrián. No siempre coincidimos, pero cuando lo hacemos intentamos estar bien. O al menos, yo lo intento.

Como me esperaba, no le hizo mucha gracia que hubiese encontrado trabajo de camarera en un bar. Con tal de que no siguiera, se ofreció a darme lo que necesitara, pero evidentemente me negué. No quiero limosnas, por eso he buscado un trabajo, y es algo en lo que no voy a dar mi brazo a torcer. Además, a mis padres les daría algo si vieran que le debo dinero a mi novio.

A pesar de eso, las cosas me van bien, la verdad. Intento estudiar cuando tengo un rato y la convivencia con Eva me encanta.

Así que aquí estoy, terminando mi turno del viernes y un poco cansada por la cantidad de cosas que tengo que hacer a lo largo de la semana, pero contenta porque he quedado con los demás para tomar algo.

De hecho, justo en este momento veo a Eva entrar por la puerta acompañada de Tom y Leire.

—¡Camarera, tres cervezas! —me dice con guasa cuando se sientan.

Relleno los vasos y se los llevo.

—Pero mira qué bien lleva la bandeja —me piropea mi compañera de piso.

La levanto un poco más, como si así fuera a mostrar mejor mi recién adquirida habilidad, y contesto:

—Gracias. El otro día Gael se pasó toda la tarde enseñándome.

—¿Invita la casa? —tantea Tom con la bebida ya en la mano.

—Ni lo sueñes —contesto entre risas—. Mi jefe me mataría.

Se encoge de hombros y dice:

—Había que intentarlo.

—¿Te queda mucho para terminar? —me pregunta Leire, que hoy lleva su pelo rubio y largo recogido en una coleta alta.

Me volteo y miro la hora en el reloj del bar.

—Nada —le informo—. ¡Cobro una mesa y vengo!

Echo a andar cuando oigo a Eva decirme:

—Si puedes, ¡tráeme unos frutos secos o algo! Estoy muerta de hambre.

Le dedico un gesto afirmativo con la mano.

Después de hacer las cosas que me quedan pendientes y de ayudar a una de mis compañeras a llevar unos pedidos, me acerco a Gael.

—¡Fin! —digo con voz triunfal cuando dejo mi última cuenta en el mostrador—. Esa era mi última mesa.

Se ríe por lo bajini mientras la coge y la guarda.

—Eres libre.

Me cuelo tras la barra y empiezo a recoger mis cosas cuando me parece oír un ladrido.

—¿Qué ha sido eso?

—¿El qué? —me pregunta.

El ladrido vuelve a sonar, aunque ahora sospechosamente cerca.

—Eso —repito mirando a mi alrededor.

Voy hacia una de las puertas que usamos para guardar productos de limpieza, pero Gael se interpone en mi camino.

—No se puede abrir —me dice.

Le dirijo una mirada suspicaz mientras me cruzo de brazos.

—¿Y por qué no?

El rubio finge pensarlo.

—Porque los nuevos no tenéis permitido el paso.

Me río y trato de volver a pasar, pero sigue sin dejarme.

—He entrado mil veces, Gael —me desespero.

Vuelvo a oír el ladrido.

Entorno los ojos.

—¿Hay un perro ahí dentro?

Observo cómo se rasca la cabeza.

—Si te dijera que sí, ¿qué harías?

Con la boca abierta, lo aparto a un lado (con mucho esfuerzo, debo decir) y abro la puerta.

Un labrador de pelaje blanco y con la lengua fuera me mira desde el interior.

Vuelve a ladrar.

—¡No me lo puedo creer! —exclamo emocionada.

El perro, que hasta ahora se había quedado sentado, se abalanza sobre mis piernas y se restriega contra ellas; me agacho para acariciarlo.

—Hood, no seas pesado —le dice Gael.

—¿Este es Hood? —Asiente—. ¿Qué hace aquí?

Gael se acuclilla a mi lado y le da un par de palmadas en el lomo.

—A veces, cuando Liam me dice que no va a venir por el bar, lo cuelo aquí y paso los descansos con él. Así no está todo el día solo.

—Entiendo —contesto.

Le acaricio las orejas y lo miro con una sonrisa.

Hood me da un lametón en la mejilla mientras mueve la cola, y no puedo evitar soltar una carcajada.

—Me encanta.

—Es un sobón —se burla Gael.

Lo miro con pena.

—Si quieres, puedo pasearlo cuando lo necesites —me ofrezco.

Él entorna los ojos.

—¿En serio? —duda.

Le hago un gesto afirmativo.

—¿Por qué no? Solo trabajo por las tardes, puedo pasarme a por él algunas mañanas al salir de clase y darle un paseo.

Como si me hubiera entendido, Hood vuelve a ladrar ilusionado.

—Eso sería genial —me dice Gael, agradecido.

Me quedo un poco embobada durante unos segundos, observando la manera en la que le sonríe y se aparta el pelo de la cara mientras sigue haciéndole carantoñas al perro.

—Bueno —añade antes de levantarse. Luego me tiende la mano para ayudarme—. Tengo que volver al trabajo, a algunos aún nos quedan varias horas por delante. —Me guiña un ojo.

—¿Vas a volver a dejarlo ahí dentro? —me lamento.

—Tiene varios juguetes, comida y agua. Está bien.

Miro los ojos oscuros de Hood, que brillan pidiéndome a gritos más caricias.

—¿Y si se queda con nosotros un rato? —propongo.

—Carola… —empieza a decir Gael.

—Si me preguntan, les diré que es mío —trato de tranquilizarle.

—Lo van a reconocer, no es la primera vez que lo traigo y me echan la bronca.

Imito los ojos de Hood y le dedico una mirada suplicante a Gael.

—Por favor —insisto.

Me mira, un poco sonrojado.

Al cabo de un rato, tuerce la boca mientras suelta un resoplido, derrotado.

—Está bien.

Doy un pequeño saltito de alegría y Gael mueve la cabeza divertido. Me agacho para mirar al perro.

—Vamos, Hood.

Como si me entendiera, me sigue hasta salir tras la barra y, cuando me siento, todos los del grupo se vuelven locos de amor al verlo.

—Pero ¿y esto? —me pregunta Eva.

Le explico lo que me ha dicho Gael mientras ella le acaricia la cabecita.

—A ver quién se centra ahora en organizar un viaje —contesta.

Mi compañera se ha traído el ordenador para que podamos mirar algunas opciones de escapadas para este mes. Ya va siendo hora de ver algo más que Dublín.

—A mí el que me va a distraer es el dueño, ¿has visto qué bíceps? —cotillea Leire—. Está para mojar pan.

—Estás salida, tía. —Se ríe Eva.

—¿Tú no eras la que gritaba a los cuatro vientos que echarse pareja durante el Erasmus era una locura? —pregunta Tom.

—¿Quién ha hablado de parejas? Un revolcón irlandés es una buena experiencia para vivir en el Erasmus, y no me la pienso negar a mí misma si tengo la oportunidad. —Leire se vuelve haca mí y me pregunta—: ¿Sabes si tiene novia?

Aparto la mirada de Hood, que no se ha movido de mi lado desde que me he sentado, y la fijo en ella, repentinamente nerviosa.

—No tengo ni idea.

Mi amiga suelta un bufido.

—Seguro que sí —supone mientras bebe un trago de cerveza.

—¿Podemos empezar a mirar ya lo del viaje, por favor? —pide Eva.

Los escucho ponerse a comentar posibles destinos y a organizar fechas mientras acaricio un poco despistada a Hood.

Giro la cabeza y miro al irlandés, que sigue tras la barra haciendo sus tareas.

No tengo ni idea de por qué, pero de repente me encuentro haciéndome la misma pregunta que me ha hecho mi amiga hace tan solo unos minutos.

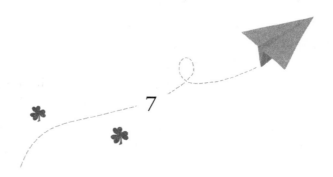

7

Aún no sé muy bien cómo me he dejado convencer para organizar una fiesta en nuestro piso.

Bueno, pensándolo mejor, en realidad sí que lo sé.

Hace unos días estaba pasando la tarde libre en casa, haciendo un poco de yoga y tratando de centrarme en mí misma. Como llevaba tantas semanas sin parar, me pareció buena idea dedicar un rato a pensar sobre cómo ha cambiado mi vida durante estos meses. No sé si ha sido empezar a trabajar, estar en una ciudad nueva o haber conocido a tanta gente, pero en cierta forma me siento distinta.

Aunque aún no tengo claro si para bien o para mal.

El caso es que Eva me pilló en medio de mi tarde de reflexión repentina y, cuando entró en mi habitación para preguntarme si me parecía bien que invitara a unas cuantas personas a tomarse algo en casa el viernes, simplemente le dije que sí.

—¿Estás segura de que no es mucha gente? —le pregunto mientras la ayudo a prepararlo todo.

—Seguraaa —me responde con voz cantarina mientras saca más platos con patatas fritas.

Pero está claro que tenemos conceptos distintos de lo que

son «pocas personas», porque cuando suena el timbre y abro veinte pares de ojos me miran ansiosos.

—¿Es aquí la fiesta? —pregunta alguien.

Me quedo atontada unos segundos.

—¡Sí! —grita Eva apareciendo por detrás—. ¡Pasad!

Empiezan a entrar mientras me doy la vuelta para mirar fijamente a mi compañera y, quizá, aniquilarla.

—No te preocupes, no falta mucha más gente —me suelta tan tranquila antes de que pueda decirle nada.

—¿Esos no son todos? —pregunto alucinando.

—¡Qué va!

Me llevo las manos a la frente.

—Eva, el casero nos va a matar como algún vecino se queje.

Le quita importancia con la mano y suelta una carcajada.

—No te preocupes, no va a pasar nada.

La miro alarmada.

—Caro, cálmate. —Pone uno de sus brazos alrededor de mis hombros y me dirige hacia la cocina—. Vamos a pasárnoslo bien. ¡Es viernes! Y mañana no trabajas.

Al final, me doy por vencida. Ya no puedo hacer nada, la gente ha empezado a servirse sus bebidas y alguien ha debido de traer un altavoz, porque la música llena la casa. No voy a ser yo quien les eche de aquí. Total…, si no puedes vencerlos, únete a ellos, ¿no?

Eva me tiende una cerveza y le doy un pequeño trago.

Como me había adelantado, algunas personas más van llegando conforme avanza la noche. Aunque creo que en realidad ni ella misma se imaginaba la cantidad de gente que se presentaría porque, dos horas más tarde, ya no cabe ni un alma.

Aunque al principio he estado un poco cohibida (de las cincuenta personas que debe de haber aquí ahora mismo, creo que solo conozco a dos), con el tiempo he ido sintiéndome un poco más cómoda.

Me he juntado con Leire y, sin darme cuenta, he terminado bebiéndome dos botellines de cerveza más. Cuando empieza a sonar «Nada que perder», de Pignoise, nos ponemos a bailar dando saltos mientras cantamos a pleno pulmón.

—No sé quién está poniendo la música, pero ¡lo adoro! —exclama entre risas al mismo tiempo que Eva llega y se une a nuestro baile improvisado.

Al cabo de un rato, me parece oír el timbre por encima del ruido de la música.

Me separo de ellas y, sin pararme siquiera a ver por la mirilla, abro la puerta.

—Hola.

Me quedo un poco sorprendida al comprobar que es Gael y, no tengo ni idea de por qué, me pongo nerviosa.

—¿Qué haces aquí? —La voz me sale más atropellada de lo que pretendía.

—Mmm... Me ha invitado un amigo.

Creo que las cervezas que me he tomado me han dejado más achispada de lo que pretendía, porque me quedo un poco embobada con la manera en la que se mueven sus labios.

Como tardo en contestar, sigue:

—Perdona, es que cuando he visto que era en tu casa, pensaba que sabrías que vendría.

Se rasca la cabeza, un poco avergonzado.

—¡No! A ver, no sabía que venías. Pero tampoco sabía que hoy mi compañera de piso organizaría la versión de *Project X* en Dublín, así que ¡pasa!

Me hago a un lado, dándome una reprimenda mental por haberle hecho sentir mal.

—¿Quieres algo de beber? —pregunto cuando cierro.

Me señala la bolsa que cuelga de su mano.

—Traigo provisiones —responde.

Asiento y me muerdo un poco el labio.

—¡Gael, tío! Has tardado.

Un chico que conozco se acerca y le da un abrazo.

—He salido tarde del turno.

—¡Vente! Andrés también está aquí.

Antes de irse, Gael me mira y dice:

—Ahora nos vemos.

Vuelvo con mis amigas, que siguen en la esquina donde las he dejado, aunque ahora unos cuantos chicos se han unido a ellas.

—¡Chupitos! —grita Eva de repente.

Leire saca una botella de tequila de no sé dónde y la pone en la mesa.

—Pero si no hay vasos —puntualiza uno.

—¡Pues a tragos! —Madre mía, me da a que mi compañera de piso ha rebasado ya la fase del «pedillo tonto».

Se pasan la botella de uno a uno y, cuando llega mi turno, dudo.

—¡Bebe! —me anima uno de ellos.

Eva le chista en respuesta y me mira.

—Si quieres, te traigo otra cerveza —ofrece.

No puedo evitar sorprenderme un poco cuando la escucho. Sabe que no suelo beber tanto como para emborracharme y lo hace para que no me sienta incómoda, pero eso no quiere decir que nunca lo haya hecho ni que sea la primera vez que me tomo un chupito. Aunque si lo pienso bien…, no me acuerdo de la última vez que estuve en una fiesta sin preocupaciones ni sentimientos de culpabilidad de por medio. Tengo claro que si le doy un trago a esta botella, Adrián se va a mosquear mucho porque odia que me emborrache. Pero… él no está aquí ahora, ¿no?

Y la verdad es que me apetece.

Dejo atrás las dudas que tenía y me llevo la botella a la boca.

—¡Eso es! —grita alguien que no conozco.

El alcohol me quema la garganta y me entra una pequeña arcada. Hace mucho que no bebo tequila.

—¡Puaj! —exclamo—. Se me había olvidado lo malo que está.

Se me escapa un hipido y Leire se ríe por mi reacción.

Después del tercer trago, rechazo la botella y me sirvo un vaso de cerveza. Sé cuáles son mis límites y tengo claro que si tomo un poco más me puede saber a «llamen a una ambulancia, por favor».

Noto que el alcohol empieza a hacerme efecto y que la vergüenza pasa a un segundo plano cuando me pongo a cantar una estrofa cuya letra me invento por completo como si me fuera la vida en ello.

Un rato después, decidida a ir al baño, me mezclo entre la gente, pero de camino me parece ver el pelo rubio apagado de Gael entre la marea de cabezas y, sin pararme a pensar en lo que estoy haciendo, me dirijo hacia allí.

Lo que pasa es que, cuando estoy llegando a su altura, voy tan ensimismada observando su espalda ancha que no me doy cuenta de que tengo la dichosa lámpara «quiebracabezas» a unos centímetros de mí.

—¡Auch! —exclamo cuando me doy un golpe.

Me llevo la mano a la parte izquierda de mi cabeza y noto un dolor leve que estoy segura de que sería mucho mayor si el alcohol no lo encubriese.

—¿Estás bien?

Es Gael el que me pregunta.

—Sssí —contesto—. Dichosa lámpara.

Sin pensarlo mucho y enfadada, le doy un golpe que hace

que esta se tambalee y venga directa de nuevo hacia mi cabeza.

Por suerte, Gael la detiene antes de que me alcance y, soltando una carcajada, me pide:

—Déjame que te mire.

Pongo los ojos como platos.

¿Mirarme? ¿A mí?

Vale, está claro que no estoy en mis cabales, porque se acerca y empieza a examinarme la cabeza con atención.

Pero ¿qué me pensaba que quería mirar? Ay, Dios mío.

Un ligero olor a madera inunda mis fosas nasales y hace que me quede quieta unos segundos.

—No te has hecho ninguna herida —señala.

—Lo sé, ¡soy una chica dura!

Para demostrárselo, doblo el brazo e intento hacer fuerza con él.

Me observa con una ligera sonrisa.

—Vaya, prometo no volver a ponerlo en duda.

—Más te vale.

Me llevo el vaso de cerveza a los labios y le doy el último trago.

Cuando vuelvo a mirar a Gael, este suelta una carcajada y me dice algo.

Lo que pasa es que entre la música y que no acabo de entenderlo muy bien, lo único que puedo hacer es contestarle con una mirada desconcertada.

Divertido, acorta el poco espacio que nos separa y aproxima su mano a mi boca.

Un pensamiento fugaz y confuso cruza por mi cabeza: «¿Qué está haciendo?». Debería apartarme, pero mis piernas me traicionan y no se mueven ni un centímetro.

Con suavidad, pasa su pulgar por mis labios y, de repente, la piel se me pone de gallina.

—Tienes una extraña manía con los bigotes de espuma.

El contacto dura apenas unos segundos. Ni siquiera me da tiempo a registrar cuándo empieza y cuándo acaba y ya está a un paso de mí. Si no fuera porque ahora mismo el alcohol hace que no piense con claridad, estoy segura de que estaría muerta de vergüenza.

Con un carraspeo, aparto la mirada y observo que dos chicas pasan por nuestro lado y, sin venir a cuento, quitan las cosas que hay encima de la mesita del salón y se suben encima.

Por un momento, se me pasa por la cabeza la posibilidad de pedirles que se bajen. Eso es lo que la Carola coherente haría, al menos.

Pero está claro que esa parte de mí ahora mismo está bien escondida porque, en lugar de eso, doy un paso hacia ellas y apoyo un pie en la superficie de madera.

—¡Quiero bailar! —exclamo.

Y eso hago.

Las dos chicas que antes lo estaban dando todo ahora se mueven a mi lado y me invitan a unirme a ellas.

No pienso en lo que estoy haciendo, solo les sigo el ritmo y contoneo las caderas como si esto fuera un concurso de baile y yo tuviera que quedar en el primer puesto. Desde alguna parte de la casa oigo cómo Eva me vitorea y silba, animándome a seguir.

Bueno, no sé si la de los silbidos solo es ella, porque de repente se forma un corro a nuestro alrededor.

Me fijo en Gael, que no separa sus ojos de mí mientras le da un trago a su cerveza.

No mirar donde piso creo que no es una buena idea, porque en el siguiente movimiento muevo el pie y trastabillo hacia delante.

—¡Guau! —Gael se acera para sujetarme y me ayuda a bajar.

Cuando mis pies tocan el suelo, me aparto rápidamente de él, nerviosa.

—Tengo hambre.

Es la única estrategia que se me ha venido a la cabeza para poner algo de distancia, porque de repente estoy muy acalorada, pero ¿no se me podía haber ocurrido otra cosa?

Aunque, a decir verdad, si lo pienso bien sí que tengo bastante hambre.

Mis tripas empiezan a sonar como si quisieran reafirmarlo.

—Mmm, vale. Vamos a picar algo —ofrece Gael.

Me dirijo hacia la cocina intentando andar recta, pero acabo guiándole a trompicones.

—Cuidado. —Me sujeta de la cintura cuando me tropiezo con mis propios pies.

Sus manos están cálidas y no puedo evitar sentir un pequeño escalofrío allí donde las posa.

—Gracias —contesto con una risa nerviosa.

Me acerco a la nevera y empiezo a sacar todas las cosas que hay a mi alcance: tomate, queso, jamón… También encuentro restos de arroz.

—¿Y si me encargo yo de la comida y tú te sientas? —sugiere el irlandés mientras me lo quita todo de las mano y lo deja sobre la encimera—. Creo que un bocadillo de arroz y mermelada podría sentarte mal —comenta divertido.

—Vale —cedo.

Me siento en una de las sillas frente a la mesa y lo contemplo moverse por la cocina buscando los utensilios. Su espalda es tan ancha que me cuesta ver lo que está haciendo. Lleva otra camisa a cuadros, aunque esta vez es roja, y unos pantalones vaqueros. Me quedo un poco embobada viendo el movimiento de sus hombros y cómo de vez en cuando se echa el pelo hacia atrás.

También, al estar sentada, noto un ligero mareo debido al alcohol.

Creo que es posible que me haya pasado un poquito con esos tragos.

—¡Listo!

Pone un plato frente a mí que contiene un pequeño sándwich de pan tostado que huele fenomenal.

Cuando le doy un mordisco, se me escapa un pequeño gemido. Está delicioso.

—¿Cómo lo has hecho? Si casi no hay comida.

Se encoge de hombros.

—Todo es cuestión de saber sacarle partido a los ingredientes.

Me tiende un vaso de agua y le doy un trago mientras sigo comiendo.

—¿Le has puesto alguna especia al queso?

—Mmm, solo algo de cilantro.

Me quedo quieta.

—¿Cilantro?

Me mira extrañado.

—Sí, ¿por qué?

Dejo el sándwich en el plato y le digo:

—Soy alérgica.

Gael abre mucho los ojos y se levanta corriendo para alejar el plato de mí.

—Dios, Carola. ¡No lo sabía! —Se pone nervioso—. Tenemos que llamar a una ambulancia. ¿Notas la garganta inflamada o algo?

Sus ojos me estudian, buscando algún indicio que le indique que su comida me ha causado una reacción.

De repente, estallo en carcajadas.

—¿Era broma?

—Lo siento —contesto—. Es que me lo has puesto en bandeja.

Gael se queda de pie y me mira, pero cuando ve que sigo riéndome, acaba contagiándose de mi risa.

—Eso ha estado muy mal —se queja mientras vuelve a sentarse.

—Lo sé, lo siento. Pero ahora en serio, tienes que enseñarme a cocinar esto. Es lo mejor que he comido desde que estoy aquí.

Coge un pequeño trozo de mi plato y se lo lleva a la boca.

—Ni lo sueñes —contesta fingiendo estar molesto mientras mastica.

Apoyo la espalda en el respaldo de la silla y suelto un suspiro, vuelvo a sentir un leve mareo.

—No debería haber bebido tanto, la he cagado...

—Solo te ha sentado un poco mal.

Gael, con gesto amable, me tiende de nuevo el sándwich y algo dentro de mí se enciende un poco. No sé por qué, pero de repente me entran unas ganas tremendas de llorar. Me está cuidando. En vez de juzgarme o decirme lo mal que está haber bebido tanto, se ha reído conmigo y ha estado pendiente de mí.

En cambio, si Adrián se enterara de que me he puesto así, la bronca que me echaría sería monumental.

Trato de volver a ponerme recta en la silla.

—Ay, madre... —me lamento.

Gael acerca su silla a la mía y me tiende de nuevo el vaso de agua.

—Eh, no te preocupes —me tranquiliza—. En unas horas te encontrarás mejor. Aunque es posible que mañana tengas una ligera resaca —señala con guasa—. Pero no es nada que no se pueda solucionar con una aspirina.

Su voz me calma un poco y hace ya que me sienta mejor.

Clava sus ojos en los míos y no puedo evitar volver a quedarme pensando en lo bonitos que son. Recorro su cara y me fijo en algunos lunares que tiene repartidos por ella y que le dan encanto, en su nariz recta y su mentón cuadrado. Los labios los tiene entreabiertos, como si fuera a decir algo pero se hubiera quedado a medias.

Sin venir a cuento, le suelto:

—Me encantan tus ojos.

Gael inspira hondo, sorprendido por lo que le acabo de decir.

Con un poco de timidez, repasa el largo de mi trenza con la mano, hasta llegar a mi cara y me acaricia un poco la mejilla.

Contengo la respiración, expectante.

Pero cuando me parece que va a hablar, Eva entra en la cocina y me grita alarmada:

—Tenemos que sacar a todo el mundo de aquí, ¡han llamado a la policía!

Gael se separa de mí corriendo y se vuelve hacia mi amiga.

Mira que se lo advertí.

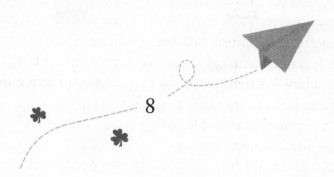

8

Observo a través de la ventana los jardines extensos y los campos cubiertos de verde que recorren Irlanda.

Hoy nos hemos levantado temprano para montarnos en el primer tren de la mañana. Estamos de camino a Howth, un pueblo costero pequeño al que teníamos muchas ganas de ir y que se ha convertido en nuestra primera escapada oficial del Erasmus.

—Adoro viajar en tren.

A pesar de ser un trayecto tan corto (apenas media hora) disfruto de cada minuto que pasamos aquí dentro y trato de no perder ni un detalle del increíble paisaje que estamos contemplando.

—Uf, yo lo odio —responde Eva—. Estos asientos me están matando.

Suelto una risa silenciosa.

Después del susto que nos llevamos el viernes pasado con la «casi multa del siglo», decidimos que era el momento perfecto para pasar un fin de semana tranquilas y salir un poco de Dublín. Gracias a Dios (o al hijo del vecino que avisó a Eva, en realidad) pudimos sacar a todo el mundo antes de que la policía llegara.

Cuando hablamos con ellos, nos dijeron que si volvían a llamarles tendríamos problemas, así que ya hemos acordado que eso de hacer «quedadas de amigos» en casa está prohibido.

Al día siguiente, cuando me desperté, tenía una resaca horrorosa. No ayudó mucho que Adrián me llamase para preguntarme por qué no le había hablado la noche anterior. Aunque me sentí fatal, terminé diciéndole que había estado tomándome algo con Leire y Eva porque sabía que si le contaba lo de la fiesta acabaríamos discutiendo, y no tenía la cabeza para eso.

La tarde del domingo la pasé comiendo palomitas y haciendo un maratón de Harry Potter con Eva. Fue un buen método de distracción para no pensar mucho en el momento íntimo que tuve con Gael en la cocina.

Iba borracha, ya está. No sabía lo que decía.

Así que cuando el lunes fui a trabajar al bar simplemente hice como si no hubiera pasado nada. Le di las gracias por haberme ayudado y, a pesar de que estábamos un poco tímidos al principio, las cosas no tardaron en volver a la normalidad.

—¡Por fin! —exclama Eva cuando el tren llega a la estación—. ¿Hacia dónde vamos?

Miro el itinerario que he preparado en el móvil.

—Por aquí.

Echo a andar y mi amiga sigue mis pasos.

Antes de venir me he puesto a buscar los sitios que podemos visitar durante el día, aunque tenemos que darnos prisa si queremos llegar a todo.

Al salir de la estación, pasamos frente una especie de *market* que ofrece muchos tipos distintos de comida y de utensilios que embelesan a Eva. Después de entretenernos ahí un buen rato y de desayunar algo, prácticamente tengo que sacarla a rastras si queremos seguir viendo cosas. Cuando llegamos al puerto, damos un paseo por el muelle mientras contemplamos la cantidad de barcos pesqueros que hay y los que llegan llenos de provisiones.

Me asombra el estilo de vida tan diferente que llevamos. No solo comparado con Dublín, sino con la rutina que tenía el año pasado en España. Aquí la gente anda tranquila, sin prisa, disfruta de cada paso que da y valora el mar que tiene frente a su casa.

En un momento dado, no puedo evitar quedarme mirando a una pareja de ancianos que está dando una vuelta por la playa con los zapatos en la mano mientras dejan que el agua les moje los pies. ¿Alguna vez será así entre Adrián y yo? Cuando empezamos a salir, todo iba tan bien entre nosotros que jamás pensé que dudaría de lo nuestro. Él me cuidaba, era atento y no dejaba que nada se interpusiera entre nosotros. ¿Cuándo ha cambiado eso? No tengo ni idea, pero de repente un día todo ese amor se convirtió en algo más.

«¿Obsesión?», pienso con tristeza.

Y creo que esa protección llegó al punto de desarrollar unos celos que no reconozco.

Antes no era así.

Supongo que por eso una parte de mí espera que todo mejore en algún momento, que todo esto solo sea una etapa.

Pero cada vez me cuesta más y más esperar.

Decidimos picar algo en uno de los restaurantes que hay cerca de la playa. Queremos probar alguna comida típica de aquí y acabamos hinchándonos de pescado frito y guisos que están para chuparse los dedos.

—En marcha —apremio a mi amiga cuando termina de comer.

—Dame aunque sea diez minutos para reposar —se queja recostándose en la silla.

Miro la hora.

—Tenemos que darnos prisa si queremos ver el castillo.

—Esto es peor que las excursiones del colegio. ¿No has pensado en ser guía turística? Serías fantástica.

Pongo los ojos en blanco y le insisto.

Hacer estas escapadas, aunque parezcan poca cosa, para mí significan mucho.

Tener la oportunidad de visitar sitios tan distintos de los que estoy acostumbrada a recorrer es increíble. Para no gastar tanto dinero, habíamos decidido no quedarnos a dormir y volver en el último tren de la noche, por eso tengo tanta prisa en verlo todo.

Cuando consigo que Eva se levante de la silla, ponemos rumbo al famoso castillo de Howth. El camino hacia allí es precioso, hay muchas rutas indicadas que atraviesan senderos repletos de flores y el césped está tan verde que me dan ganas de tumbarme en él.

Después de visitarlo y dedicar parte de la tarde a disfrutar de sus alrededores, nos dirigimos hacia nuestra última parada del día.

—¡Esto es una pasada! —exclama mi amiga con la voz entrecortada a causa del esfuerzo de la subida.

Frente a nosotras, un faro gigantesco se alza imponente al borde de un acantilado.

Hemos llegado justo a la hora en la que el sol empieza a esconderse a lo lejos y el cielo está salpicado por los tonos anaranjados del atardecer. Andamos hasta llegar al final y nos quedamos en silencio un rato, disfrutando del viento que enreda nuestro pelo, del olor a mar que inunda nuestras fosas nasales y la sensación de estar en un sitio único en el mundo.

—Lo es —termino respondiendo, aunque no sé si Eva llega a oírme.

Jamás había visto un paisaje como este.

—Es sorprendente lo pequeños que somos —reflexiona en voz alta—. Todas las preocupaciones que nos agobian cuando, a la larga, no importan nada. No deberíamos dejar que nos afectaran tanto.

—No sé —empiezo a responder—. Yo creo que sí son importantes. Nos hacen ser quienes somos, ¿no?

Observo cómo Eva cierra los ojos, dejando que el aire le roce la cara.

—Son parte de nosotros, sí. Pero no nos definen —contesta tranquila—. Yo creo que lo que nos define es lo que hacemos con ellas y cómo dejamos que nos afecten. Una persona no es los nervios que siente frente a una situación difícil, sino lo que hace para superarla, la forma en la que lo afronta y, también, cómo lidia con ella.

Me quedo pensativa, sopesando sus palabras.

—¿Y si gritamos?

—¿Qué? ¿Ahora?

Se encoge de hombros.

—Sí, ¿por qué no?

Miro a nuestro alrededor para comprobar que no hay nadie más aquí, y Eva pone los ojos en blanco.

—Y si no estuviéramos solas, ¿qué pasaría? Aquí no nos conocen —me reprocha divertida.

—Pero ¿para qué vamos a gritar?

—No sé, a veces viene bien soltar tensiones. ¿No decías que querías volver a aprender a respirar?

Toqueteo mi trenza, tiene razón.

—Venga, vale.

Mi amiga me dedica un gesto satisfecho.

Nos ponemos aún más juntas, Eva toma mi mano y la entrelaza con la suya.

Imito sus movimientos e inspiro todo el aire que puedo hasta llenar mis pulmones.

Entonces gritamos.

Y me doy cuenta de que, gracias a eso que me ha parecido tan tonto en un principio, algo dentro de mí se relaja un poco.

Me siento bien.

Al llegar a casa lo primero que hago es poner el móvil a cargar y meterme en el cuarto de baño.

Como hemos pasado todo el día de aquí para allá mirando las ubicaciones y el itinerario, la batería se me ha muerto y hemos tenido que depender del de Eva.

Tras darme una ducha caliente y cenar una sopa instantánea que me ha sabido a gloria, le doy las buenas noches a mi compañera de piso y me dirijo a mi habitación con la intención de dormir quince horas seguidas. Hemos andado tanto que no me sorprendería despertarme mañana con los cuádriceps resentidos.

Cuando estoy ya acomodada entre las sábanas y empiezo a sentir que el sueño se va apoderando de mí, la vibración de mi móvil hace que suelte un quejido.

Alargo el brazo y lo cojo de mi mesilla de noche, preguntándome cuál puede ser el motivo de que esté sonando como si hubiera recibido mil notificaciones al mismo tiempo. Reviso los mensajes, y si hace unos segundos sentía el cuerpo tranquilo y adormecido, ahora esa sensación queda sustituida por una tensión que me cala hasta los huesos.

Tengo por lo menos treinta llamadas perdidas de Adrián y veinte mensajes sin leer.

Me quedo quieta con el móvil en la mano y una sensación extraña en el pecho. Me pregunto qué ha podido pasar o qué he podido hacer para haber recibido tantos mensajes cuando empieza a sonar de nuevo.

Pero esta vez, por una llamada entrante.

Miro el nombre y cierro los ojos.

Tomo una bocanada de aire.

—¿Hola? —pregunto un poco tímida cuando descuelgo.

Un silencio se apodera de la otra línea.

—¿Adrián? —vuelvo a preguntar—. Perdona, acabo de ver las llamadas y...

—¿Tú te crees que soy idiota? —me dice en un tono de voz que pretende aparentar tranquilidad pero que noto tenso.

—¿Qué? No.

Vuelve a quedarse callado.

—¿Te parece normal haber desconectado el móvil todo el día?

Me enredo la trenza entre los dedos y trato de controlar los nervios.

—Adrián —digo con voz calmada—, ayer te dije que hoy me iba con Eva a pasar el día fuera, me he quedado sin batería y acabo de cargarlo, no había visto tus llamadas.

—¡QUE NO ME MIENTAS! —grita, sobresaltándome—. Me has puesto la excusa del viaje para estar todo el día sin el móvil y no tener que hablar conmigo. Habrás estado con tus «amigos», ¿no?

Noto un nudo en la garganta.

—No te estoy mintiendo —respondo un poco indignada.

Me parece oír que suelta un resoplido.

—Venga ya, ¿encima te vas a enfadar tú?

—No estoy enfadada, pero no me puedo creer que me estés diciendo esto. Solo se me ha quedado el móvil sin batería.

Me siento recta en la cama.

—Lo estoy pasando fatal con la distancia, Carola. Yo lo doy todo por ti, te dejo tu espacio y que vayas a donde quieras. ¿Tú sabes lo difícil que es eso? ¿La de tíos que no dejarían a sus novias hacer eso? Pero yo no te he puesto problemas. Mientras tú estás por ahí, pasando de mí, yo estoy aquí sufriendo porque te quiero.

Una sensación de tristeza se instala en mi cuerpo.

Esa no ha sido mi intención en ningún momento, pero ¿cómo se lo explico? No me cree.

—Estoy harto de que te pongas por delante de mí todo el rato. Has dejado nuestra relación de lado y te da igual. Antes no eras así —ataca cabreado.

Me paso la mano por los ojos y me seco una pequeña lágrima que ha empezado a formarse en ellos. Suspiro.

¿Tiene razón?

Es verdad que antes nos ponía a nosotros por delante de todo, dejaba de hacer cosas porque sabía cómo podían sentarle a Adrián, pero ¿tanto he cambiado?

¿Tan egoísta he sido por venir aquí? Sabía que iba a ser duro y que podríamos tener problemas, pero no me imaginaba que mi pareja fuera a sufrir tanto por mi culpa... Pero ¿qué puedo hacer?

—Adrián... No ha sido mi intención hacerte daño en ningún momento. Solo se me ha acabado la batería, ya está. Sé que te has preocupado, pero... tenemos que intentar mantener un poco la calma —trato de explicarle—. Tienes que confiar más en mí.

—Joder, Carola... No es tan fácil. —Se queda en silencio unos segundos—. Mira, déjalo, creo que es mejor que nos vayamos a dormir. Mañana hablamos de esto con calma, pero no vuelvas a desconectar el móvil.

Suelto un suspiro, cansada y triste.

Siempre hace lo mismo. Me echa la bronca y se enfada para iniciar una discusión y luego dejarme con la palabra en la boca. No podemos seguir así.

—No puedes llamarme enfadado y colgarme ahora, tenemos que hablar de esto —explico.

Escucho que algo se cae al otro lado de la línea o ¿lo ha tirado? No tengo ni idea.

—¿Qué quieres? ¿Seguir restregándome que te estás olvidando de mí? ¿Hacerme sentir como un loco porque hoy me he preocupado por ti?

—No, pero tienes que entender que...

—Que ahora tienes una nueva vida —dice resignado.

—No es eso...

—Mira, no quiero seguir hablando ahora mismo.

Me muerdo el labio.

—Vale. —Me doy por vencida.

—Buenas noches —me dice secamente.

—Buenas... —Cuelga—. Noches.

Me tumbo en la cama, aún más exhausta que antes, pero sin ser capaz de pegar ojo.

Creo que esto se nos está yendo de las manos.

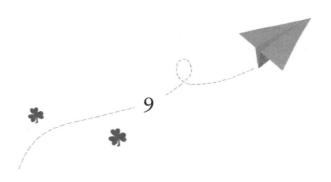

9

Pensaba que estar cuatro días sin hablar con Adrián me afectaría mucho.

Desde la noche de la discusión no hemos vuelto a mandarnos ningún mensaje, ni siquiera se ha dignado llamarme (algo muy raro en él) y, no tengo ni idea de por qué, no me ha dolido tanto como creía.

Hace un año si pasábamos más de veinticuatro horas sin hablar porque estábamos enfadados, mi conciencia no me dejaba tranquila hasta que daba mi brazo a torcer y le llamaba para hacer las paces. Sé que después de la pelea está dolido y espera que le mande un mensaje para pedirle disculpas, pero por primera vez en mucho tiempo no me sale hacerlo.

En cambio, esta semana me he centrado en ir a mis clases, estudiar con Eva (los exámenes finales están a la vuelta de la esquina) y trabajar en el bar.

Aunque no me he olvidado de Adrián y una parte de mí se siente mal por todo lo que está pasando entre nosotros, él tiene que aprender a confiar más en mí, eso es todo.

Necesito que lo haga.

Después de haber pasado toda la mañana en la universidad y de haber comido en la cafetería con Eva, decido ir al supermercado de camino a casa y comprar los ingredientes para hacer un pastel.

Cuando era pequeña, cada vez que mi hermana y yo estábamos inquietas y necesitábamos relajarnos, mi madre nos llevaba a la cocina y nos enseñaba a hacer galletas para tenernos entretenidas.

Desde entonces se ha convertido en una costumbre para mí, aunque si soy sincera..., hace mucho tiempo que no lo hago.

Sin embargo, como hoy no tengo turno en el bar y ya que he comprado todo lo que necesito, me pongo manos a la obra.

Pongo mi reproductor de música en marcha, me cambio los vaqueros por un pijama básico y sustituyo las lentillas por mis gafas de leer. Con Taylor Swift de fondo, saco una de las recetas que he ojeado hoy por internet y empiezo a verter cien gramos de harina en un cuenco enorme.

Cuando estoy tratando de alcanzar uno de los vasos del estante más alto, le doy un golpe a la bolsa de harina sin querer y me mancho parte de la camiseta y de la barbilla.

En un momento dado, llega el estribillo de la canción que está sonando y, como si estuviera en un concierto frente a miles de personas, me llevo la cuchara de madera a la boca y canto sin entonar ni una de las notas.

Pum, pum, pum.

Me parece escuchar un ruido lejano, pero como la música está tan alta no lo distingo bien y acabo atribuyéndolo a algún instrumento de la canción mientras sigo desafinando sin vergüenza alguna.

Unos segundos después, vuelvo a oírlo y paro el reproductor. Cuando me dirijo al salón para buscar de dónde proceden los golpes, veo la figura de Gael al otro lado de la ventana.

Me saluda con la mano.

A mí. Que llevo el pijama lleno de harina, varios mechones de pelo fuera de la trenza y las gafas que no me pongo frente absolutamente nadie (menos las chicas).

¿Me ha visto bailando como si estuviera poseída? Espero que no.

—¿Me abres? —Gesticula a través de la ventana.

Asiento de manera automática.

—Hola.

—Mmm, hola. —No sé por qué estoy tan tímida de repente, ni que fuera la primera vez que está en mi casa—. ¿Ha pasado algo? —acabo preguntándole, extrañada.

Saca del bolsillo de su abrigo una bufanda de color rojo que reconozco al instante.

—Se te olvidó ayer en el bar, pensamos que la echarías en falta.

—¿Pensamos?

Gael silba y un Hood feliz, moviendo la cola y con la lengua fuera, aparece desde algún punto del jardín.

Me agacho, contenta por verlo, y empieza a darme lametones en la mano.

—Vaya, ni me había dado cuenta —reconozco—. Gracias.

Cuando me incorporo, me la tiende y la enrollo en mis manos.

—¿Estabas cocinando algo? —pregunta con curiosidad.

—Sí, un pastel. O el intento de uno, al menos —contesto riéndome.

—Parecía que te lo estabas pasando bien.

Me llevo las manos a la cara, avergonzada.

—¿Me has visto?

Como para confirmarlo, Hood ladra.

Gael suelta una pequeña carcajada.

—Sí, bailas muy bien.

Le dedico una mirada suspicaz porque ambos sabemos que eso es mentira.

—Te lo aseguro —trata de convencerme—. Bueno, solo venía a traerte esto… —Empieza a darse la vuelta para irse.

—¿Quieres pasar?

Lo pregunto sin pensar, así sin más. Pero cuando observo su gesto y a Hood sentado junto a sus piernas, me doy cuenta de que de verdad me apetece que se quede un rato.

—Podrías ayudarme a mezclar los ingredientes, ya sabes… O darme algún consejo —me excuso.

Pero ¿qué estoy diciendo? Seguramente tenga mejores cosas que hacer. ¿Y si ha quedado con alguien y mi casa solo le pillaba de paso?

De repente, ese pensamiento me deja mal cuerpo.

Quizá ha quedado con alguna chica y no puede quedarse. Entonces ¿le estaría poniendo en un compromiso? Ay, Dios.

Sin embargo, ajeno al cacao mental que estoy sufriendo ahora mismo, responde:

—Claro.

Agrando un poco los ojos sorprendida y, para qué mentir, un poco aliviada.

Me hago a un lado y los dejo pasar.

Hood, sin ningún pudor, se dirige a una esquina del salón y se recuesta sobre la alfombra.

Tras quitarse el abrigo, Gael entra en la cocina y empieza a lavarse las manos.

—Y bien, ¿cuál es mi labor, chef? —pregunta con guasa.

Le dedico una mirada burlona y cojo un par de naranjas.

—Según esto, tienes que rallarlas.

Parece sorprendido.

—¿Estás haciendo pastel de naranja?

Clavo los ojos en el cuenco con la masa y empiezo a darle vueltas sin sentido, buscando una excusa para no mirarle.

Vale, puede que inconscientemente justo haya comprado los ingredientes para hacer su pastel favorito, pero eso no quiere decir nada.

Ha sido solo una coincidencia, he visto las naranjas en el supermercado y me he dicho: «¿Por qué no?».

«Eso no te lo crees ni tú», me dice una vocecita.

«Calla», le respondo con malas maneras.

Gael no comenta nada, solo se limita a hacer lo que le he pedido y, en un momento dado, se pone a mi lado y me da indicaciones sobre lo que puedo hacer para que quede mejor.

Ambos nos movemos por la cocina como si no fuera la primera vez que hacemos esto juntos. El rubio me pasa varios utensilios mientras me ayuda a hacer el glaseado y yo me río burlona de su faceta de cocinero profesional.

—Estás hecho para esto —le digo al cabo de unos minutos—. Has salvado una masa que, sin lugar a duda, iba a quedar más dura que una piedra.

Se carcajea.

—Lo estabas haciendo bien.

Lo dudo mucho, pero así es Gael, nunca lo va a reconocer, es demasiado modesto para eso.

Mientras vierte la mezcla en un recipiente, me pongo una manopla con forma de Mickey Mouse que había en la casa y que me encanta. Tras tenderme el molde, abro el horno y lo coloco sobre la bandeja.

Una vez dentro, me paso la mano por la frente, fingiendo estar exhausta.

—Ha sido un trabajo muy laborioso —ironizo.

—Y aun así, lo has sacado adelante —sigue con guasa.

Me río.

—Tú también has tenido algo que ver.

—Vaya, gracias —responde con una media sonrisa que hace que dirija mis ojos hacia su boca.

Al instante me doy cuenta de lo cerca que estamos.

Gael estudia mi cara y traga saliva. La cocina se ha quedado en silencio, solo escuchamos la respiración sonora de Hood, que en algún momento ha debido de quedarse dormido.

El aroma a naranja que inunda la cocina se mezcla con el olor a madera procedente de Gael y hace que inconscientemente (o eso creo) inspire tan hondo que acabo llenando mis pulmones de esa esencia tan embriagadora antes de soltar un suspiro.

Nos quedamos así unos segundos; parece que ninguno de los dos tiene la intención de moverse.

Algo dentro de mí me grita: «¡Apártate, esto no está bien!», pero mis músculos no le hacen ningún caso. La temperatura de la cocina ha subido varios grados, aunque decido echarle la culpa el horno.

En apenas un pestañeo, Gael se aparta con un carraspeo. No me gusta. Y eso me hace sentir fatal.

—Debería irme ya —dice a media voz.

—Claro —respondo en un murmullo.

Pero ninguno de los dos se mueve. Él solo ha dado un paso atrás y se rasca la cabeza mientras lo que creo que es un sentimiento de confusión cruza por sus ojos.

El sonido de unas llaves nos saca de nuestra burbuja.

—¡Carola! Ya estoy aquí. Oye, ¡huele genial! —exclama Eva—. ¿Has cocinado?

Gael rompe el contacto visual y empieza a moverse.

Sale de la cocina y escucho a mi compañera de piso soltar un gritito.

—Hey, ¿qué haces aquí? —pregunta en tono curioso—. ¿Te quedas a cenar?

Me asomo por la esquina de la cocina y observo que Gael se pone la chaqueta y llama a Hood.

—Hoy no puedo, pero gracias.

Antes de salir por la puerta, se vuelve y, con una sonrisa que no le llega a los ojos, me dice:

—Que aproveche.

—Gracias… —contesto en un susurro.

Cuando ya se ha ido, mi compañera de piso viene hacia mí a toda prisa.

—¿Me vas a decir lo que ha pasado? —pregunta emocionada.

Finjo que no sé de qué me está hablando y me acerco al horno, que ha pitado avisándome de que el pastel ya está listo.

Mientras lo saco y contemplo lo bonito que ha quedado, respondo:

—Nada, no ha pasado nada.

Y mi conciencia no puede evitar chillarme: «No está bien decir mentiras».

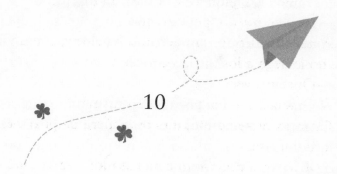

10

Le doy vueltas al móvil entre las manos mientras me repito mentalmente por décima vez que he tomado una buena decisión.

Cuando se lo he dicho a mi madre, por poco le da un ataque. Saber que no vas a ver a tu hija en Navidad no es plato de buen gusto para ningún padre, pero (tras haberle explicado mis motivos más de cinco veces) ha acabado entendiéndolo.

La idea lleva varias semanas rondando por mi cabeza y hoy, al levantarme, simplemente lo he visto claro.

Estar aquí, de alguna manera, me está viniendo bien. Me gusta mi rutina y la gente a la que veo día a día, la versión de mí misma que se está formando desde que estoy en Dublín. He tardado tanto en adaptarme que, ahora que debería reconectar con mi vida en España, no me veo con energías.

Antes de venir varias personas me dijeron que, una vez que estás en tu nuevo destino, te metes en tu propia burbuja. Y no me había dado cuenta de lo real que era hasta que ha llegado el momento de pincharla, aunque solo sea por un periodo corto de tiempo.

Y ahora viene la parte más complicada: Adrián.

Llevamos sin hablar desde aquella discusión.

Esperaba que, después de dos semanas, se hubiera puesto en contacto conmigo. Pero no ha sido el caso y no puedo evitar que un sentimiento de apatía se instale en mi pecho.

No me había dado cuenta de que siempre que se enfadaba conmigo o discutimos era yo la que iba detrás de él para pedirle disculpas. Y ahora que no lo he hecho, no ha sido capaz de mandarme ni un mensaje.

Le doy al botón de llamada.

Tarda un rato en contestar, tanto que empiezo a pensar en colgar y probar más tarde.

Sin embargo, al quinto tono contesta.

—¿Carola? —pregunta.

—Hola.

Silencio.

—Vaya, no sabía si serías tú o alguien que te hubiera robado el móvil. Después de quince días sin hablarme...

Cierro los ojos y trato de calmarme.

No me lo puedo creer.

—Adrián, tú también podrías haberme escrito un mensaje.

Escucho una risa.

—Venga ya. Si fuiste tú la que se enfadó por haberme preocupado por ti.

Resoplo.

—Eso no es verdad.

—Sí que lo es, pero bueno. ¿Qué tal todo por ahí? ¿Te han sentado bien estas dos semanas pasando de mí?

—He estado bien, sí —contesto con sinceridad—. ¿Y tú?

—Jodido, echando de menos a mi novia.

Me enredo la trenza entre los dedos.

—Lo siento.... —acabo diciendo—. Pero tú también podrías haberme hablado —repito.

Suelta un bufido.

—¿Sabes con quién he hablado? Con tu madre. Quería ir a recogerte al aeropuerto la semana que viene. No me he olvidado de ti, pero yo no hice nada por lo que tenga que pedir disculpas.

No puedo evitar sorprenderme.

—¿Y qué te dijo? —pregunto nerviosa.

—¿Tú madre? Que aún no sabía cuándo venías, pero que me lo diría cuando lo supiera.

Ahora entiendo por qué me preguntaba tantas veces... El sentimiento de culpabilidad que había dejado a un lado estas semanas reaparece con tanta fuerza que me mareo un poco.

—Adrián, justo te llamaba por eso...

—Mira, Carola, que ya está. Me has llamado para pedirme disculpas y las acepto. Has tardado en darte cuenta, pero me alegro de que lo hayas hecho, al menos.

Lo dice tan resuelto y seguro que casi me dan ganas de callarme y no contarle nada por no hacerle daño.

Pero ya hice eso este verano y solo empeoró las cosas. Es mejor que se lo diga ya.

—Adrián..., no voy a bajar a Murcia por Navidad.

Se queda callado unos segundos.

—¿Y eso? No me jodas, ¿te hacen trabajar en ese bar mugriento? No me lo puedo creer. Dimite —me pide.

Por un momento me planteo mentirle y contestarle que sí, que es por eso.

Pero no puedo.

—No. Lo que pasa es que aquí estoy muy a gusto, y bajar solo para dos semanas con los exámenes encima y todo... Prefiero quedarme. Además, los vuelos están carísimos.

Me quedo esperando a que estalle en gritos, como suele

hacer cuando se enfada. Sin embargo, en vez de eso suelta una carcajada.

Y eso es aún peor.

—Esto ya es un chiste. Me estás tomando por tonto.

—Sabía que no lo entenderías —digo con tristeza.

—¿Entender que te vas a quedar ahí a pasar la Navidad sin tu familia ni tu pareja? Pues claro que no. No dejas de decirme que no estás con ningún tío, pero para no estarlo, lo parece bastante. ¿Quién se quedaría ahí sola?

—No estoy sola —me justifico—. Hay más gente del grupo que se queda, como Leire.

Otra carcajada.

—¿Sabes qué? Haz lo que te dé la gana. No voy a seguir con esto.

Un escalofrío me recorre el cuerpo.

—¿Con qué? —pregunté nerviosa.

—Con lo nuestro —sentencia.

Me quedo helada.

—¿Vas a cortar conmigo porque me quedo aquí? —Intento que mi voz no suene rota.

—Voy a… —Suspira—. A darnos un tiempo, eso.

—¿Un tiempo?

—Sí. Haces lo que te da la gana y a saber con quién, mientras que yo estoy aquí. Y ya no puedo más.

—Pero ¿cuánto?

—No lo sé.

—Adrián…

No se me ocurre qué decirle. Me entristece que siga sin confiar en mí, pero ¿qué le hago? No puedo asegurarle que las cosas vayan a estar bien, básicamente porque creo que desde que estoy aquí me he dado cuenta de que no quiero volver a lo mismo de antes, a tener que reafirmarle todo el rato mis sentimientos, preocupada por si algo le sienta mal, y sé que, si ahora le pido disculpas y le suplico que no haga esto, solo va a empeorar la situación.

—Déjalo —responde con sequedad—. Pásatelo bien.

Cuelga sin más.

Me recuesto en la cama y me quedo así unos segundos mirando la pared mientras me pregunto en qué momento hemos llegado a este punto.

Lo que me extraña es que solía pensar que si esto pasaba algún día el corazón se me partiría en dos y notaría un vacío inmenso.

Me seco una lágrima. Lo que me hace estar aún peor es darme cuenta de que ese vacío no es nuevo para mí.

Llevo dentro de él mucho tiempo.

Al día siguiente, estoy despistada durante el turno en el bar.

Tengo que lidiar con varios clientes que se quejan de que les haya llevado mal las comandas y, para colmo, uno de los camareros no ha podido venir y me toca ocuparme también de su sección.

—Te he dicho que quería puré de patatas, no crema —me suelta molesto un hombre.

—Disculpe, ahora mismo se lo cambio.

Recojo el plato y vuelvo a la cocina.

Mientras espero a que preparen la comida Gael aparece por mi lado cargando una caja llena de botellas.

—¿Te ayudo? —le pregunto.

Con poco esfuerzo, la levanta y la deposita en la barra.

—¿No debería preguntarte eso yo a ti? —dice mientras guarda los refrescos en la nevera—. ¿Estás bien?

Hago una mueca.

Odio que me hagan esa pregunta, nunca sé qué debería

contestar en realidad. Creo que es porque nadie espera que la otra persona responda: «No, estoy fatal. Pero gracias por preguntar», y si lo haces, se queda sin saber qué decir o, lo que es peor, intentando fingir que de verdad le importa cómo te sientes.

—Eh —me dice Gael con suavidad mientras se acerca—. Puedes hablar conmigo.

No sé si es por el tono comprensivo que utiliza o por la forma en la que sus ojos verdes me miran, como si estuviera francamente preocupado, pero un lamento se escapa de entre mis labios y noto que se me empiezan a acumular lágrimas en los ojos.

—Me voy a quedar aquí en Navidad... —empiezo a explicarle.

—¿Y eso? Pensaba que Liam te había dado vacaciones.

Niego con la cabeza.

—Es porque he querido... —Me coloco un mechón de pelo rebelde tras la oreja.

El pobre me mira confuso sin llegar a entenderme.

—A Adrián no le ha hecho ninguna gracia —confieso—. Y me ha dejado.

—Ay, pelirroja... —Posa su mano sobre mi brazo y me hace una leve caricia.

—No sé. Es que... siento que todo es culpa mía siempre, ¿sabes? —explico en un susurro—. Odio haberle hecho daño.

Gael asiente con la cabeza.

—No has hecho nada malo.

—Él me dijo que...

—No has hecho nada malo —me corta, repitiendo esa frase tan serio que hace que levante la cabeza y le mire—. Nadie en su sano juicio dejaría a una chica como tú. Ese tío es un idiota, y haberte hecho sentir así por quedarte solo lo reafirma.

Noto que su mano asciende hasta llegar a mi mejilla y me seca una lágrima.

No sé si es por la sinceridad de sus palabras, la forma en la que trata de convencerme de cada una de ellas con su mirada decidida o ver cómo se le tensa el mentón cuando mueve el pulgar sobre el arco de mis ojos... pero, de repente, me siento un poco más reconfortada.

Ver así a Gael, con tanta determinación, hace que infle el pecho y me contagie de ella.

—Gracias... —alcanzo a contestar.

Traga saliva y, tras quedarse quieto unos segundos, aparta la mano de mi cara y me dice:

—Si... —Carraspea—. Si vas a pasar aquí la Navidad, supongo que no tendrás dónde celebrar Año Nuevo, ¿no?

—Pues ni lo había pensado —admito.

—Haremos una fiesta todos los del bar y algunos amigos aquí. Si te apetece... Bueno, estás invitada —me dice en un tono de voz que me parece un poco nervioso.

—Me encantaría —acepto agradecida.

Se rasca la cabeza y asiente.

—Genial.

Nos quedamos mirándonos y siento que mi estado de ánimo ha mejorado. No sé si ha sido gracias a sus palabras o porque es la primera persona a la que le he confesado lo que ha pasado entre Adrián y yo y he podido desahogarme un poco, pero le dedico una sonrisa sincera.

Al menos hasta que un Liam bastante alterado aparece por un lado de la barra y me dice:

—¡Carola! ¿Se puede saber por qué hay un hombre quejándose de no sé qué puré de patatas?

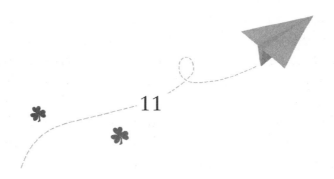

11

Diciembre en Dublín tiene un encanto especial que no me esperaba.

Voy contemplando los adornos navideños mientras Hood tira de la correa, animándome para que ande más rápido.

Eva se fue a Zaragoza hace unos días, y como Liam me dio vacaciones, he decidido aprovechar para estudiar e intentar disfrutarlas un poco. Entre otras cosas, pasear a este peludo blanco todas las mañanas se ha vuelto parte de mi rutina. Me conviene para pasar un rato sola, admirar un poco más la ciudad y, bueno..., para pensar.

Y eso es algo que estoy haciendo muchísimo últimamente.

Ya han pasado dos semanas desde el «tiempo» que me pidió Adrián y no tener noticias suyas me ha venido sorprendentemente bien.

Es curioso, pero si hace dos años alguien me hubiera dicho que a día de hoy me encontraría en esta situación con él, estoy casi segura de que habría estallado en carcajadas pensando que ni de lejos una relación como la nuestra acabaría así.

Pero claro, hace mucho que nuestra relación es solo eso, el fantasma de lo que un día fue.

El primer año todo iba sobre ruedas. De hecho, cada vez que le contaba nuestra «historia de amor» a alguna persona, solía recibir como respuesta suspiros y frases tales como: «Yo quiero eso» y «Qué afortunada eres». Conocí a Adrián una tarde que estaba paseando a los perros de uno de sus vecinos. Siempre que pasaba por delante de su casa nos lanzábamos miraditas furtivas, pero jamás se me pasó por la cabeza que ese chico moreno y alto se fijaría en mí tanto como para acercarse un día cualquiera y acompañarme durante mis horas de trabajo. Desde entonces, empezó a esperarme cada tarde y pasábamos un rato juntos, hablando de cualquier cosa que se nos ocurriera. Al principio me parecía el típico pijo mimado, siempre con las camisas tan bien planchadas y el reloj de marca. Pero conforme nos fuimos conociendo vi que dentro de él había mucho más. De repente pasamos de ser solo dos extraños a «la pareja perfecta», y eso a mí me encantaba.

Al fin y al cabo, era como protagonizar una película y en mi cabeza éramos la nueva versión de *Una cenicienta moderna*. Yo, la chica de bajos recursos cuyo sueño era ver mundo y él, el protagonista masculino que se enamoraba a pesar de lo que la gente pudiera pensar y de que tuviéramos diferentes opiniones en algunas cosas.

Y así fue durante un tiempo.

Ahora esa época se diluye cada vez más y más en mi memoria hasta el punto de que ya no sé cómo hemos llegado a esto. ¿Cuál fue el detonante?

Las citas tan esporádicas y románticas que tuvimos al principio se acabaron convirtiendo en una «obligación» ineludible para mí. Si un jueves no podía salir a cenar porque había quedado con Nuri y Vega, la respuesta de Adrián era un lamento porque estaba empezando a «desenamorarme». Si teníamos una opinión distinta sobre algún tema político,

Adrián se enfadaba porque siempre tenía que «llevarle la contraria», aunque al principio de nuestra relación me dijera que eso era algo que le gustaba de mí. Y si yo sacaba el tema de salir de fiesta un sábado, resultaba que a Adrián se le había olvidado avisarme de que teníamos una cena con sus padres que no podía perderme.

El novio comprensivo que había conocido pasó a tener actitudes un tanto celosas y controladoras.

Hasta que al final empezamos a discutir por cualquier cosa y, fuera lo que fuese, la culpa siempre era mía porque no ponía «lo suficiente» de mi parte.

Y la parte de mí que seguía enamorada se lo creía.

Dejé de contarle nuestros problemas a mis amigas. Ellas comenzaban a percatarse del rumbo que estaba tomando nuestra relación y no soportaba oírlas hablar mal de mi pareja ni las miradas de lástima que me dedicaban cuando les pedía que no pensaran mal de él, que solo era una pelea tonta que arreglaríamos al día siguiente.

Pero ahora... Ahora me estoy dando cuenta de muchas cosas.

Creo que algo dentro de mí quiso pedir el Erasmus por eso. El año pasado, en Madrid, Adrián llegó a un punto que jamás le había visto antes. Esas llamadas constantes, los reproches... hicieron que de verdad pensara que su forma de comportarse era culpa mía. Vine aquí pensando que era solo una etapa, que podríamos con ello y que el chico atento y dulce que conocí hace tres años volvería.

En cambio, ahora creo que ha llegado la hora de aceptar que simplemente esa persona ya no existe. A lo mejor su verdadera personalidad es esta y todo lo que conocí antes de él no era real. O puede que sí lo fuera, pero que haya cambiado tanto con el tiempo que por eso está irreconocible.

Sea como sea, yo ya no puedo con esto.

Este «tiempo» para mí ha resultado ser el punto final de nuestra historia.

Un ladrido me saca de mis cavilaciones y observo a mi alrededor.

He estado tan absorta en mis pensamientos que ni siquiera me he fijado en que hemos llegado al Robin.

—Buen chico —le digo a Hood mientras acaricio su cabeza.

Me da un lametón en la mano como respuesta y entramos en el bar.

El contraste de temperatura con el exterior hace que me quite la bufanda roja y me frote las manos para entrar en calor lo antes posible.

—El perro no puede estar dentro —me dice Liam al pasar por mi lado.

—¡Solo son unos minutos!

—Como se cague en el suelo, lo vas a recoger tú —responde despreocupado.

Suelto una pequeña risa y dirijo la mirada hacia la barra buscando a Gael. Se supone que su turno termina ahora.

No me esperaba para nada que el irlandés fuera a convertirse en un apoyo fundamental para mí estos días. Pero cada vez que le veo y paso un rato en su compañía hace que se me olvide un poco todo y consigue subirme tanto el ánimo que, en cuanto nos despedimos, me encuentro a mí misma pensando con ansias en el siguiente encuentro que voy a tener con él.

Sin ir más lejos, el otro día me pasé por el bar con la simple excusa de que no me quedaba café (cosa que era totalmente mentira) solo para poder tomármelo allí mientras hablaba con él, como si no fuera suficiente haberme apropiado de su perro casi todas las mañanas. Y Gael, cómo no, se quedó charlando conmigo de tonterías.

Sé que, en parte, la razón por la que está tan atento es porque le conté por encima cómo estaba la situación con Adrián, y es tan bueno que no quiere dejarme sola. Pero no puedo evitar que una pequeña parte de mí piense que es por algo más y que yo misma busco su compañía por otros motivos que no son solo amistosos.

Pero claro, es una parte ínfima la que piensa eso y yo la acallo cada vez que sale a relucir.

Lo encuentro en uno de los extremos sacando una pila de platos limpios.

Sus bíceps se contraen cuando los deja sobre el mostrador, y observo el modo en el que se aparta un mechón de la frente mientras va colocándolos uno a uno, concentrado.

Doy unos pasos en su dirección.

—Tu paseadora de perros de confianza ha llegado, son cincuenta euros —bromeo.

Levanta la vista y me dedica una sonrisa ladeada.

—Como de verdad sea ese tu presupuesto, me vas a dejar pobre. ¿Qué tal ha ido?

Me encojo de hombros.

—Genial. Hood se porta muy bien.

—Creo que ya te quiere más que a mí —responde Gael con guasa.

—Qué va.

Sin embargo, cuando termina lo que está haciendo y sale tras la barra, el perro se niega a moverse de mi lado.

—Lo que te decía, eres un traidor —le reprocha al peludo en tono divertido—. Aunque no puedo culparte, yo también la elegiría a ella.

Me sonrojo un poco.

—¿Tienes prisa? —pregunta de repente.

—¿Yo? No. Ya me iba a casa a calentarme los restos de la pasta que me sobró ayer.

—¿Quieres que comamos aquí? Es jueves —indica guiñándome un ojo.

Entonces caigo en la cuenta.

—¿Día de estofado? —respondo emocionada.

Asiente.

—¡Claro que sí!

Gael se ríe ante mi entusiasmo y, tras pedirle a uno de nuestros compañeros que nos prepare una mesa, nos sentamos.

—No sé para qué pongo normas si os las pasáis por... —Hood se afana en olisquear la entrepierna de Liam, que continúa quejándose—. Sí, justo por ahí.

Suelto una carcajada mientras nos sirve un poco de agua.

—Estará tranquilo, lo prometo —le asegura Gael.

—Más te vale.

Cuando se aleja, el rubio me mira divertido y comenta:

—Finge que no le gusta que esté aquí, pero en realidad le encanta.

—Seguro que sí —digo con ironía mientras bebo un trago de agua.

Unos minutos más tarde nos sirven, y el aroma especiado que impregna los platos llega hasta mis fosas nasales haciendo que mi tripa ruja hambrienta y que agarre la cuchara con ansia.

Noto que Gael me observa, expectante, así que pruebo un poco.

—¿Y bien?

La carne está tan jugosa que se me deshace en la boca y, cuando imito los movimientos de Gael y lo mezclo con el puré de patatas y las zanahorias, una explosión de sabores se apodera de mi paladar.

Dirijo mis ojos hacia él.

—Está delicioso. ¿Cómo has aprendido a hacerlo? Ni en

mis mejores sueños conseguiría hacer un plato así y tú ni siquiera has empezado en la escuela culinaria.

Una sonrisa tímida asoma a las comisuras de su boca.

—Me enseñó mi madre, es excelente en la cocina. Cuando era pequeño, siempre me hacía este plato en Navidad y luego me llevaba a la pista de patinaje a pasar la tarde.

—¿Aquí hay pistas?

Me mira extrañado.

—Pues claro.

—Qué envidia, en mi ciudad a veces ponen algunas, pero son tan cutres que nunca va nadie —le informo con guasa.

Se queda callado unos segundos.

—¿Quieres que vayamos?

Trago el trozo que estaba masticando y agrando los ojos.

—¿Lo dices en serio?

Se encoge de hombros.

—Sí, ¿por qué no? Será divertido ver cómo te caes de culo.

Finjo indignación.

—Pues te vas a llevar una decepción, tengo muy buen equilibrio.

Suelta una carcajada por mi tono.

—Eso tendré que verlo con mis propios ojos.

—Haré que te tragues tus palabras.

—Ya lo veremos.

Suena el timbre y trato de atarme la trenza lo más rápido que puedo.

—¡Voy!

Después de pasear a Hood, he dedicado tantas horas de la mañana a estudiar que al final se me ha hecho tarde y he tenido que comer a contrarreloj y vestirme en un tiempo récord para estar lista a la hora que me dijo Gael.

Al parecer hoy empieza el mercadillo navideño que hay junto a la pista de patinaje de la que me habló el otro día, por lo que me ha ofrecido pasar la tarde allí y «ver en primera fila cómo te comes el hielo», palabras textuales suyas.

Me pongo mi abrigo más acolchado (uno rojo, a juego con la bufanda, que me regaló mi madre por mi cumpleaños) y abro la puerta.

—¿Lista?

Dicen que esta semana está siendo una de las más frías del año aquí en Dublín y, a juzgar por el gorro de lana verde que lleva Gael en la cabeza y la forma en la que se mete las manos enguantadas en los bolsillos, parece ser verdad.

Me doy la vuelta rápidamente y cojo del perchero del recibidor un gorro blanco.

—Ahora sí —respondo mientras salgo a su encuentro.

Caminamos el uno junto al otro durante un par de manzanas hasta llegar a la avenida principal, donde cientos de puestos ubicados a ambos lados de la calle nos dan la bienvenida.

—Vaya, esto es enorme —pienso en voz alta.

Me pongo de puntillas, tratando de ver el final del mercadillo, pero hay tanta gente que se me hace imposible.

—Lo es, aquí se congregan todo tipo de puestos de artesanía.

Empezamos a pasear entre las decenas de casetas con productos de lo más variopintos y no puedo evitar pararme cada dos por tres para admirarlos. Las luces doradas que decoran el mercadillo le dan un encanto especial y la música navideña que suena de fondo hace que me descubra tarareando de vez en cuando alguna melodía que ni yo misma sabía que conocía.

Avanzamos a un paso bastante lento mientras charlamos animados, aunque no sé si es por la cantidad de gente que hay o porque estamos tan a gusto ahora mismo que preferimos alargar la tarde todo lo posible.

—¿Quieres un chocolate caliente?

Gael señala el puesto que está a tan solo unos metros de nosotros y sonrío emocionada.

—¡Claro!

Tras esperar nuestro turno en la cola, el rubio paga y toma los vasos de ambos.

—No hacía falta —le digo mientras me tiende el mío.

—Recuerda que te lo he comprado yo cuando te enfades conmigo en la pista de hielo —responde con guasa.

Le doy un codazo.

—Idiota.

Suelta una carcajada.

Le doy un trago al chocolate y seguimos andando.

Mientras miro uno de los puestos, me percato de que Gael no deja de observarme con una sonrisilla impresa en los labios.

—¿Qué pasa?

Se queda quieto unos segundos, sopesando su respuesta.

No tengo ni idea de dónde salen, pero noto cómo mil mariposas revolotean en mi interior al ver que se acerca un paso hacia mí y un pensamiento fugaz me atraviesa la cabeza.

¿Me va a besar?

Me quedo quieta, con los ojos posados en los suyos.

—Tienes la boca manchada —responde mientras me frota la comisura con el pulgar.

Al instante, me doy una bofetada mental y suelto el aire que ni siquiera me había dado cuenta de que estaba conteniendo.

«¿Por qué se me ha ocurrido que querría besarme?», me reprocho a mí misma.

«¿Y por qué la posibilidad de que no quiera hacerlo me ha dejado esta sensación tan rara en el cuerpo?».

—Siempre me pasa igual —me quejo un poco avergonzada.

—Yo creo que es muy mono.

—¿Ir siempre con la boca manchada de comida? —ironizo.

Termina de limpiarme los restos de chocolate y se aparta.

—A mí me gusta.

El calor me sube por las mejillas.

—Vamos, ya casi estamos —me anima Gael.

Lo sigo hasta el final del mercadillo y no puedo evitar quedarme impresionada cuando llegamos a la pista. Ocupa gran parte del centro de la plaza y está llena de guirnaldas verdes que cuelgan, atadas a unos cables, junto con cientos de bombillas que iluminan el hielo.

Pagamos nuestra entrada y nos ponemos los patines mientras vemos a algunas parejas y familias dar vueltas tratando de no caerse.

Cuando llegamos a la pista, Gael se mete sin problema alguno y voltea su cuerpo para ayudarme.

—¿Lista?

—¿Para demostrarte que estabas equivocado? Claro.

Suelta una carcajada y me tiende las manos para que las coja.

Con cuidado, me sujeto a él y pongo uno de mis pies sobre el hielo. Al principio se me hace un poco extraño apoyar parte de mi peso sobre el filo de la bota, pero cuando sitúo el otro pie al lado suelto a Gael y compruebo que mantengo el equilibro perfectamente.

—¿Ves? —le chincho.

—La verdad es que me estás dejando impresionado.

Sonrío y, con cuidado, intento imitar a la gente que hay a nuestro alrededor y deslizarme un poco. Hago un poco de fuerza y me inclino ligeramente hacia delante para no caerme. Estoy en una postura un tanto extraña, pero me muevo y eso es lo que importa.

—¡Estoy patinando sobre hielo! —exclamo emocionada.

Gael se pone a mi lado. Se desliza con destreza, como si hubiera hecho esto tantas veces que a sus músculos ya le sale solo. De vez en cuando tengo que agarrarme a las barras que hay a lo largo de todo el recorrido para no resbalar, pero de momento la cosa va bastante bien. Damos varias vueltas en círculos sin parar de reírnos por mi forma de moverme.

—Pareces el jorobado de Notre Dame.

Estoy a punto de darle un golpecito a Gael, molesta, pero ese pequeño movimiento hace que casi pierda el equilibrio y que tenga que volver a sujetarme a la barra.

—Poca gente tiene este estilo patinando —respondo con suficiencia.

—Eso es verdad.

Pongo los ojos en blanco y acabo aferrándome a su brazo e irguiendo la espalda, pues ya empieza a dolerme.

No me ha pasado desapercibida la forma en la que Gael ha estado pendiente de mí todo el tiempo, dispuesto a ayudarme cada vez que veía que podía caerme. A pesar de ello, en ningún momento ha tratado de cogerme o darme indicaciones a no ser que yo se las pidiera, como si supiera que puedo hacer las cosas por mí misma, sin depender de nadie. O para que me cayese y así demostrar que él tenía razón en cuanto a mi habilidad patinando, quién sabe.

Sin embargo, ahora que me he apoyado en él, enreda mi brazo con el suyo y me ayuda a avanzar con un poco más de agilidad. El pelo se me viene a las mejillas y varias lágrimas se me acumulan en los ojos a causa del frío, pero estoy disfrutando tanto de este momento que me da igual.

Siento que con cada movimiento que hacemos dejo un poco atrás la angustia que he estado sintiendo estos meses. Jamás me habría imaginado que algo tan simple me haría sentir tan liberada, pero es así, y ahora ese sentimiento no va acompañado de la culpabilidad, como me pasaba antes. Por fin me permito a mí misma sentirme bien.

En un momento dado estoy tan relajada junto a Gael, perdida en mis pensamientos, esos que no dejan de divagar sobre la forma en la que apoya su mano en mi brazo, que durante unos segundos dejo de prestar atención al movimiento de mis pies.

Sin querer, pierdo el equilibrio lo suficiente para que mi cuerpo se incline tanto que trastabillo y casi me caigo al suelo.

Casi, porque las manos de Gael me sujetan antes de que eso suceda.

Suelto un suspiro.

—¿Ahora es cuando dices que, si no fuera por ti, me habría comido el hielo? —comento con guasa.

Los ojos del irlandés, tan verdes que se me hace demasiado fácil perderme en ellos, me miran divertidos.

—No —responde despreocupado—. Lo has estado haciendo genial, no necesitabas que yo te sujetara, tenías ahí la barra.

—¿Y por qué lo has hecho? Habrías demostrado que tenías razón. Tienes muy mal sentido de la estrategia para estas cosas —digo entre risas.

Se encoge de hombros.

—Porque me gusta saber que si te caes yo puedo ser quien te ayude a mantener el equilibrio.

No sé por qué sus palabras me impactan tanto. Se cuelan

en cada centímetro de mí y, por unos segundos, consiguen cortarme el aliento y hacer que mi corazón se ensanche.

Estamos parados, con varias personas patinando a nuestro alrededor, ajenas al cruce de miradas que nos estamos lanzando ahora mismo. Observo a Gael, con el gorro tan mal puesto que varios mechones de pelo se le salen y se enredan en sus orejas, y me fijo en sus manos, que siguen sujetándome la cintura. El vaho que sale de nuestras bocas se encuentra a medio camino, y me doy cuenta de que estamos más cerca de lo que pensaba.

Creo que mi cerebro se ha congelado y se niega a funcionar ahora mismo. ¿Qué se contesta en estos casos?

Gael abre la boca con la intención de decir algo más.

Pero antes de que el irlandés me sujetara debo de haber apoyado mal la bota, pues cuando trato de moverme un poco esta se desliza y mi cuerpo entero termina de inclinarse a la derecha. Muevo los pies como puedo para intentar impedir lo inevitable en un acto reflejo, pero lo único que consigo es enredar mis patines con los de Gael y hacer que los dos nos golpeemos contra el hielo.

Lo miro alarmada.

—¡Lo siento! ¿Te has hecho daño?

Sin embargo, veo que el pecho se le sacude de la risa.

—Vaya, esa es una buena manera de hacer que pierda la razón.

Nos quedamos los dos tumbados, con las piernas entrelazadas y un ataque de risa que hacía mucho tiempo que no vivía.

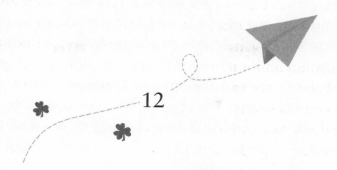

12

Nunca he sido una persona que se preocupe especialmente por la ropa a la hora de vestirse, esa faceta siempre ha sido más propia de Vega que mía.

Por eso no entiendo qué se me pasó por la cabeza cuando, al hacer la maleta para venir aquí, metí el vestido verde que me regaló mi amiga el año pasado, ni tampoco sé por qué este ha sido el que he elegido para la fiesta de esta noche.

Sea como sea, aquí estoy, subiendo la cremallera del vestido largo satinado que me llega hasta los tobillos y se ajusta a mi cintura a la perfección. Los tirantes llevan cosidos una especie de mangas en forma de volantes cortos que se mueven al andar, y el escote es mucho más sugerente de lo que estoy acostumbrada a lucir, pero no lo suficiente para que me sienta incómoda.

Un pensamiento fugaz cruza mi cabeza.

«A Adrián no le haría ninguna gracia que me pusiera este vestido».

Inspiro hondo.

«Pero ya no estás con él», me recuerdo más aliviada de lo que pretendía.

Suelto aire y miro mi reflejo en el espejo deseando mentalmente que Nuri estuviera aquí para maquillarme aunque solo sea un poquito, pues mis habilidades se limitan a ponerme un poco de máscara de pestañas y bálsamo en los labios.

No sé por qué estoy tan nerviosa, solo es una fiesta de Nochevieja.

«Una en la que va a estar Gael», me dice esa vocecita odiosa.

«Calla», le respondo.

Me niego a calentarme tanto la cabeza por eso. Es solo una pequeña celebración en el bar, y si estoy nerviosa es solo porque me da miedo no conocer a nadie y quedarme sola.

Sí, solo es eso.

Me pongo el abrigo y salgo de casa en dirección al Robin.

Cuando llego, compruebo que hay mucha más gente de la que me había imaginado, pero también hay más caras conocidas de las que me esperaba, así que me relajo un poco.

Saludo a varios de mis compañeros de trabajo y cojo una de las cervezas que hay servidas en la barra.

Han decorado la sala con un estilo navideño que le da mucho encanto. Un árbol tan grande que casi toca el techo se yergue en una de las esquinas repleto de bolas y adornos, han juntado varias mesas en el centro con un mantel por encima y han repartido varios platos repletos de comida. Me parece que en este momento está sonando algo de Michael Bublé, lo cual termina de darle el toque a la fiesta.

Veo a Hood junto a la zona donde solemos montar el karaoke, Liam pasa por su lado y pone los ojos en blanco, pero me percato de que le hace una caricia entre las orejas. Suelto una risa silenciosa y me acerco al animal para seguir dándole mimos.

Me agacho a su lado y me paso un rato jugueteando con él, cuando noto que alguien se detiene a nuestro lado.

—¿Por qué no me sorprende que hayas saludado a mi perro antes que a mí?

Alzo la cabeza y estudio a Gael con detenimiento.

Ha cambiado su típica sobrecamisa de cuadros por un jersey negro que le queda demasiado bien, algo que no ayuda para nada a acallar esas voces que no dejan de repetirme cosas poco decentes sobre el irlandés. Se ha peinado el pelo hacia atrás de una forma un tanto desenfadada y me mira con esos ojos verdes que tienen el poder de hacer que deje de respirar. Sin embargo, lo que mejor le queda es esa sonrisa ladeada suya que le marca los hoyuelos de las mejillas. Me quedo tan embobada que se me olvida usar las piernas para levantarme y ponerme a su misma altura.

«Carola, vuelve a la realidad», me recuerdo.

—Sospecho que es quien va a estar a mi lado durante la fiesta —respondo mientras tomo la mano que me tiende y me levanto.

—¿Es que yo no cuento?

Lo miro con diversión.

—Tú vas a estar de aquí para allá con tus amigos, como es normal. No puedes estar pendiente de mí toda la noche.

—Sí que puedo —responde con voz seria.

—Bueno, en cualquier caso, si no te he saludado antes es porque no te había visto —explico tratando de fingir que no me ha puesto nerviosa lo que acaba de decir.

—Estaba terminando uno de los platos.

—¿Has hecho tú la cena?

—Parte de ella.

—Entonces seguro que estará riquísima.

Me dedica un gesto agradecido.

—Gael, voy a ir sacando los aperitivos —le dice Mila,

una de nuestras compañeras—. ¿Quieres que te guarde el abrigo?

Me doy cuenta de que eso me lo ha dicho a mí.

—Sí, gracias —contesto mientras me desabrocho los botones.

Ni siquiera había caído en que aún lo llevaba puesto.

Tras tendérselo, se aleja y dirijo de nuevo mis ojos hacia Gael, pero este no me está mirando a mí.

O, mejor dicho, no me está mirando a la cara, porque sus ojos recorren mi vestido de arriba abajo y me parece ver algo de rubor en sus mejillas.

De repente, me siento expuesta y un poco nerviosa.

Me froto los brazos desnudos con las manos y me toqueteo un poco el pelo, que por esta vez he decidido dejarme suelto y me cae en ondas gruesas por debajo del pecho.

—Me he pasado, ¿no? —pregunto al ver que no dice nada—. Es que no sabía qué ponerme, en mi ciudad solemos arreglarnos, pero no sé si aquí esto es demasiado.

Se remueve un poco en el sitio mientras se echa un mechón rebelde hacia atrás.

—No te has pasado, estás... —Clava los ojos en los míos—. Estás preciosa.

Vale, ahora la que se ha puesto roja soy yo.

—Gracias —alcanzo a decir.

No quedamos callados unos segundos, simplemente con nuestras miradas conectadas, hasta que oímos a Liam decir:

—A cenar todo el mundo, que estoy muerto de hambre.

Nos acercamos a la mesa y nos sentamos el uno junto al otro.

La tensión que nos rodeaba hace unos segundos se rompe por la cantidad de conversaciones que flotan a nuestro alrededor y en las que ambos participamos.

Charlo con algunos compañeros del bar y con otras personas que no conocía pero que son tan simpáticas que se me hace imposible sentirme incómoda. Somos treinta por lo menos, la mesa es larguísima y de vez en cuanto me encuentro a mí misma presentándome ante caras nuevas, entre ellas algunos amigos de Gael.

—¿Tú eres Carola? —me pregunta uno de ellos al cabo de un rato. Me parece haberlo visto de vez en cuanto tomándose algo en el bar—. ¿La pelirroja?

Lo miro extrañada.

—¿No es evidente? —le responde Mila entre risas.

El chico mira a Gael, y este le dirige una mirada asesina que nunca antes le había visto.

—Aaah —sigue el amigo—. Ya entiendo. Pues es un verdadero placer conocerte.

—Lo mismo digo —contesto sin saber muy bien qué está pasando ahora mismo.

—En serio, es un placer —repite este divertido.

—Sí, eso ya lo has dicho —suelta Gael.

—Solo quería que lo supiera.

El rubio toma uno de los platos con patatas asadas aliñadas del centro y me lo tiende.

—¿Quieres un poco?

Vuelvo a mirar al amigo, que no deja de reírse, lo que hace que se gane un reproche por parte de Liam.

¿Qué me he perdido?

—Sí —termino diciéndole a Gael.

La cena sigue su curso sin más conversaciones extrañas.

Aunque hablo animada con más personas de la mesa, siempre acabo riéndome de algunos de los comentarios que suelta Gael a mi lado. Le ha dado porque pruebe todas y cada una de las comidas que hay en la mesa (que no son pocas) y no deja de reírse al ver mi reacción ante algunas cosas con un sabor..., bueno, un tanto dudoso.

—¿Quedo mal si escupo esto en la servilleta? —pregunto en voz baja.

—Es que eso lo ha hecho Charles, que no sabe ni freír un huevo.

Me fijo entonces en que nadie excepto yo ha comido un solo bocado de ese plato.

Lo trago a duras penas, tratando que no se note la mueca de asco que mi cara insiste en adoptar, y miro indignada a Gael, pues ha sido él quien ha insistido en que lo probase.

Pero él se está partiendo de la risa.

—Tienes un fondo oscuro —le digo fingiendo enfado.

Para cuando llega el final de la cena, he conseguido que él también coma un poco y así no ser la única que ha tenido que sufrir esa especie de tortura culinaria y, tras terminarnos el postre, nos levantamos y lo recogemos todo.

Apenas queda una hora para medianoche, así que una vez que hemos apartado las mesas y dejado libre el espacio del centro la música cambia radicalmente a otra más animada, y pasamos un buen rato bebiendo y charlando entre nosotros.

Al cabo de unos minutos, busco a Gael con la mirada. Está apenas a unos metros de mí, hablando con el chico que antes se ha comportado de una forma un tanto extraña. Su amigo gesticula mientras le dice algo que no alcanzo a oír; supongo que debe de ser importante, porque Gael cambia el peso de un pie al otro, nervioso.

Tiene que notar mis ojos puestos sobre él, pues vuelve la cabeza y nuestras miradas se encuentran sin apenas esfuerzo.

Sonrío un poco.

El irlandés se despide de su amigo y camina en mi dirección.

—¿Pasa algo? —le pregunto cuando llega a mi altura.

—Nada, que es un pesado, solo eso.

Lo miro mientras agarra una de las copas que hay en la barra y se la bebe de un trago.

—¿Estás bien?

—Perfectamente.

Decido dejar pasar el tema.

—¿Tenéis alguna tradición especial por Nochevieja?

Piensa durante unos segundos.

—¿Aparte de ver en la tele la celebración que hay en la catedral? —Señala a Liam, que lleva un rato peleándose con el aparato para que se escuche más alto—. En algunas casas la gente se pone a golpear las puertas con el pan de Navidad, creo. Se supone que es para ahuyentar la mala suerte, pero mi madre siempre ha dicho que eso es un desperdicio de comida y que lo mejor que podríamos hacer sería comérnoslo.

—Vaya, que tradición más rara —contesto riéndome.

—¿Qué hacéis en España? —pregunta con curiosidad.

Bebo un poco de mi copa.

—Nos comemos doce uvas, una con cada campanada al llegar la medianoche. Aunque no lo parezca, es todo un reto. Mi padre una vez se lo tomó tan en serio que casi acabamos en el hospital. El pobre por poco se ahoga con una de ellas.

Gael suelta una carcajada, divertido.

—¿Y decías que la tradición del pan es rara? —contesta para picarme.

—¡Quedan diez minutos para la cuenta atrás! —grita Mila, apurando a Liam.

—¡Ya casi está!

Todos se acercan a la zona del televisor, ansiosos por dejar atrás este año y empezar uno nuevo. En cambio, Gael y yo nos mantenemos apartados, situados junto al árbol de Navidad y con Hood aún a nuestros pies.

Por fin, Liam consigue arreglar el sonido y empezamos a escuchar a los presentadores.

—¿Tienes algún propósito que quieras cumplir este año? —me pregunta Gael de repente.

—¿Te refieres a cosas rollo: este año quiero adelgazar y comer más sano? —respondo con guasa y asiente—. No, la verdad es que nunca he sido de hacer ese tipo de listas. ¿Y tú?

Se queda unos segundos en silencio.

—Me he propuesto luchar más por lo que quiero.

Su tono de voz es más serio que antes.

—¿Por la escuela culinaria?

Sus ojos se oscurecen un poco y se ruboriza.

—No solo por eso.

No sé por qué, pero la forma en la que me mira hace que mi corazón dé un vuelco y que mi respiración se acelere. El ambiente, de un momento a otro, se vuelve mucho más tenso que antes.

—¿Y por qué más?

Abre la boca con la intención de responder, pero unos segundos más tarde la vuelve a cerrar.

Y yo me quedo con más ganas de las que me pensaba de saber qué es lo que ha estado a punto de decir.

—¡Ya es la hora! —grita alguien.

La voz de los presentadores empieza a sonar con fuerza a través de los altavoces y todos gritan emocionados conforme avanza la cuenta atrás.

Mientras tanto, mis ojos han decidido no apartarse ni un segundo de los de Gael, que me miran con tanta intensidad que la cabeza empieza a darme vueltas y se me eriza la piel.

—Nueve —empieza de repente—. Ocho, siete…

Me uno a él y la cuenta atrás va avanzando hasta que llegamos al final con una ligera sonrisa impresa en los labios.

—Dos, uno... ¡Feliz Año Nuevo! —gritamos al unísono.

Los demás, emocionados, comienzan a darse abrazos y a celebrar la entrada del año mientras nosotros seguimos apartados y sosteniéndonos la mirada.

—Tendrás que empezar a cumplir tu meta —le digo al irlandés.

Ladea un poco la boca, haciendo que se le marque uno de sus hoyuelos.

—¿Sabes que en algunas partes del mundo es tradición darse un beso a medianoche?

Se me corta el aliento.

Le sostengo la mirada cuando me aparta un mechón de pelo y, lentamente, lo coloca detrás de mi oreja y deja la mano apoyada en mi cuello.

Me quedo quieta, expectante. ¿Qué está haciendo? ¿Me va a besar?

Ay, Dios mío.

¿Quiero que me bese?

Un dolor repentino se apodera de mi estómago. ¿O son miles de mariposas revoloteando y luchando por salir?

Gael aproxima con lentitud su cara a la mía, como si quisiera darme tiempo para que me aparte, pero no lo hago. Con cariño me acaricia el mentón con el pulgar, consiguiendo así que un escalofrío me recorra entera.

Sin embargo, cuando sus labios se acercan a mí, no es a mi boca donde se dirigen, sino a mi mejilla sonrosada. Me da un beso tan suave que, cuando se aparta, me pregunto si de verdad ha sucedido.

Entonces me doy cuenta de que en algún momento he debido de cerrar los ojos. Llevo la mano hacia el lugar donde segundos antes he notado los labios de Gael y los abro, encontrando sus ojos verdes apenas a unos centímetros de mí.

Respira de forma agitada, como si acabara de correr un

maratón, y sus dedos siguen rozando mi cuello, reacios a apartarlos.

Nuestros pechos están tan cerca que puedo sentir el calor que desprende el cuerpo de Gael en este instante. Su olor se cuela por mis fosas nasales y hace que tome una bocanada profunda de aire, como si algo dentro de mí quisiera llenarse por completo de él.

Entreabro los labios, dispuesta a decir la primera cosa que se me ocurra.

Pero descubro que me he quedado en blanco. Mi cerebro no sabe unir dos palabras y formar una frase, he perdido por completo la capacidad de hablar.

Gael debe de tomarse eso como una señal, una muy negativa, porque sus dedos dejan de estar en contacto con la piel de mi cuello y su cuerpo empieza a separarse del mío.

En un acto reflejo, tomo su mano y doy un paso hacia él.

¿Qué estoy haciendo? No tengo ni idea.

Pero lo que sí sé es que la decepción que estaba empezando a sentir al ver que se apartaba no me gusta nada.

Acerco un poco mi cara a la suya, dejándome llevar. Mi cuerpo ha cobrado vida propia y ahora mismo solo quiere más proximidad. Su gesto cambia por completo, como si entendiera el remolino de emociones que cruzan mi mente, y vuelve a acunarme la mejilla con la mano.

Es él quien da el último paso y sus labios acarician los míos con dulzura. Tan solo ese roce hace que millones de sensaciones despierten dentro de mí y que sienta que estoy flotando.

Profundizo un poco más el beso, unimos nuestras bocas y noto que entrelaza sus dedos con los míos, como si necesitara una señal para saber que esto es real, que está sucediendo de verdad.

Es un beso distinto a todos los que he experimentado

antes. Parece que sus labios están hechos a medida para mí, que encajan perfectamente entre los míos y se mueven como si hubieran sido creados para besarme y hacer que pierda el sentido.

Nuestras narices se rozan y el mechón de pelo que antes me ha apartado vuelve a caerse, haciendo que Gael sonría aún junto a mis labios, y ese gesto me gusta mucho más de lo que esperaba.

—Feliz Año Nuevo.

Sus labios rozan los míos a la vez que habla.

Y yo creo que sigo sin haber recuperado el habla, porque simplemente vuelvo a unir mi boca con la suya.

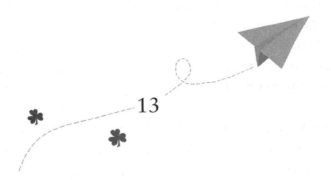

13

—Joder, tía, pues sí que te has tomado en serio eso de «Año Nuevo, vida nueva».

Pongo los ojos en blanco, esperando que Nuri pille la indirecta a través de la pantalla, y me recuesto en la cama.

No sé si ha sido buena idea contarle lo de Gael a las chicas, pero ¿qué iba a hacer? Han pasado ya dos semanas desde la noche de fin de año y, desde entonces, no he podido dejar de darle vueltas al beso que nos dimos. Al principio no pude evitar sentirme un poco extraña, hacía tanto tiempo que no besaba otros labios que no fueran los de Adrián que me pasé un par de días recordándome a mí misma que no había hecho nada malo, que él y yo habíamos terminado y que no me esperaba una bronca monumental cuando volviera a casa.

Aunque lo que me tuvo más tiempo pensando es que tras todo ese sentimiento de extrañeza se escondía otro del que me di cuenta conforme fueron pasando los días... Me había encantado y, si tuviese la oportunidad de repetirlo, lo haría sin dudarlo.

Por desgracia, no estoy muy segura de si eso va a ser así. Después de la fiesta, Gael me acompañó a casa, pero se limitó a darme otro beso en la mejilla y a despedirse con una sonrisa un tanto tímida, algo un poco raro teniendo en cuenta lo que acababa de pasar entre nosotros.

Creo que no haberle visto desde entonces puede haberle dado una impresión un poco equivocada de lo que opino sobre aquella noche, pero es que no sabía muy bien qué decirle y, como he estado estas dos semanas que Liam me ha dado de vacaciones estudiando para los exámenes, mis días se han resumido en ir de la biblioteca a casa y viceversa.

Eva volvió hace una semana, justo antes de los finales, y en el descanso de una de nuestras sesiones de estudio matutinas acabé contándole lo que había pasado. No sé si fue porque necesitaba hablarlo con alguien o porque me iba a volver loca si seguía pensando yo sola en esos ojos verdes que me quitan el sueño desde hace más tiempo del que estoy dispuesta a reconocer en voz alta, pero el caso es que lo hice.

Así que, cuando esta mañana me he despertado con una videollamada entrante de las chicas, me he dicho que el momento había llegado. No es que no se me hubiera pasado por la cabeza contárselo antes, simplemente quería esperar a que terminaran los exámenes para «soltar la bomba».

—Aún no me lo puedo creer. Entonces ¿Adrián y tu habéis terminado? —vuelve a preguntar Vega.

Asiento con la cabeza.

—Según él nos hemos dado un tiempo, pero ya ha pasado casi un mes y yo... no quiero estar con él.

Me sale con tanta facilidad decir eso último que me dan ganas de mirarme en el espejo para comprobar que sigo siendo yo y no otra persona.

Mis amigas abren tanto los ojos que por un momento me da miedo que se les salgan de las órbitas.

—¿Ha sido por ese chico? —pregunta Nuri.

—¿Por Gael? —termina Vega.

Me quedo unos segundos pensándolo.

—No, estábamos mal desde hace un tiempo… Muy mal —recalco—. Nuestra relación ya no funcionaba. Adrián… tenía comportamientos que yo ya no podía aguantar más.

Las chicas se quedan tan calladas que compruebo si la conexión sigue estando bien o si es que la llamada se ha cortado, pero no, todo está perfectamente.

—¿Se puede saber qué es lo que os pasa?

Nuri es la primera en salir de su estupor y contesta:

—No me puedo creer que lo hayas admitido en voz alta, es que…

—Pensábamos que nunca te darías cuenta —añade Vega.

Me toqueteo la trenza y las miro.

—No es que no me diese cuenta. —Estas palabras me cuesta un poco más decirlas en voz alta. Algo dentro de mí sigue sin querer reconocer todo lo que ha pasado entre Adrián yo. Una parte de mí quiere seguir sin ponerle un nombre aunque, en el fondo, sé muy bien lo que es. Pero aún no estoy preparada para eso—. Es que no quería admitirlo, eso es todo.

Ambas asienten en señal de comprensión.

—¿Tú estás bien? —pregunta la morena.

—Sí.

—Pues estamos muy contentas por ti.

—Yo necesito saber todos los detalles sobre el cañón irlandés que te has ligado.

Suelto una carcajada. La pregunta no me sorprende para nada viniendo de Nuri.

Tras pasar un buen rato contándoles toda la información que me piden referente a «mi historia de amor» (esa que les he repetido mil veces que ni siquiera ha empezado), colgamos cuando me doy cuenta de que en apenas media hora empieza mi turno en el bar y que aún tengo que vestirme.

Llego al Robin mucho más nerviosa de lo que me gustaría.

Hoy es tarde de karaoke, por lo que el sitio está mucho más lleno de lo que suele estar de normal. Dejo mis cosas tras el mostrador y me pongo el delantal a toda prisa.

Me sorprende no ver a Gael por ningún lado, pero no me da mucho tiempo a pararme a pensar en ello, pues en cuanto estoy lista me encuentro a mí misma sirviendo tantas mesas que llegado un momento se me ha olvidado incluso cómo caminar.

Las voces de los clientes que se animan a cantar llenan el local y, en determinadas ocasiones, hacen que me plantee seriamente que tienen la habilidad de dejar sordo a alguien. Ando de aquí para allá, llevando bebidas y platos con el menú del día.

En un momento dado, entro con la bandeja vacía en la cocina dispuesta a pedir una de las comandas de una mesa que ya se ha quejado demasiadas veces por el retraso de la comida, pero lo que no me esperaba era encontrarme a Gael frente a los fogones.

De la impresión, se me olvida sujetar la puerta y esta me golpea al cerrarse con tanta fuerza que me tira la bandeja.

Genial. Adiós a mi dignidad.

El rubio, al escuchar el estruendo, alza los ojos de la sartén y me mira fijamente.

Me quedo unos segundos parada, con la puerta moviéndose a mi derecha y un par de vasos rotos a mis pies.

Cuando salgo de mi estupor, me apresuro en agacharme para recoger los cristales.

—¡Perdón! —exclamo.

Unas manos se unen a las mías y levanto la cabeza.

—Tendré que volver a enseñarte a llevarla.

Su tono divertido contrasta con la tensión de sus hombros y la forma en la que sus ojos miran concentrados al suelo.

—Parece ser. —Trato de sonar despreocupada, pero no sé si lo consigo.

Cuando nos levantamos, observo que Gael lleva puesto un delantal blanco.

—¿Has cambiado tu puesto?

Se vuelve para seguir con lo que estaba haciendo antes de que yo le interrumpiera, y contesta:

—El cocinero se ha puesto malo y le estoy sustituyendo estos días. Dejó las cosas más importantes hechas, yo solo estoy haciendo lo básico.

Ahora entiendo por qué no lo he visto al llegar.

—¿Has venido a por esto?

Me señala un plato que ya está preparado y asiento.

Tras ayudarme a colocarlo en la bandeja, compruebo que está hasta arriba en la cocina.

—¿Quieres que te eche una mano? —me ofrezco.

No me pasa desapercibida la media sonrisa que se le escapa.

—Creo que te necesitan más fuera.

A través de la puerta, escucho algunas quejas de Liam hacia alguno de los camareros, y me río.

—Pero gracias de todas formas —termina.

Me doy la vuelta, dispuesta a irme, pero me quedo a medio camino.

¿Qué estoy haciendo? No tengo ni idea.

Sin embargo, vuelvo sobre mis pasos.

—Oye, Gael...

Este apaga el fuego y me mira.

—Carola, no tienes que decirme nada.

Le dedico un gesto extrañado.

—Sé que te incomodé... —Se rasca un poco la cabeza—. No quería forzarte a hacer algo que no quisieras, pensaba que tú estabas cómoda con ello y me equivoqué. He confundido las cosas entre nosotros, pero te prometo que no volverá a pasar, lo siento mucho.

Tiene una expresión atormentada.

Me quedo quieta en el sitio, asimilando sus palabras.

—No me sentí forzada en ningún momento, ¿por qué piensas eso?

—No sé… —Suelta un suspiro—. Acabas de salir de una relación y, como luego no volví a saber nada de ti, supuse que no estabas contenta con lo que había pasado entre nosotros. Me planteé ir a tu casa varias veces para pedirte disculpas, pero… Joder, no sé, no quería empeorarlo aún más.

Se remueve en el sitio, un tanto nervioso.

En un impulso, acerco mi mano a la suya, que está apoyada en la encimera, y la poso sobre ella con la intención de transmitirle algo de tranquilidad. Aunque en el fondo creo que ese simple contacto lo necesito yo más que él. Ahora que lo tengo delante, me doy cuenta de las ganas que tenía de verle.

—No he estado incómoda ni nada de eso —aclaro—. Sí, es verdad que estuve unos días asimilando lo que había pasado…, pero no por los motivos que crees.

Me mira sin entender nada.

—Me… gustó —explico un tanto avergonzada—. Mucho.

—Y… ¿eso es malo?

—No.

Una media sonrisa se escapa de sus labios.

—He estado sin aparecer por aquí porque estaba hasta arriba con los exámenes finales.

—¿Y ya los has terminado?

Asiento.

El rubio suelta un suspiro aliviado.

Escucho una serie de quejas a través de la puerta, que sospecho que vuelven a ser de Liam, y miro a Gael con una disculpa.

—Tengo que volver, creo que me van a matar.

—Vale —responde con una sonrisilla.

Mientras me encamino hacia la puerta, oigo que me vuelve a llamar y me doy la vuelta hacia él antes de salir.

—Oye... —Se rasca la cabeza y me mira, todavía agitado.

—¿Sí? —le animo a seguir.

Se limpia las manos en el delantal, como si buscara algo que hacer con ellas.

—¿Querrías quedar conmigo un día de estos?

Creo que, durante unos segundos, se me corta la respiración.

—¿Como una cita?

Suelta una risa.

—Sí. Si te parece bien, claro. —Se recoloca un poco el pelo, inquieto—. Si no te apetece, no pasa nada, puedes decirme que no. No me lo tomaré a mal.

—No... —Contemplo su gesto pasar de esperanzado a triste, y me doy cuenta de lo que estoy diciendo—. ¡No! Me refiero a que no voy a decirte que no. Sí que me gustaría.

Creo que me he puesto roja.

—Vale —responde ahora con una amplia sonrisa que hace que me quede un poco embobada.

—Vale.

Vuelvo a abrir la puerta.

—Genial —digo antes de salir, aún en una nube.

Gael, que sigue sin moverse un solo centímetro, me mira y me responde divertido:

—Genial.

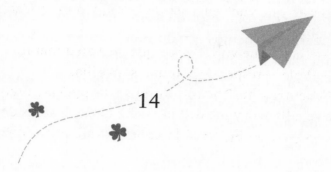

14

A pesar de que mi turno ha terminado hace una hora, aquí sigo.

Hoy es uno de esos días en los que me ha tocado quedarme a recoger el bar y, como siempre, Gael se ha ofrecido a ayudarme. Pero lo que no me esperaba es que luego me pidiera unos minutos para «preparar una cosa» y acabar media hora desterrada en el baño.

No soy tonta, supongo que ha llegado el día en el que vamos a tener esa cita que me pidió hace ya dos semanas, aunque reconozco que no se me había pasado por la cabeza que fuera justo hoy. Y sospecho que eso es precisamente lo que Gael quería: sorprenderme.

Hemos estado jugando al despiste todo ese tiempo, lanzándonos sonrisas cómplices durante nuestros turnos llenos de clientes impacientes y las quejas constantes de Liam. Creo que acabó convirtiéndose en un juego que solo nosotros entendíamos, uno en el que el rubio se dedicaba a preguntarme qué plan tenía esa noche y en el que yo, lejos de querer hacerme la interesante, simplemente le decía que no lo sabía, ya que estaba esperando a que cierto irlandés que había conocido me dijera de quedar.

Así que aquí estoy, intentando limpiarme una mancha de salsa de tomate que llevo en la manga de la camiseta y tratando de controlar esos dichosos nervios que sigo sin comprender, pues hemos estado una hora entera los dos solos bromeando y riéndonos mientras limpiábamos el bar, aunque supongo que es porque eso era algo más informal. Ahora ha llegado el momento de *la cita*.

Una muy oficial.

Ay, madre mía.

—Ya puedes salir, pelirroja.

Suelto un pequeño suspiro y me miro en el espejo. No he conseguido quitar esa marca roja de la camiseta; como mucho, lo único que he hecho ha sido empeorarla. Y llevo la trenza mucho más despeinada de lo normal, pues hoy ha sido un día especialmente concurrido en el bar.

Me aliso la falda negra del uniforme, que, gracias al delantal que tenemos que llevar, he podido salvar de cualquier otra mancha, y salgo.

Parpadeo. No sé qué es lo que me esperaba encontrar, pero desde luego no había imaginado ni por un segundo que sería esto. Durante un instante me dan ganas de frotarme los ojos para asegurarme de que lo que ven es real y no una ilusión.

El bar está repleto de velas; allá donde miro encuentro una estratégicamente colocada para darle al Robin un toque romántico que jamás habría imaginado que pudiera adoptar. Gael ha apartado todas las mesas y ha dejado una dispuesta a la perfección en el centro.

El olor que desprende la comida, procedente de la cocina, llena el local y la boca se me hace agua, aunque no estoy muy segura de si es por eso o por el rubio que permanece de pie un poco nervioso a unos metros de mí sin quitarme los ojos de encima.

—¿Y bien? —pregunta cuando llevo varios segundos callada—. ¿Qué te parece?

Salgo de mi estupor y me acerco a la mesa. Acaricio el mantel, como si tocándolo me asegurase de que lo que está pasando es real.

—Me encanta —respondo, y me vuelvo hacia él.

Se aproxima unos pasos.

—A lo mejor no es mucho, pero...

—Es perfecto —le interrumpo.

Me sonríe.

—Aún hay que acabar de hacer un par de cosas en la cocina, ¿me ayudas?

Y así, empieza una de las citas más románticas que he tenido en toda mi vida.

Paso un rato mano a mano con Gael frente a los fogones. El rubio me explica lo que lleva cada plato y cómo los ha preparado. Me deja un par de tareas más fáciles y, mientras corto un poco de perejil y él termina de reducir una salsa, no dejamos de reírnos y de charlar todo el rato.

Cuando nos sentamos, compruebo que la comida está riquísima.

—Tienes un don —le digo mientras me llevo un trozo de carne a la boca—. Vas a ser uno de los mejores chefs del mundo.

—Con tal de serlo para ti me conformo. —Me dirige una mirada significativa que le devuelvo.

El resto de la cena no dejamos de hablar de cualquier tema que se nos ocurre. Gael me habla de su familia, que vive en las afueras. Resulta que tiene dos hermanos mayores y que, cuando era pequeño, solían ser ellos los que probaban todos sus platos.

—Lo hacían obligados por mi madre, te lo aseguro —explica entre risas—. Nunca se me olvidará el día en el que me pareció una idea buenísima mezclar chocolate con huevo y hacer una tortilla.

Seguimos comentando cosas de nuestra infancia y acabo hablándole de los incontables bizcochos fallidos que he hecho a lo largo de mi vida por esa manía mía de intentar hacerlos todos con cosas vegetales, cuando está claro que no tengo la suficiente habilidad para ello. También le hablo de mis amigas, de mi vida en España, y comentamos lo diferente que es con respecto a su vida en Dublín. Discutimos un poco sobre nuestras películas favoritas, la música que nos gusta a cada uno y sobre los sitios que nos encantaría visitar el día de mañana.

Nunca había tenido una cita así. Con Adrián todo era ir a sitios caros, arreglarse y mantener el tono de voz moderado para no molestar a los comensales distinguidos que solían rodearnos. Pero aquí todo es tan informal que dos manchas más se han unido a mi camiseta, ya de por sí hecha un asco, porque está claro que eso de reírse mientras masticas no es lo mío, pero es tan especial que no tengo ninguna duda de que la recordaré siempre.

Me siento cómoda con Gael. Tanto que termino hablándole de mis sueños frustrados, de las ganas que he tenido siempre de ver mundo y de los inconvenientes que me han surgido para hacerlo. Para cuando llega el postre, me doy cuenta de que hemos estado dos horas sin parar de hablar y que parece que han pasado dos minutos.

—Si pudiera tener un superpoder, sería ese.

—¿Teletransportarte?

—Sí. ¿Te imaginas poder ir de aquí para allá, a cualquier parte del mundo, con solo pensarlo? Sería increíble.

Se ríe, divertido por lo emocionante que me parece la idea.

—Mmm, yo no lo sé... Ser capaz de hablar cualquier idioma, por ejemplo.

—Qué aburrido —le digo.

—¿Por qué? Así podría hablar con quien quisiera cuando viajase y aprender cocina sin tener que ir tirando de diccionarios. Además, debería gustarte la idea, sería una buena oportunidad para dejar de reírme de tus expresiones extrañas y ser capaz de entenderlas por fin —responde burlón.

Pongo los ojos en blanco, divertida.

—Pensaba que dirías algo como viajar en el tiempo o... ¡hacerte invisible!

—¿Tú lo harías si pudieras? —pregunta con curiosidad.

—¿El qué?

—Viajar en el tiempo.

Me lo pienso durante unos segundos.

—No lo sé. Estaría guay viajar al futuro, ver todos los avances que hay y esos rollos, pero creo que me agobiaría saber que en esa época ya no estaría la gente a la que quiero.

Asiente, comprensivo.

—¿Y al pasado?

Medito mi respuesta.

—No... Al menos, no a mi pasado.

No puedo evitar que por mi cabeza pasen un batiburrillos de recuerdos, todos junto a Adrián. Algunos de ellos son felices, pero... la mayoría, por desgracia, no lo son tanto.

—¿Vamos recogiendo? —me pregunta Gael al ver mi gesto ausente.

Llevamos las sobras de comida a la cocina y le ayudo a recoger el resto.

Nos quedamos en silencio mientras limpiamos. Él está centrado por completo en lavar los platos a la vez que yo seco los que me va tendiendo.

En un momento dado, se vuelve para darme uno de nuevo, pero cuando lo cojo no llega a soltarlo.

—No me has preguntado a mí —dice con sus ojos verdes clavados en los míos.

—¿El qué? —Estoy confusa.

—Si yo querría viajar en el tiempo.

Trago saliva, sin entender por qué me he puesto tan nerviosa de repente.

—¿Lo harías?

Decidido, contesta:

—No. Me quedaría justo aquí, en este momento. Y no cambiaría nada de él.

Sus palabras calan en mí de una forma inesperada.

Mi pulso se dispara cuando observo que sus ojos bajan a mi boca. Estamos cerca, tanto como para distinguir la pequeña cicatriz que tiene bien escondida en el lado izquierdo de la frente, justo en el nacimiento el pelo, y para que, cuando inspiro, su olor se apodere de cada bocanada de aire que tomo, embriagándome.

No sé quién es el primero en acortar la distancia, pero de repente ya no queda ningún centímetro libre entre nosotros.

Nos besamos con necesidad, como si ambos hubiéramos estado esperando esto tanto tiempo que, ahora que ha llegado el momento, quisiéramos aprovechar cada segundo de él.

Su boca se apodera de la mía, marcando el ritmo. Las piernas me flaquean, pero la mano libre de Gael me sujeta por la cintura, pegándome aún más a su cuerpo.

Pierdo la noción del tiempo. No sé cuántos minutos pasamos así, con nuestros labios enredados, pero cuando nos separamos, ambos tenemos la respiración acelerada.

Sin venir a cuento, Gael suelta el plato que aún sujetábamos los dos y, con la mano aún mojada, me salpica en la cara.

—¡Eh! —me quejo.

—Hay que seguir recogiendo.

Lo dice con una sonrisa ladeada y las mejillas tan sonrosadas que soy incapaz de no devolvérsela.

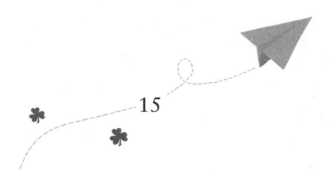

15

—¡Hood! ¡Ven aquí!

El perro sigue como si nada, retozando en el césped con la lengua fuera. Incluso me parece ver que le dedica un gesto burlón a su dueño, quien vuelve a llamarlo sin conseguir respuesta.

—¡Hood! ¡Vamos! —pruebo yo.

Observo divertida que esta vez sí se levanta, sacude el cuerpo y viene corriendo hacia nosotros.

—No me lo puedo creer. ¡Has hipnotizado a mi perro!

Suelto una carcajada ante las quejas de Gael mientras le hago un par de caricias al peludo.

—Eso no es verdad, simplemente sabe quién manda aquí —contesto orgullosa.

Él niega con la cabeza, dándose por vencido, pero no me pasa desapercibida la pequeña sonrisa que asoma a sus labios. Se acerca un paso hacia mí y me coloca con cariño la bufanda, que en algún momento ha debido de aflojarse y dejado de tapar bien mi cuello.

Desde que tuvimos esa primera cita, se podría decir que hemos tenido muchas más, aunque algunas hayan sido tan informales como esperarnos el uno al otro cuando terminaba nuestro turno solo para poder dar un paseo juntos, que acababan siempre cuando él me dejaba en la puerta de casa tras darme un beso de buenas noches. O los ratos mañaneros como este de ahora, en los que sacamos a Hood cuando Gael entra un poco más tarde a trabajar.

Lo miro a los ojos y una sonrisa tonta se apodera de mis labios. Sus manos siguen en mi cuello, enredadas con la bufanda, aunque ahora mismo no es esta la que me está refugiando del frío de principios de febrero.

En un pequeño impulso, acerco mi nariz a la suya y se la acaricio.

En respuesta, él acerca sus labios a los míos con una media sonrisa impresa en ellos y me da un beso lento, suave, con tanto cariño que me dan ganas de quedarme así tanto tiempo como sea posible. Pero desgraciadamente su turno empieza en diez minutos, así que cuando nos separamos me conformo con darle la mano mientras regresamos con Hood a nuestro lado.

Cuando apenas quedan dos calles para llegar, me suena el móvil, indicándome que he recibido varios mensajes.

Lo saco del bolsillo del abrigo y les echo un vistazo.

—Es Eva —le explico y me paro en seco en medio de la calle. Un transeúnte suelta un quejido al tener que esquivarnos—. Dice que ya han salido las notas de la facultad.

Un nerviosismo inesperado se apodera de mí.

No es que los exámenes me salieran mal, todo lo contrario, pero supongo que es una sensación de la que no te puedes deshacer cuando tu beca depende de los resultados que muestre el enlace que me acaba de mandar mi compañera de piso.

—Tranquila —me dice Gael mientras pone ambas manos en mis hombros—. Seguro que te ha ido genial. ¿Quieres que te deje sola para verlas?

Me toqueteo la trenza, impaciente, y niego con la cabeza.

—No, quiero que estés conmigo.

Un gesto complacido cruza por su rostro.

—Pues allá vamos —me anima.

Centro mi mirada en la pantalla. Eva me ha escrito tantos mensajes pidiéndome que la llame que tengo que subir un poco en la conversación para encontrar el enlace que me ha enviado.

Tarda varios segundos en cargar, pero cuando por fin aparece la página web y encuentro el apartado de notas de mi clase, no puedo evitar dar un pequeño salto de alegría.

—Supongo que eso es porque te ha ido bien, ¿no? —expone divertido Gael.

—¡Todo aprobado! —respondo mientras me lanzo a sus brazos—. Y con buenas notas, que es lo que necesitaba.

—Vaya, vaya… Estás hecha toda una empollona. —Ladea la cara y me mira directamente a los ojos—. Me gusta. Enhorabuena, pelirroja.

Suelto una carcajada y le doy las gracias.

Tras separarme de él, me dispongo a llamar a Eva. Mi amiga no tarda ni dos tonos en descolgar y hacer que casi me quede sorda con el grito que pega al otro lado del teléfono.

—Dime que tú también lo has aprobado todo y que esta noche salimos a celebrarlo.

—Lo he aprobado todo y esta noche salimos a celebrarlo —respondo obediente.

Otro grito, esta vez mucho más alto que el anterior si es que eso es posible.

Escucho divertida los planes que está haciendo para esta noche. Nombra por lo menos cinco discotecas distintas en menos de diez minutos, y yo solo me río y le digo a todo que sí. Total, no es que yo esté muy familiarizada con esos locales; entre los exámenes y el trabajo en el bar no he salido mucho de fiesta. O no tanto como ella, al menos.

—¿Comemos juntas hoy? —pregunta al cabo de un rato.

—¿Sushi y maratón de *Las chicas Gilmore*?

—Hay que ver lo bien que me conoces.

Cuelgo con una sonrisa y miro a Gael.

Mientras yo hablaba por teléfono, hemos seguido andando hasta llegar al Robin.

Una idea cruza mi mente. Una que en otro tiempo o, mejor dicho, con otra persona me habría parecido imposible, pero que ahora se me ha metido en la cabeza y no creo que consiga sacarla de ahí por mucho que me esfuerce.

Me pongo un poco nerviosa. ¿Debería preguntárselo? ¿Y si luego me arrepiento? Que me pasara anteriormente con Adrián no quiere decir que tenga que ser igual con Gael, pero... ¿y si lo es? Hasta ahora, todo lo que he conocido del irlandés ha sido bueno, pero eso no significa que vaya a ser siempre así..., ¿no?

—¿Qué pasa? —me pregunta extrañado al ver que me quedo callada.

Tomo una bocanada de aire, decido ceder a mis ganas y dejar relegadas todas esas dudas.

—¿Te apetece venir esta noche? Vamos a ir a no sé qué discoteca que Eva dice que está bien.

Se lo piensa unos segundos.

—Hoy me toca sustituir a Liam, pero puedo intentar escaquearme antes. ¿Te aviso cuando salga?

—Vale.

Me dedica una sonrisa desenfadada y se la devuelvo.

Antes de entrar en el bar con Hood a su lado (sospecho que no lo deja en casa porque Liam no trabaja hoy), da un paso hacia mí y acerca sus labios a los míos.

—Vamos hablando entonces —dice tras darme un beso rápido.

Asiento con un cosquilleo recorriendo mis labios y, tras verlo cruzar la puerta, pongo rumbo a casa.

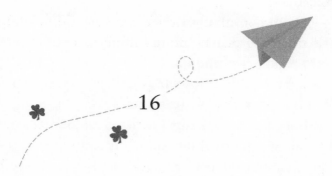

16

Me tambaleo un poco cuando Leire me rodea el hombro con el brazo para arrastrarme de vuelta hacia la pista de baile.

Sigo sin saber el nombre de la discoteca a la que hemos venido, pero por las cuatro plantas que hay con distintos estilos de música y la cantidad de gente que se agolpa en cada una de ellas, debe de ser una de las más grandes de Dublín. Entre el gentío avisto la cabellera negra de Tom, que baila con el resto del grupo entre risas, y nos unimos a ellos.

—¡Un brindis! —exclama este al vernos—. ¡Por el Erasmus!

Todos alzan sus bebidas, incluso algunos que no conocemos pero que han visto la excusa perfecta para dar otro trago, y bebemos sin parar de movernos.

No sé cuántas horas llevamos aquí dentro, pero sean las que sean, se me están pasando volando. Me divierto bailando y me dejo llevar con mis amigos; hacía tanto tiempo que no me lo pasaba tan bien que he decidido aprovechar cada segundo de la noche.

En un momento dado hemos empezado un juego que se llama «A ver cuántos chicos te entran». No es un nombre muy original, pero es el que se nos ha ocurrido con varias copas encima.

—¡Otro! —exclama Leire.

Se ríe sin disimulo frente a un chico rubio que la mira con expresión confundida.

—¿Cuántos llevamos ya? ¿Quince? —pregunta Eva.

—Hala, exagerada —respondo.

Aunque lo cierto es que puede ser un número muy próximo a ese. Me maldigo mentalmente a mí misma por permitir que Eva me convenciera para que la dejase elegir mi modelito de esta noche cuando un par de chicos se paran a mirar descaradamente en nuestra dirección. No es que el vestido rojo corto que llevo sea lo más indecente que me haya puesto en mi vida, pero hacía tiempo que no vestía algo tan ajustado que remarque mis curvas.

Leire se da la vuelta para seguir hablando con el chico; por lo visto, este le ha gustado lo suficiente para molestarse en tratar de escucharle.

Eva intenta decirme algo, pero la música está tan alta que no la oigo.

—¿Qué dices?

—¡Que si quieres otra copa! —me repite al oído.

Niego con la cabeza, como me tome otra me van a tener que sacar de aquí a rastras, pero la acompaño igualmente a la barra.

Mientras camino, noto que el móvil me vibra varias veces.

Lo saco del bolso y lo reviso. Es Gael.

> Cómo vas, pelirroja?

> He salido tarde porque he tenido que quedarme a ayudar, pero ya he terminado

> Bien!

> Seguro que no estás muy cansado para venir?

Para nada, me apetece mucho verte

Suelto una sonrisa tonta, a pesar de que no puede verla.

Me pasas la ubicación y voy para allá?

Se la envío con una sensación de anticipación recorriendo mi cuerpo. He estado con él esta misma mañana, pero ya tengo ganas de volver a verle.

Llegamos a la barra. Eva llama rápido la atención del camarero y se pide un chupito.

El móvil me vibra de nuevo.

Ella se ríe ante la sonrisa floja que me vuelve a salir.

—Madre mía, estás muy pillada —se burla con cariño.

Miro otra vez la pantalla, suponiendo que será Gael, pero cuando abro los mensajes, me quedo congelada al ver el nombre de Adrián.

Hola, preciosa

Podemos hablar?

Ya está, solo eso.

Después de haber estado un mes y medio sin saber nada de él, consigue que con tan solo cuatro palabras un malestar que reconozco demasiado bien reaparezca en mi pecho.

—Eh, ¿estás bien?

Tomo una bocanada de aire y miro a Eva. No, no lo estoy. Odio que Adrián me haya hablado justo en este instante, cuando por fin me estoy dejando llevar y sintiéndome mejor conmigo misma. Es como si tuviese un radar que le indica cuál es el momento adecuado para hacer que me venga abajo, pero no pienso dejar que me arruine la noche.

No quiero darle ese poder, ya no.

—¡Claro! —miento—. ¿Sabes? Creo que me voy a unir a ese chupito.

Mi amiga me mira sin terminar de creérselo, pero decide no insistir y le pide al camarero otro más.

Me lo bebo de un trago y vuelvo a la pista de baile.

Tres canciones después, ya se me ha olvidado el mensaje de Adrián y mi ánimo ha vuelto a la normalidad.

Estoy imitando con gracia los pasos de baile de Eva cuando veo a Gael acercarse a nosotras.

—¡Ya estás aquí! —digo animada.

—He tardado más de lo que me esperaba, pero he llegado.

—¿Quieres beber algo?

Alza la mano izquierda y me enseña una cerveza.

—Estoy servido.

Voy a decirle algo, como que me parece que está guapísimo con esa camiseta verde y esos vaqueros o que me encanta que haya podido venir al final, pero mi compañera de piso se me adelanta.

—¡Camarero! —exclama tras darle dos besos rápidos—. Venga, que nunca te hemos visto bailar.

Gael ya conocía a la mayoría de mis amigos por las veces que han pasado por el bar para tomarse algo, así que no me sorprende ver que se desenvuelve sin ningún problema con ellos. Me doy una pequeña bofetada mental por haberlo comparado en algún momento con Adrián y haber dudado en invitarle. Está claro que no se parece en nada a él. Cuando Tom me ha pasado el brazo por el hombro y me he reído por alguno de los comentarios sarcásticos que ha soltado a mi oído, no he podido evitar echar un vistazo a mi izquierda, preocupada. Pero Gael tan solo ha seguido con lo suyo, dejándose llevar por las peticiones insistentes de Eva para que bailara «Aserejé» con ella, a pesar de que la canción que está sonando tiene un ritmo totalmente distinto, y no he podido evitar soltar una pequeña risa al ver cómo el pobre intenta imitar sus movimientos.

En un momento dado Gael se acerca y, tras pedirme permiso con los ojos, coloca las manos en mi cintura y nos movemos mucho más pegados de lo que el ritmo de la canción pide, pero no me importa.

Estoy contenta de que esté aquí, conmigo.

Le sonrío y, sin pensármelo dos veces, me acerco a su boca y le robo un beso.

—¿Y eso?

Me encojo de hombros.

—Me apetecía.

Me dedica una sonrisa ladeada, tiene las mejillas sonrosadas y el pelo rubio despeinado.

Un rato después Eva se acerca y me pregunta si quiero ir al baño. Gael también nos acompaña.

Estoy terminando de lavarme las manos cuando mi móvil vuelve a sonar.

Pienso en pasar de él, pero la curiosidad me puede y acabo mirándolo.

Te echo de menos

Me quedo unos segundos quieta, releyendo el mensaje de Adrián una y otra vez. Se me pasa por la cabeza contestarle, decirle que yo a él no lo echo de menos y que no me vuelva a escribir, pero lo conozco lo suficiente para saber que no me haría caso y que lo único que conseguiría sería iniciar una discusión. Así que, en vez de eso, me dejo llevar por un impulso que estoy al noventa y nueve por ciento segura de que proviene del alcohol que ahora mismo se pasea a sus anchas por mi sistema y lo bloqueo.

No sé cómo no se me había pasado por la cabeza antes, pero ese simple gesto hace que respire un poco más tranquila.

—Qué asco de váter. —Eva sale del cubículo en el que había estado metida hasta ahora y se detiene a mi lado—. La próxima vez pienso mear en la calle. ¿Por qué los tíos pueden hacerlo y nosotras no? Pienso ponerme al lado de uno y hacer un comentario rollo: «Eh, menuda picha más corta tienes, la mía es más larga».

Suelto una carcajada.

—Claro, y que pase por allí la policía y te vayas con una multa de regalo a casa.

—Para eso tendrían que multar a toda la población masculina y, por el momento, no he visto que lo hagan.

Me río por las ocurrencias de mi amiga cuando reconozco una melena rubia saliendo de otro de los cubículos.

—¿Leire?

—Uf, sabía que erais vosotras. ¿Alguna tiene un peine? Llevo unos pelos de loca.

—Pero ¿tú no estabas con tu ligue? —pregunta Eva.

—Exacto, estaba. Qué tío más pesado, no dejaba de repetirme cosas raras en italiano. Al final he tenido que escaquearme, menuda clase de cultura general me ha dado el chaval.

Salimos del baño y mis amigas se adentran en la pista de baile entre risas.

Yo, en cambio, me dirijo hacia Gael, que está esperando apoyado en una esquina. Su figura resalta entre las demás e incluso me parece ver que alguna que otra chica le echa un vistazo de lo más descarado, pero él, ajeno a sus miradas, tiene los ojos fijos en los míos.

Con una valentía repentina muy impropia de mí, le echo los brazos al cuello y le sonrío. Está pasando. Esta noche me siento infinitamente más libre de lo que me he sentido en mucho tiempo y quiero aprovecharlo. Sé que ahora mismo podría tirar de las manos de Gael y volver con el resto de mis amigos para seguir la fiesta, pero no lo hago. En su lugar, lo arrastro hacia una de las esquinas más solitarias de la discoteca.

—¿Te he hecho esperar mucho?

Se encoge de hombros.

—No tanto.

—Perdona.

—No pasa nada, por ti esperaría todo el tiempo del mundo.

Lo suelta así, sin más. Como si sus palabras no hubieran hecho que mi corazón dé un vuelco tan grande que casi me caigo del impacto.

—Tonto, no me digas esas cosas —respondo desenfadada.

—¿Por qué?

Su expresión se torna seria.

«Porque me hago ilusiones, y no quiero volver a perderme en alguien que puede hacerme daño», pienso.

Pero, en cambio, contesto:

—Por nada, déjalo.

Su mirada delata que lo último que quiere es dejarlo pasar. Sin embargo de repente empieza a sonar «Feel so close» y nuestros cuerpos comienzan a moverse de forma instintiva.

Gael posa la mano izquierda en la parte baja de mi espalda para pegarme aún más a él, y ese simple gesto hace que miles de mariposas revoloteen en mi interior. Mis brazos siguen rodeando su cuello, así que muevo los dedos y le acaricio un poco el pelo mientras me dejo llevar por el ritmo de la música. Nuestras caderas se balancean de un lado a otro y, aunque es el movimiento más simple del mundo, consigue que un calor suba por mis piernas y recorra cada poro de mi cuerpo.

Intento pensar algo coherente que decir en voz alta para rebajar un poco la tensión que se acaba de crear entre nosotros, pero no me salen las palabras. Nuestras miradas están enfrascadas la una en la otra, como si un hilo invisible las hubiera atado y nada en el mundo pudiera ser capaz de cortarlo.

Me siento hipnotizada por cada uno de nuestros movimientos. La forma en la que los ojos de Gael atrapan cada centímetro de mi cara y cómo su mano aprieta ligeramente mi cintura me da a entender que yo no soy la única que está siendo víctima de esta especie de embrujo. Es como si estuviéramos metidos en una burbuja en la que solo existimos nosotros dos. He dejado de prestar atención a la música hace rato y, si alguien me preguntara, juraría que no hay absolutamente nadie a nuestro alrededor, porque para mí ahora mismo solo existe Gael.

Pero, claro, seguimos en la discoteca. Y a pesar de que estamos en uno de los rincones donde hay menos gente, eso no impide que un borracho pase por nuestro lado y nos dé un empujón sin querer.

—Me... —Carraspeo—. ¿Me acompañas a casa?

—¿Quieres irte ya?

Su voz ha adquirido un tono bajo, incluso algo ronco.

—Es que estoy cansada. —«Y cachonda», pero ese dato me lo guardo para mí.

Asiente.

—Claro, vamos.

Cuando se separa, siento que soy capaz de respirar de nuevo, como si antes el aire se hubiera quedado atascado en mis pulmones. Tardamos un buen rato en abrirnos paso a través de la discoteca para llegar a la salida. Mientras lo hacemos, le mando un mensaje a Eva para avisarla de que me he ido con Gael.

Llegamos al piso diez minutos más tarde, un tiempo récord si pienso en que mi amiga y yo hemos tardado el doble en el trayecto de ida.

A pesar de que hemos estado hablando mientras veníamos, cuando pongo un pie en el portal y me vuelvo, quedando frente a él, un silencio extraño se instala entre nosotros.

Durante todo el camino, no he podido evitar estar pendiente de todos y cada uno de los movimientos de Gael: la forma en la que me miraba cuando pensaba que no me daba cuenta, cómo me ha cogido de la mano y ha acariciado mi pulgar, la manera en la que su respiración se ha acelerado al ver que le devolvía el gesto... De repente, me he visto a mí misma pensando en la forma correcta de invitarle a entrar en casa sin parecer demasiado ansiosa.

Pero ahora que lo tengo delante, las palabras se agolpan en mi garganta y ninguna de ellas consigue salir. Supongo que la valentía de la que he estado presumiendo toda la noche ha desaparecido y ha vuelto a dejar mi lado más tímido al descubierto.

—Bueno... —empiezo a decir.

—Lo he pasado bien —dice Gael.

—Sí, yo también.

Se queda un momento en el sitio, algo nervioso.

No entiendo qué nos pasa, hace media hora estábamos bailando pegados en la discoteca y ahora parece que nos han echado por encima un jarro de agua fría.

A lo mejor debo interpretar el silencio de Gael como una señal, puede que a él ni siquiera se le haya pasado por la cabeza la posibilidad de pasar la noche juntos. Y también existe la opción de que lo haya pensado, pero que simplemente no quiera.

Me doy una bofetada mental. He sido yo la que le ha pedido que me acompañara a casa. ¿Y si le he asustado? Quizá él quiere tomarse las cosas con más calma. En realidad, yo también quería. Al fin y al cabo, no somos nada. Pero la forma en la que lo he pillado mirándome los labios en un momento dado ha hecho que mande todo eso a la mierda y que la necesidad de sentir sus manos sobre mi piel tomase las riendas de mis actos.

—Gracias por acompañarme a casa —acabo diciendo.

Él no dice nada, solo afirma con la cabeza.

Empiezo a sentir una ligera decepción mientras cierro la puerta del portal y preparo las llaves de casa cuando noto que una mano tira de mí.

En un pestañeo, mi espalda toca la pared y tengo el cuerpo de Gael ante mí. No me da tiempo a registrar lo que está pasando cuando sus labios apresan los míos tan rápido que siento como si un tornado me impactara en todo el pecho. Entreabro la boca, un poco aturdida, y nuestras lenguas se encuentran. Una de sus manos está apoyada en la pared, junto a mi cabeza, y la otra me acaricia la mejilla con un mimo que contrasta con la ferocidad con la que juegan nuestros labios.

Mi respiración se acelera mientras poso las manos en sus hombros y percibo cada uno de sus definidos músculos a través de la tela de la chaqueta. De repente, siento demasiado calor.

Cuando su boca se apara de la mía, ambos respiramos acelerados.

—Solo... quería darte las buenas noches —dice entre jadeos.

Sin terminar de recuperar el aliento, le digo:

—Buenas noches.

Nos quedamos mirándonos durante lo que me parece una eternidad, ambos buscando en los ojos del otro la respuesta a esa pregunta que ha estado rondando nuestras cabezas todo el tiempo que nos hemos estado besando.

No sé quién encuentra antes la respuesta, pero de pronto volvemos a tener las manos enredadas en el cuerpo del otro y nuestros labios se han encontrado otra vez. Me impulso hacia arriba y rodeo el cuerpo de Gael con las piernas mientras él me sujeta entre sus brazos. Con pasos decididos, nos acerca hasta mi puerta y busco a tientas la cerradura.

—¿Quieres que te ayude? —pregunta sobre mis labios con guasa al ver que no la encuentro.

Justo en ese momento consigo encajar la llave y la giro.

—No —respondo con una sonrisa mientras vuelvo a besarle.

No hace falta que le guíe hasta mi habitación. Gael se encamina hacia ella y pronto ambos nos encontramos en la cama.

Me apresuro en quitarle la chaqueta y él se aparta un poco para deshacerse de ella con más facilidad. Su camiseta no tarda en correr el mismo destino, y no puedo evitar deleitarme en los músculos que se marcan en su pecho y abdomen. No entiendo dónde mete toda la comida, parece que no hay ni un gramo de grasa en su cuerpo. Verlo así, solo con los pantalones, con varios mechones caídos sobre su frente y esos ojos verdes mirándome con deseo, hace que un pequeño destello de vergüenza se abra paso en mi cabeza nublada y excitada.

Me sonrojo un poco y siento el impulso de taparme el cuerpo con las manos, y eso que aún no me he quitado el vestido.

Él debe de darse cuenta de mi cambio de humor repentino, porque vuelve a ponerse sobre mí. Apoya una de las manos en la cama para no aplastarme con su peso y me acaricia la mejilla con la otra.

Murmura algo en ese idioma que suena tan mágico y seductor en sus labios que no consigo entender.

—¿Qué has dicho?

Sus caricias bajan desde mi mejilla hasta mi cuello con lentitud. Observo sus ojos, de una tonalidad tan especial que me quedaría todo el tiempo del mundo contemplándolos y no me aburriría. No los aparta de los míos ni un solo segundo, como si quisiera transmitirme con ellos mucho más de lo que es capaz de expresar con palabras.

Entonces vuelvo a oír su voz, pero esta vez sí que lo entiendo.

—He dicho que eres preciosa.

Mi corazón se hincha un poco al escucharlo. Se me escapa una pequeña sonrisa que se le contagia y, de repente, toda esa vergüenza que sentía antes se convierte en deseo puro.

Atraigo su boca hasta la mía y lo vuelvo a besar, pero ahora con muchas más ganas, si eso es posible.

Un gemido escapa de mis labios cuando nuestras lenguas se encuentran y, en la parte baja del vientre, noto el bulto que lucha por liberarse de sus pantalones.

Mi cuerpo entero vibra en respuesta, pidiéndome más. De repente, siento que el vestido me quema la piel y una necesidad urgente de quitármelo hace que dirija mis manos hacia la parte baja de la falda. Gael adivina mis intenciones y me detiene mientras se aparta un poco.

Entonces comienza a subirme el vestido él mismo, pero con una lentitud tan sensual que empiezo a notar que la respiración se me agita con cada centímetro de mi piel que deja al descubierto. Me quedo desnuda, con tan solo unas braguitas y un sujetador de algodón blancos. El irlandés me mira desde arriba, con una expresión abrasadora que parece derretirme la piel.

Se inclina de nuevo sobre mí, pero esta vez sus labios van recorriendo el hueco entre mis pechos y su mano juega con uno de ellos mientras yo me arqueo en respuesta, disfrutando de sus atenciones.

Me quita el sujetador con agilidad y pronto sus labios vuelven a estar sobre mi piel para deleitarse con mis pezones, haciendo que suelte otro gemido.

Alza la cabeza y se pone a mi altura de nuevo de manera que nuestras narices se rozan y nuestros alientos se entremezclan. Noto lo rápido que le late el corazón y pongo una mano sobre él. Volvemos a besarnos. Sentir su piel sobre la mía me pone los pelos de punta, y allá donde las yemas de sus dedos me acarician me atraviesa una descarga eléctrica. Cuando estos llegan hasta la parte baja de mi vientre, separa sus labios de los míos y busca mis ojos. El verde que suele caracterizar los suyos se torna aún más oscuro cuando empieza a jugar con mi clítoris, provocándome unos jadeos que se escapan entre mis labios.

Se deleita en mi reacción cuando me introduce uno de sus dedos y lo mueve. Estoy fuera de mí, apenas puedo respirar. Me arqueo cuando aumenta el ritmo y me dejo llevar. Una explosión de placer me sacude y provoca que mi cuerpo entero tiemble y que mi cabeza se nuble tanto que ahora mismo no creo ser capaz ni de recordar mi propio nombre.

—Eso ha sido...

—Increíble —termina él.

Sí, es cierto. Todo él lo es.

Mi cuerpo reacciona por sí solo y vuelve a despertarse al ver cómo Gael se aparta un mechón rubio de la frente. Yo también quiero darle ese placer, pero parece que él tiene otros planes para mí porque, cuando volvemos a besarnos y dirijo mi mano a su entrepierna, notando por entero lo grande que es su miembro, suelta un gruñido profundo en respuesta y se levanta.

—¿Qué haces? —pregunto al verlo rebuscar en el suelo.

Cuando veo el plástico que lleva entre las manos al regresar a la cama, mis piernas vuelven a temblar de anticipación.

Se acomoda entre ellas con facilidad. Nuestras caras están apenas a unos centímetros de distancia. Roza su nariz con la mía con cariño y le dedico una pequeña sonrisa. Empieza a besarme el cuello y yo acaricio su espalda despacio.

—Quiero besar cada una de tus pecas —dice sobre mi piel.

Me estremezco.

—Pues eso te va a llevar un tiempo.

El reguero de sus besos desciende hasta llegar a mis pechos y me lame un pezón con suavidad.

—Ojalá me lleve todo el tiempo del mundo.

Entonces, sin parar de besar cada centímetro de piel que queda a su alcance, se introduce en mí y me llena por completo.

La forma en la que encajamos es tal que, al principio, me deja sin palabras. Es como si estuviéramos diseñados el uno para el otro, como si algo dentro de nosotros supiera que estábamos destinados a estar juntos. Sus dedos se aferran a mi cintura mientras sale y entra de mi interior con un ritmo que embota todos y cada uno de mis sentidos.

Mis gemidos se mezclan con los suyos hasta que llega un punto en el que soy incapaz de diferenciar de quién proceden. Me aprieto contra su cuerpo, buscando más contacto, más fuerza, más todo. Y él no tarda en dármelo.

Es entonces cuando soy consciente de que, a pesar de haber mantenido relaciones sexuales con Adrián, jamás había sentido nada parecido a esto. Aunque no sea la primera vez que lo hago, algo dentro de mí despierta y me chilla que sí, que es la primera vez que me siento así de excitada y cómoda. Que la sensación que me producen las manos de Gael cuando me recorren la mejilla para secarme una lágrima de placer que ha escapado de mis ojos no tiene comparación con ninguna de las miles de caricias que me haya dado Adrián. Que el modo en el que siento cómo el mundo se tambalea a mi alrededor y que lo único sólido que hay en él es Gael es incomparable a nada que haya podido vivir antes. Y que la forma en la que sus ojos me miran mientras los dos estamos a punto de llegar al clímax solo voy a ser capaz de experimentarla con él.

Así, con la mirada clavada en ese verde oscuro que me tiene hipnotizada, una oleada de fuego que nunca había sentido se extiende por mis extremidades y hace que suelte un último gemido.

Gael aumenta aún más las embestidas y me besa con desesperación mientras noto cómo tiembla dentro de mí y también se deja llevar.

Nos quedamos así, sin movernos ni un centímetro, hasta que pierdo la noción del tiempo. Ninguno quiere abandonar los brazos del otro. Al final, cuando nos entra algo de frío,

Gael se aparta para tirar el condón y nos tapa con una de las mantas.

No decimos nada, no hace falta.

Caigo rendida al sueño rodeada por sus brazos y con su aliento rozando mi oreja.

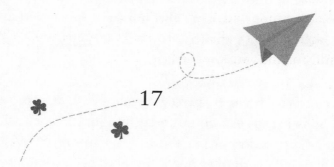

17

—¿Quedan cereales?

Niego con la cabeza mientras bebo un trago de agua.

—De los que te gustan creo que no, pero puedes coger de los míos si quieres.

Eva saca la cabeza del armario y me mira con cara de loca.

—¿Esos que son como pasto para los caballos? No, gracias —replica con voz chistosa.

Pongo los ojos en blanco.

—Tienen mucha fibra y están buenísimos.

—Lo que tú digas… ¡Oye! —exclama mientras saca una caja de galletas y se sienta en la mesa—. A lo mejor en tu otra vida fuiste un caballo y por eso te gustan tanto esos rollos vegetales. ¡Oye! —repite superemocionada—. ¿Y si vemos *Spirit* esta noche?

Le saco la lengua mientras suelta una carcajada.

—¿Te he dicho ya que te llevarías genial con mi amiga Nuri?

—Solo unas quinientas veces.

Me río y dejo el vaso de agua en la encimera.

—¿No desayunas? —pregunta.

—He quedado con Gael en un sitio de aquí cerca, al parecer hacen unos *smoothies* riquísimos.

—Qué monos sois. Si ahora mismo quisiera tener novio, os tendría mucha envidia.

—No es mi novio —aclaro.

—Ya, lo que tú digas.

Es cierto, no lo es, pero entiendo que Eva lo piense. Estas semanas hemos estado tanto tiempo juntos que incluso a mí se me ha pasado por la cabeza, pero aún no hemos hablado del tema y la verdad es que lo prefiero así. No quiero ponerle una etiqueta a lo que hay entre nosotros. La última vez que hice eso fue con Adrián y, en parte, siento que ese fue el inicio del declive de nuestra relación. Hasta entonces todo había ido bien, pero en el momento en el que le pusimos una etiqueta y lo hicimos oficial... No quiero volver a pasar por eso.

Me encanta estar con Gael y prefiero que lo que tenemos ahora mismo, sea lo que sea, no cambie.

Al menos por ahora.

—¿Quedamos en la parada de autobús? —le pregunto a mi amiga mientras salgo de la cocina.

Las clases del segundo cuatrimestre empezaron hace unos días y ya hemos vuelto a la rutina.

—Genial.

Entro en mi habitación para coger el bolso y las cosas que voy a necesitar para las clases. Estoy terminando de peinarme cuando suena el timbre de la puerta.

—¡Voy yo! —le indico a Eva.

No creo que sea Gael, hace unos minutos le he escrito un mensaje diciéndole que nos vemos allí directamente, pero así aprovecho y salgo ya.

Abro la puerta mientras trato de ponerme el abrigo con una sola mano.

—¡Sorpresa!

Me quedo de piedra con la prenda a medio poner.

No puede ser.

—No te lo esperabas, ¿eh? —exclama Adrián—. Esa es justo la cara que quería ver.

No le contesto, creo que ahora mismo soy incapaz de articular una sola palabra.

—¿Quién es? —Eva se asoma por la cocina y, al no recibir respuesta, se acerca—. Oh, vaya.

Mira a Adrián con asombro, lo reconoce por las fotos que le enseñé hace lo que me parece ya una eternidad.

—Toma. —Él me tiende un ramo de flores en el que hasta ahora no me había fijado y da un paso para entrar, a pesar de que ninguna de las dos le hemos dado permiso.

Cojo las flores con un gesto automático.

Tras cerrar la puerta, los tres nos quedamos quietos.

—Eres Eva, ¿no? Gracias por haber cuidado de ella en mi ausencia —le dice Adrián con tono simpático para romper el silencio.

—Bueno, yo no diría que Carola haya necesitado que la cuiden, pero... —Me echa un vistazo rápido y me quita el ramo de las manos—. Lo pondré en agua, mejor os dejo para que habléis.

Cuando nos quedamos solos, Adrián me dedica una de esas sonrisas dignas de revista.

—Bueno, ¡dime algo! He viajado un montón de kilómetros para verte porque te echaba de menos y ¿me recibes así?

No lo entiendo, hace semanas que lo bloqueé. No hemos hablado nada desde hace meses y ¿se planta aquí?

Creo que me estoy mareando.

—Adrián..., ¿qué haces aquí? —pregunto mientras me siento en el sofá.

Suelta un suspiro exasperado, como si le molestara mi reacción.

—Ya te lo he dicho, he venido a verte.

Se acomoda a mi lado y me mira a los ojos.

Está igual que siempre, con el pelo perfectamente peinado hacia arriba, la barba afeitada y una camisa azul cielo que hace juego con sus ojos... No ha cambiado nada.

Y, aun así, lo que antes se me removía por dentro cada vez que lo veía no se ha movido ni un ápice.

—No lo entiendo, fuiste tú el que me pidió un tiempo —expongo confusa.

Se encoge de hombros.

—Claro, y ese tiempo ha terminado ya, ¿no crees? Hemos estado jugando demasiado al gato y al ratón, pero ya está bien —explica convencido—. Me hiciste mucho daño cuando decidiste no volver por Navidad, Carola... Pero después de pensarlo mucho, he decidido perdonarte. Sé que estás obsesionada con eso de ver mundo y blablablá, y que te has dejado impresionar por vivir en el extranjero, pero no te lo voy a tener en cuenta, no te preocupes.

Lo miro nerviosa y se me empieza a formar un nudo en el estómago.

¿Cómo le explico que para mí estos meses han sido distintos? Nuestra relación no es sana, y ahora me doy cuenta de ello mucho más que nunca, pero sé que él no piensa igual y me duele tener que ser yo la que se lo diga y hacerle daño.

Sin embargo, tengo que hacerlo. Por mí, por él..., por nosotros. Porque lo que empezó siendo un primer amor idílico ha terminado convirtiéndose en una pesadilla, y ninguno de los dos se merece estar pasándolo mal por algo que ya no tiene futuro, aunque él ahora no lo vea así e intente autoconvencerse de lo contrario.

Creo que eso es lo que hace que se comporte de este modo. Puede que le dé tanto miedo perder lo nuestro que eso haya desencadenado todos esos comportamientos tan inseguros y agobiantes. Pero esto no puede seguir así y yo no pienso aguantarlo más.

—Adrián..., este tiempo me ha servido para pensar. —Veo un sinfín de dudas cruzar sus ojos y también... ¿miedo?, pero me tengo que obligar a seguir—. Creo que ya hace tiempo que no estamos bien. Todo se ha vuelto demasiado complicado, las cosas que hago no te gustan y yo no puedo seguir adaptándome a ti...

El sonido de mi teléfono nos sobresalta y me interrumpe. Mierda.

—Dame un segundo —le pido.

Me levanto y me aparto unos metros.

—Gael, perdona —digo en cuanto descuelgo.

—¿Dónde estás? Llevo como media hora esperándote y déjame decirte que los *smoothies* calientes no merecen la pena.

Me siento fatal al escuchar su voz despreocupada.

—Me ha surgido un problema...

—¿Estás bien? ¿Necesitas algo?

Cierro los ojos y suelto un suspiro.

—No, está todo bien, solo... No voy a poder ir al final, lo siento mucho.

—Si se te han pegado las sábanas, puedes confesármelo, prometo no echártelo en cara más de tres veces esta semana.

Suelto una pequeña risa.

—No ha sido eso, me... me he levantado con un poco de fiebre y no voy a poder salir de casa. ¿Te importa decirle a Liam que hoy no iré a trabajar?

Odio mentir. Lo odio con todas mis fuerzas. Pero no quiero explicarle ahora a Gael lo que está pasando; necesito hablar con Adrián y dejar las cosas claras con él antes.

—¿Quieres que te lleve al médico o que compre algo en la farmacia? —pregunta preocupado.

—No, pero gracias. De verdad. Te llamo luego, ¿vale?

—De acuerdo, pero si necesitas cualquier cosa, dímelo.

Vuelvo a darle las gracias y cuelgo.

Cuando me doy la vuelta, Adrián se ha levantado.

—Cariño, sé que no he sido el novio perfecto —se lamenta dando unos pasos hacia mí—. ¿Vale? Lo sé. Pero tú tampoco has sido la novia perfecta. No tires lo nuestro por la borda por una tontería, el amor de verdad hay que lucharlo. Voy a quedarme aquí una semana, tendremos mucho tiempo para hablar y reconectar, no te precipites. Dame al menos eso.

Me llevo la mano a la frente.

A lo mejor sí que empiezo a tener fiebre después de todo, porque un calor agobiante y asfixiante ha comenzado a recorrerme el cuerpo y ahora mismo no sé cómo pararlo.

¿Es cierto lo que ha dicho? El amor de verdad, el que merece la pena, ¿es ese por el que hay que luchar y pasarlo tan mal que al final acabas perdiéndote a ti misma? No lo creo. Todo ese rollo de que sufrir por amor es lo normal está muy bien en las películas, pero ¿y en la vida real? Creo que las cosas deben ser mucho más fáciles, sin límites ni complicaciones. Y, sinceramente, aunque así fuera, no estoy muy segura de seguir queriéndole tanto como para luchar de la forma en la que él espera que haga.

Contemplo la mirada suplicante de Adrián. No quiero volver con él, de verdad que no, pero me sabe fatal que haya venido hasta aquí y ahora darle la patada. Quizá si dejo que se quede podamos hablar con más tranquilidad e intentar que él también se dé cuenta de que esto no está bien.

—Vale —termino cediendo.

—Esa es mi chica —responde contento. Coge su maleta del suelo y añade—: Bueno, ¿dónde pongo mis cosas?

Al día siguiente me propongo a mí misma hablar seriamente con Adrián, pero cada vez que saco el tema finge que no me oye o cambia el curso de la conversación por completo. Es como si la mera idea de hablar sobre romper le diese alergia.

No lo entiendo, fue él mismo quien me pidió un tiempo, pero ahora cada vez que lo planteo yo se pone a la defensiva y me da la sensación de que es porque odia no ser él quien tiene el control de la situación, aunque lo intente con todas sus fuerzas.

Sé que a Eva no le hace mucha gracia que se quede aquí, pero no me ha dicho nada. Adrián ha aceptado bastante bien eso de tener que dormir en el sofá, cosa que me preocupaba al principio. Pero supongo que es su forma de demostrarme que quiere hacer las cosas bien y que yo no me sienta incómoda.

Esta mañana he faltado a clase porque tenía la esperanza de, por fin, dejar las cosas claras con él, pero no ha habido manera. Ha insistido en que vayamos a ver la ciudad y, cuando hemos vuelto a casa, se ha metido directamente en la ducha.

La nevera está prácticamente vacía, así que he pedido algo de comida a domicilio y, mientras espero, no dejo de darle vueltas a la cabeza.

Sin embargo, cuando llaman a la puerta y escucho un par de ladridos, sé que al abrir no voy a encontrarme con el repartidor de pizza.

—¡Hey! —me dice Gael, animado—. ¿Cómo está la enferma?

Hood se acerca contento a darme un par de lametones en la mano.

—Hola.

—Te traigo algo que estoy seguro de que te sentará genial. —Alza una bolsa blanca—. La sopa milagrosa de mi madre. Eso sí, no me pidas la receta. Si se entera de que te la he dado, es posible que no vuelvas a verme en tu vida.

Me dedica una sonrisa ladeada.

—Muchas gracias, no tenías que molestarte.

—¿Estás bien? Te noto rara. —Me mira extrañado.

Suelto un suspiro.

—Sí, es que… —Lo miro a los ojos y soy incapaz de seguir con la mentira de ayer, mi conciencia no me lo permite. Así que trago saliva y confieso—: Gael…, ayer te mentí con eso de que estaba mala, lo siento mucho.

Su gesto no cambia, sigue manteniendo esa sonrisa afable y me siento aún peor.

—No te preocupes, algo me decía que tenía razón y que te habías quedado dormida.

—Ya, bueno… Es que ese no fue el motivo por el que no pude ir.

Me mira intrigado.

Salgo de casa y cierro la puerta. Me da miedo que Adrián nos escuche, aunque siga en el baño.

—Es Adrián… Está aquí.

—Aquí… ¿aquí en Dublín? —pregunta sorprendido.

—Sí, aquí en mi casa.

Gael se queda quieto unos segundos, asimilando lo que le acabo de decir.

—No me jodas. ¿Estás bien? ¿Qué ha pasado?

—Sí, estoy bien. Sé presentó ayer de improvisto, diciendo que me echa de menos y que ya se había terminado el tiempo —explico un poco nerviosa.

—¿Y qué le dijiste?

—Pues… —Bajo los ojos y me toqueteo la trenza—. Al principio traté de explicarle que las cosas ya no son como antes, pero me pidió que esperara. Dice que se va a quedar aquí una semana para que hablemos.

Gael parece un poco incómodo.

—¿Eso es lo que tú quieres?

—Quiero hablar con él y hacer las cosas bien, creo que nos merecemos al menos eso. Pero tengo claro que no quiero volver con él.

—¿Y no crees que el hecho de que viva en tu casa va a hacer que se te haga más complicado?

Me muerdo el labio inferior, dudosa.

—Joder, Carola... —empieza inquieto—. Ese tío quiere darle la vuelta a las cosas. Pretende comerte la cabeza para que estés con él, ¿por qué si no se ha presentado aquí justo ahora? Ha visto que no te tenía comiendo de su mano y ha cogido un avión.

—No es tan retorcido —le defiendo, aunque no sé muy bien por qué—. Creo que le cuesta aceptar que lo nuestro ha terminado, solo necesita tiempo para hacerse a la idea.

Gael se lleva las manos a la cabeza.

—Ya lo está consiguiendo, ¿es que no lo ves? Se está aprovechando de lo buena que eres. Cuando le digas que ya no quieres seguir con él, que es definitivo, ¿cómo va a reaccionar? No me fío.

—Es que tú no tienes que fiarte, no es asunto tuyo.

En cuanto le digo eso, me siento mal. Gael ha estado a mi lado todos estos meses, primero como amigo y luego..., bueno, como algo más. Pero eso no quiere decir que tenga derecho a enfadarse conmigo por esto. Adrián es un poco agobiante e inseguro, sí. Y nuestra relación no ha sido la más sana del mundo precisamente, lo sé. Aun así, eso no quita que hemos estado juntos mucho tiempo, y no quiero hacerle daño. Solo tengo que conseguir que se dé cuenta de que esto no está bien y que alargarlo no nos lleva a ningún lado... Aunque es más fácil decirlo que hacerlo.

El irlandés me mira con algo de tristeza.

—Ya lo sé…, pero es que no quiero verte sufrir —confiesa derrotado—. Solo hazme el favor de pensar en ti misma, no dejes que te líe para hacer cosas que tú no quieras o que te haga sentir mal.

—No lo haré —le aseguro.

Asiente con la cabeza.

—Si pasase cualquier cosa o necesitases mi ayuda… Bueno, ya sabes dónde estoy.

Me dan ganas de acercarme y rodearle con los brazos, pero me quedo quieta.

—Gracias —contesto en un susurro.

Nos quedamos así unos segundos, mirándonos.

—¿Carola? —se oye desde dentro de la casa.

—Tengo que volver —le informo mientras le hago un par de caricias en la cabeza a Hood, que se ha quedado todo este tiempo sentado a mi lado.

Gael se acerca con prudencia y me tiende la bolsa.

—Toma, espero que te guste.

Voy a contestarle, pero vuelvo a escuchar la voz de Adrián y me quedo callada.

—Adiós —se despide—. Hood, vamos.

El perro le hace caso y los observo alejarse con el corazón encogido.

—¿Dónde te habías metido? —me pregunta Adrián cuando entro.

No le contesto, dejo la comida en la cocina y me vuelvo hacia él.

—Adrián, tenemos que hablar ya sobre nosotros…

—Sí, sí, luego —me interrumpe con una amplia sonrisa—. Antes vamos a comer, que estoy hambriento.

Se acerca a mí, me da un beso en la mejilla y saca la sopa que ha traído Gael.

—Joder, cariño, te he dicho que pidieras algo apetecible,

no esto. —Me mira por encima del hombro—. No te preocupes, es normal que estés despistada.

Me siento y me llevo las manos a la cabeza, derrotada.

Creo que no voy a poder olvidar la expresión del rostro de Gael cuando se ha marchado.

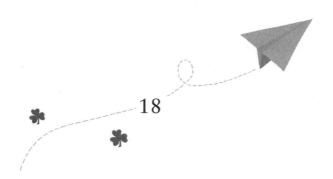

18

Estamos ya a viernes y aún no he conseguido que Adrián sea capaz de sentarse conmigo para hablar de algo que no sean temas banales.

Ya no sé qué más hacer y comienzo a agobiarme un poco.

Apenas quedan tres días para que salga su vuelo de vuelta y me gustaría dejar las cosas claras antes de que se vaya, pero ¿cómo lo hago? Se niega a escucharme y yo no quiero forzarle a ello, aunque empiezo a pensar que esa va a ser la única manera de resolver esto.

Abro los ojos y suelto un suspiro. Esta noche he dormido aún peor que las anteriores, necesito una ducha fría y una buena taza de café si quiero afrontar el día con algo de actitud. Me muevo, tratando de quedar tumbada por completo en la cama, pero me doy cuenta de que no puedo. Un escalofrío me recorre el cuerpo y, alarmada, ladeo la cabeza.

Adrián está a mi espalda, pegado a mí, y es entonces cuando caigo en que su brazo derecho me agarra por la cintura.

Me incorporo rápido.

—¡¿Se puede saber qué haces en mi cama?!

Él se despereza entre las mantas y bosteza, tan tranquilo.

—Cariño, no te muevas tanto.

Le miro con la boca abierta, estoy flipando.

Me levanto y me vuelvo hacia él más enfadada de lo que creo haber estado nunca.

—¡Despierta!

Adrián se frota los ojos, cansado, y alza un poco la cabeza.

—¿Por qué te levantas ya? —Da un par de palmaditas en el colchón—. Venga, vuelve a la cama.

Lo miro con los ojos como platos.

—Adrián. —Intento calmar mi voz—. ¿Por qué estás durmiendo aquí? ¿Ha pasado algo con el sofá?

«Que diga que sí, por favor. Que diga que se ha metido en mi cama a escondidas de madrugada porque el sofá se ha partido en dos y no porque le ha dado la gana», pienso.

—Sí. —Suelto un suspiro aliviado—. Que no estabas tú en él y me he cansado de dormir sin ti.

Me muerdo la lengua en un intento de autoconvencerme de que esto es un sueño y no es real.

Pero sí que lo es, y ya no puedo más.

—Esto tiene que parar —le digo—. Debemos hablar.

Coge una almohada y se la pone sobre la cabeza.

—¿Puede ser después?

—No, ahora.

Se incorpora, apoya la espalda en la pared y me dirige una mirada molesta.

—¿Me cojo un vuelo para venir a verte y por una noche en la que quiero dormir contigo te pones así? Esta no es la Carola que conozco.

Doy unos pasos por la habitación, inquieta.

—Claro que no lo soy, porque esa Carola de la que hablas no existe.

—¿Qué dices? Claro que sí.

—Adrián... —Me acerco a él y me siento en un lado de

la cama—. Esto tiene que acabar. Me pediste un tiempo, y a mí me sirvió para darme cuenta de lo mal que estábamos... O para aceptarlo, porque creo que lo sabía de mucho antes, aunque no quería admitirlo.

Se revuelve el pelo y respira agitado.

—¿De qué hablas? ¿En dos meses te has olvidado de tres años de relación?

Me muerdo el labio.

—Piénsalo, ¿cómo han sido estos tres años? —Me cuesta decírselo, pero tengo que hacerlo—. Durante el primero todo fue genial, pero ¿y luego? Creo que se volvió demasiado complicado. El año pasado en Madrid no hubo ni una semana que no discutiéramos, y ahora...

—Estás diciendo que la culpa de todo esto es mía, entonces —contesta dolido.

—¡No! Pero... —Suspiro y lo miro, necesito que me entienda—. A veces me agobias con tus celos y con esas inseguridades. Y, aunque no fuera solo eso, creo que queremos cosas distintas.

—Eso no es verdad, yo te quiero a ti. —Me coge de las manos, ansioso—. Y tú me quieres a mí. Puede que haya sido un poco sobreprotector, pero solo porque me preocupo por ti.

Se acerca a mi cuerpo y clava sus ojos en los míos.

—Carola, vamos a arreglarlo. Esto es un bache, todas las parejas lo pasan.

Entonces, sin esperármelo, acerca su boca a la mía y me besa con insistencia.

Niego e intento quitármelo de encima.

—Adrián... —Pongo las manos en su pecho, pero tiene tanta fuerza que no consigo apartarlo—. Para... ¡Para!

Tengo los ojos llenos de lágrimas cuando por fin se separa de mí.

—Yo ya no quiero arreglarlo —explico con la voz rota.

Me sigue sujetando las manos con fuerza.

—Eres una cobarde y una manipuladora —dice mientras se levanta y se viste rápido—. No has pensado en ningún momento en mí, en cómo me siento yo. Has estado jugando conmigo, haciendo que yo parezca el malo cuando eras tú la que iba por ahí haciendo lo que le daba la gana.

Lo miro sin parar de llorar.

—Eso no es verdad.

—Claro que lo es, pero ¿sabes qué? Ya me da igual. Haz lo que te salga de los cojones, ya me has cansado.

Sale de casa dando un portazo y me quedo el resto de la mañana así, encogida en mi cama y con las lágrimas manchando las sábanas.

—Otra cerveza, por favor.

—Ahora mismo se la traigo.

Me dirijo a la barra arrastrando los pies. Estoy tan cansada que me entran ganas de sentarme en uno de los taburetes y pasarme así el resto del turno.

Hoy no podía saltarme otra vez el trabajo, bastante es que Liam no haya hecho preguntas ni me haya reprochado haber faltado toda la semana. Los viernes el bar suele estar hasta arriba y además…, después de lo que ha ocurrido hoy con Adrián, necesitaba una distracción.

No ha vuelto a pasar por casa desde que se ha ido y, por más que he intentado llamarle varias veces, no me ha respondido.

Odio que las cosas hayan terminado así entre nosotros, pero no está en mi mano hacer nada más, y aunque no sé qué me espera al regresar a casa esta noche, tengo claro que no se puede repetir algo como lo de esta mañana. He hablado con Eva y, después de contarle con un nudo en la garganta lo que ha pasado, le ha parecido bien que hoy duerma en su habitación si a Adrián se le ocurre volver.

Suelto un suspiro y busco a Gael con la mirada.

No he podido parar de observarle durante toda la tarde. Hemos estado hasta arriba de trabajo y no he tenido la oportunidad de hablar con él, pero ahora parece que la cosa se ha calmado un poco, así que me acerco.

—¿Cómo estás? —me pregunta mientras limpia la barra con un trapo.

Tiene el pelo algo despeinado y las mejillas sonrosadas a causa del calor que hace aquí dentro.

—Bien...

Alza la cabeza.

—¿Y con Adrián?

Vaya, sí que ha ido directo al grano.

—Hemos terminado —respondo sin entrar en detalles. Es mejor que no sepa lo que ha pasado hoy—. Definitivamente.

Me doy cuenta de que tiene los hombros tensos. Asiente y se queda unos segundos pensativo.

—Y... ¿cómo te sientes?

Me pongo tras la oreja un mechón de pelo que se ha soltado de mi trenza y me encojo de hombros.

—Un poco rara. Para mí ya habíamos terminado en Navidad, pero que se presentara aquí y todo eso... No puedo evitar pensar que si hubiera sido más clara con él y no le hubiera bloqueado, las cosas podrían haber sido diferentes.

Me dirige una mirada significativa.

—No lo creo —responde convencido—. Habría buscado cualquier excusa para venir aquí, no te eches la culpa de sus comportamientos, tú no eres la responsable de nada.

—Ya... Gael. —Apoyo mi mano en la suya para que deje de limpiar y se quede quieto—. Lo siento mucho. Por mentirte, por ponerme a la defensiva cuando tú solo te estabas preocupando por mí..., por todo.

Su gesto se suaviza un poco y, tras unos segundos, entrelaza su mano con la mía.

—No tienes que pedirme disculpas. Supongo que no es asunto mío, y no debería meterme, pero... no puedo evitarlo.

Una sonrisa tonta asoma por mis labios.

—Gracias... por estar.

Su pulgar acaricia mi piel con cariño.

—No me las des. —Carraspea y se frota la nuca, repentinamente nervioso—. Yo..., bueno, siempre que me dejes estaré, e incluso cuando no lo hagas —termina con guasa.

—Entonces supongo que tendré que acostumbrarme.

—No te queda más remedio.

Compartimos una sonrisa cómplice.

Poco después, ambos volvemos al trabajo.

Ando de aquí para allá llevando las bebidas y las comandas de los clientes sin descanso. La última media hora han entrado más mesas de las que me esperaba y he tenido que ir aún más rápido si quería llegar a todo sin recibir ninguna queja de Liam.

—Carola —me llama Mila mientras lleva un par de platos a una de las mesas—. Ha venido un chico preguntando por ti, dice que es tu novio.

La miro alarmada y me señala la puerta.

Ahí está. Mucho más desaliñado de lo que creo haberlo visto nunca, apoyado en una silla, como si lo necesitara para sostenerse, y con los ojos clavados en mí.

—¿Quieres que llame al segurata? —se ofrece la camarera mientras le dirige una mirada de desconfianza.

—No, yo... —dudo—. Voy a salir a hablar con él un momento, ¿me puedes sustituir? Solo serán cinco minutos.

—Claro —acepta al final.

Me vuelvo para mirar a Gael. Está atendiendo a unos clientes y no se ha dado cuenta de quién acaba de entrar por la puerta.

Con pasos decididos, me acerco a Adrián y le hago un gesto para que me siga afuera del local. Anda a duras penas, sujetándose a la pared y haciendo tantas eses que me mareo solo de mirarlo.

—¿Qué haces aquí? —le pregunto cuando llegamos al callejón de al lado, el único sitio donde podemos hablar sin que todos mis compañeros y otros oídos curiosos nos escuchen.

Sus ojos me repasan de arriba abajo.

—¿Eso es lo que te pones para trabajar? —pregunta con asco—. ¿Ese es tu uniforme de puta?

Sus palabras son como una bofetada, pero mantengo el gesto firme. Me niego a que vea lo que me afectan.

—¿Has venido para insultarme?

Niega con la cabeza.

—He venido para hacerte entrar en razón...

Sus ojos están tan oscuros como el mar en los días de tormenta, y no me gusta nada lo que veo en ellos.

—Adrián... —Intento con todas mis fuerzas sonar tranquila—. Estoy muy segura de lo que te dije, hemos terminado.

—¡QUE NO, JODER! —grita, sobresaltándome—. ¿Cómo puedes hacerme esto? Con todo lo que te quiero... ¿No te das cuenta del daño que me haces?

—No es mi intención hacerte daño. Esto... es lo mejor para los dos, ya lo verás.

—¿Que ya lo veré? —Una risa estrangulada sale de lo

más profundo de su garganta y no puedo evitar estremecerme al escucharla—. Quien lo tiene que ver eres tú. Te conozco, Carola, y solo necesitas recordar lo que hay entre nosotros.

Da varios pasos hacia mí y yo me alejo, pero entonces me doy cuenta de que estoy en un callejón sin salida, literalmente.

Si quiero irme de aquí voy a tener que pasar por su lado, y no lo veo muy dispuesto a dejarme marchar.

Un escalofrío me recorre todo el cuerpo. Mi cabeza me está mandando todas las señales de alerta posibles, pero estoy demasiado en shock como para pensar algo coherente ahora mismo.

Sí, hemos discutido muchas veces. Y sí, ha habido momentos en los que no ha sido precisamente el mejor novio del mundo.

¿Quién es esta persona? Jamás había visto a Adrián así. Y eso me da miedo.

—Adrián..., no tengo que recordar nada. Me acuerdo de todo a la perfección y por eso creo que esto es lo mejor —razono, pero llegamos al final del callejón y, cuando noto mi espalda tocar la pared, sé que estoy perdida—. Por favor.

A pesar de mis esfuerzos por parecer serena, las lágrimas que han empezado a caer de mis ojos me delatan por completo.

—Cariño... —Coloca ambas manos en mis mejillas y acerca su cara a la mía—. Te dije que la distancia era una mierda por esto, porque se te olvida lo que sientes cuando estás conmigo. ¿Es que no lo ves? —Baja una de sus manos y me acaricia el brazo—. Tienes los pelos de punta, eso es por la excitación.

El olor a alcohol que desprende su aliento llega hasta mis fosas nasales y el estómago me da un vuelco.

—Para, Adrián. —Centro mis ojos en los suyos, que rebosan desesperación—. Tienes que parar.

Pero no lo hace. En cambio, aprieta su mano sobre mi piel, haciéndome daño, y acerca su boca a la mía.

—Tienes que recordar... —repite angustiado.

Me sacudo para zafarme de él, pero es imposible.

Entonces, cuando me siento del todo perdida y mi mente empieza a nublarse por completo, escucho una voz familiar que me hace soltar un suspiro de alivio.

—¿Qué cojones estás haciendo?

Gael aparece por la espalda de Adrián y lo aparta con tanto ímpetu que este se tambalea.

—¿Y tú quién coño eres? —suelta el moreno tratando de ponerse recto. Lo mira de arriba abajo y después fija sus ojos en los míos—. Es este, ¿no? El tío con el que me has puesto los cuernos. Por eso querías romper.

—Yo no te he puesto los cuernos —respondo con la voz rota.

—Serás zorra...

No le da tiempo a decir nada más.

Gael lo sujeta de la camiseta y lo aparta unos metros de mí.

—No vuelvas a dirigirte a ella así. O, mejor, no vuelvas a dirigirte a ella nunca más —amenaza.

—O si no, ¿qué? —responde Adrián con voz burlona en un inglés un poco chapucero. Su estado ebrio hace que empiece a costarle unir las frases, sea en el idioma que sea.

—Me aseguraré de que no hables nunca más en tu miserable vida.

Adrián intenta soltarse y defenderse, pero está tan borracho que lo único que consigue es que Gael lo arrastre hasta el final del callejón sin apenas esfuerzo.

—Vete de aquí.

—Carola… ¿En serio vas a dejar que acabemos así? —me dice en español, y el corazón se me encoge un poco.

Me abrazo a mí misma y esquivo su mirada triste.

Cuando Gael lo suelta, Adrián intenta acercarse de nuevo a mí, pero el rubio se interpone otra vez en su camino.

—¿Quieres que llame a la policía? ¡Largo! —grita—. Como te vea acercarte a menos de cien metros de ella, te volverás a España en una caja de pino, ¿lo has entendido?

Gael respira de forma agitada y mira de tal forma a Adrián que me sorprende que este no se haya meado ya en los pantalones. Le saca por lo menos una cabeza y, entre eso y su postura amenazante, creo que el moreno no tendría ninguna oportunidad contra él aunque no fuera ebrio.

Después de lo que me parece una eternidad, Adrián se marcha con pasos vacilantes.

Entonces me doy cuenta de que me he dejado caer hasta el suelo y que no paro de llorar.

Gael se acerca corriendo a mí.

Sin decir nada, se sienta a mi lado y rodea mi cuerpo entre sus brazos sin apenas esfuerzo.

Me dejo acunar entre ellos mientras un llanto descontrolado se apodera de mí.

—Chist…, estoy aquí —susurra al oído.

Apoyo mi cabeza en su hombro y sigo llorando.

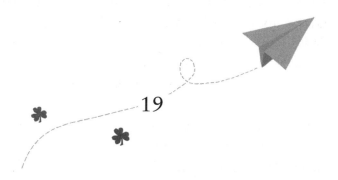

19

—Bebe un poco más de agua —me ofrece Gael.

Aunque no tengo nada de sed, le hago caso. Sé que es su forma de asegurarse de que estoy bien.

—Deberíamos llamar a la policía —repite por décima vez.

Niego con la cabeza mientras doy un trago y dejo el vaso.

Sigo un poco en shock con todo lo que ha pasado, no me puedo creer que Adrián haya sido capaz de llegar tan lejos. Tras irse me he quedado tanto tiempo desahogándome entre los brazos de Gael que, cuando he tenido fuerzas para levantarme, el bar ya estaba a punto de cerrar.

Ahora estamos los dos solos en la cocina.

—No quiero pensar en eso en este momento… —explico—. Solo quiero irme a casa.

Me mira alarmado.

—Ni de coña vas a volver allí. ¿Y si está esperándote?

Suspiro al recordar que le dejé unas llaves. Tendremos que cambiar la cerradura… A ver cómo se lo explico al casero.

—¿Y qué hago entonces? No puedo permitirme un hotel.

Fija sus ojos en los míos.

—Duerme en mi casa.

Suelto un suspiro, cansada.

—Gracias, pero me niego a que Eva esté allí sola. ¿Y si Adrián no aparece esta noche pero sí mañana?

He llamado a mi amiga varias veces, y no contesta. Tiene la manía de apagar el teléfono cuando se va a dormir.

—Pues te acompaño y me quedo contigo.

—No hace falta...

—Por favor... —me pide—. Dormiré en el suelo si hace falta. No me quedaría tranquilo si te dejara.

Acabo dándome por vencida.

— Yo... —me lamento—. No entiendo lo que ha pasado.

Gael se pone frente a mí, sentada en la encimera, y limpia una lágrima que cae por mi mejilla.

—Se le ha ido la cabeza. Era... —Carraspea—. ¿Te había tratado así alguna vez?

La mirada preocupada que me dirige me enternece y apoyo mi mano sobre la suya.

—No. Hemos discutido por sus celos y me ha hablado mal muchas veces, pero... —Me cuesta seguir—. Nunca como esta noche.

No me pasa desapercibida la forma en la que me repasa con la mirada, buscando cualquier señal que le indique que Adrián me ha hecho daño físico.

—Estoy bien —le tranquilizo de nuevo.

No termina de creerme y, para ser sincera, yo tampoco lo hago. Porque el daño que me ha causado Adrián esta noche ha ido mucho más allá de lo físico, pero ahora mismo no tengo fuerzas para pensar en ello.

Hacemos el camino a casa en silencio y mucho más despacio de lo habitual. A cada paso que damos mis miedos por ver si Adrián ha vuelto se intensifican. Pero Gael sujeta mi mano con firmeza todo el rato, tratando de transmitirme toda la confianza y la seguridad de las que es capaz.

Cuando llegamos, me pide en silencio que le dé las llaves.

La casa está a oscuras cuando entra. Enciende varias lámparas y se pasea por las habitaciones.

—Todo en orden —me indica al cabo de un rato.

Pero eso no consigue quitarme el nudo que tengo instalado en el pecho.

Antes de entrar en mi habitación, paso por la de mi compañera y compruebo que, en efecto, está durmiendo plácidamente en su cama y con el móvil apagado en la mesilla.

Cierro la puerta y me dejo caer sobre las sábanas, exhausta.

Noto que algo me molesta en la espalda y me incorporo para ver qué es.

—Me ha dejado una nota.

Gael se sienta a un lado de la cama y la mira.

—¿Quieres que me vaya al salón para que puedas leerla tranquila?

Niego con la cabeza y le doy vueltas entre las manos.

—No lo entiendo... ¿Cuándo ha pasado por aquí? —Miro a mi alrededor, buscando algún indicio de su presencia, y es entonces cuando caigo: no hay ni rastro de sus cosas—. Se ha ido.

Vuelvo a mirar el sobre con mi nombre escrito.

Sin pensar en lo que estoy haciendo, lo abro.

Enhorabuena, Carola, has conseguido lo que querías, hemos terminado.

~~Joder... No sé ni lo que estoy haciendo, pero voy a dejarme de formalismos porque aún noto las copas de ron en la cabeza y no puedo irme sin antes decirte esto.~~

¿Estás contenta? Espero que sí. Porque estoy jodidamente seguro de que te vas a arrepentir, ~~pero no pienso estar esperándote cuando vuelvas llorando a mis pies.~~

~~Me cago en la puta~~ No has sabido valorar todo lo que he hecho por ti y ya me he cansado.

Esta noche me ha quedado muy claro lo que has estado haciendo estos meses sin mí. ~~Vas fingiendo que eres una niña buena que no hace nada malo, pero eres como todas las demás.~~ Me has puesto los cuernos sin pestañear con el pringado ese que no tiene ni donde caerse muerto.

~~¿Un camarero? ¿En serio?~~ Esperaba más de ti.

Nunca vas a encontrar a nadie como yo, Carola, que te quede claro. No tienes ni idea de lo que es el amor de verdad, ~~morirte por estar con esa persona y sentir que te asfixias cuando ves que todos quieren tener algo con ella y que encima se deje.~~

Ya me echarás de menos cuando veas que nadie te quiere, ~~porque la forma en la que yo te he tratado es amor, Carola. Todo lo demás son mierdas ñoñas que nadie se cree y se esfuman en dos días.~~

Pero ya está, no te preocupes.

No pienso volver a acercarme a ti jamás, puedes estar tranquila.

Ahora el que no quiere a alguien así a su lado soy yo, me merezco a alguien mucho mejor que tú.

Que seáis felices y comáis perdices. O que os den, ya me la pela.

Arrugo la nota y la tiro al suelo.

Gael no me pregunta qué es lo que ponía y se lo agradezco. Me quedo quieta durante unos minutos sin saber qué decir o hacer.

Noto el peso de toda la semana en mi cuerpo, estoy agotada mentalmente.

—Necesito estar sola.

Él, aún a mi lado, asiente comprensivo y se levanta.

—Estaré en el salón...

—No... —Se detiene en medio de la habitación—. Necesito estar sola.

Sus ojos me miran sin terminar de comprenderme.

—Con todo lo que ha pasado con Adrián... creo que no es buena idea que sigamos viéndonos como antes. No es por nada que me haya dicho él —le explico—. Es que... han sido demasiadas cosas, necesito asimilarlas sola.

Dirijo mis ojos hacia él, nerviosa.

—No puedo decirte que me encante la idea —admite triste—. Pero lo entiendo.

—Tampoco sé si es el momento adecuado para esto —le digo.

—Para nosotros.

Asiento.

—A lo mejor se me pasa en una semana. No lo sé, es que...

Me llevo las manos a la cabeza, agobiada.

—Eh... —Se acerca hacia mí—. Carola, lo entiendo. Has pasado por mucho en muy poco tiempo, y es normal. No importa si estamos juntos o si solo somos amigos, lo único que quiero es que estés bien y que cuentes conmigo si necesitas algo.

Suelto un suspiro.

¿Puede ser que haya un momento adecuado para estar con una persona y que, simplemente, este no sea el nuestro?

Me gusta Gael. Me gusta mucho.

Pero antes de iniciar una relación con él creo que necesito recuperarme a mí misma. ¿Eso me convierte en una persona egoísta? Espero que no.

—¿Por qué eres tan bueno conmigo?

—¿Por qué no iba a serlo? —Se ríe.

—No lo sé...

Bajo los ojos, abrumada, y noto que apoya una de sus manos en mi mejilla.

—Carola, nunca dijimos que esto fuera serio.

Es verdad, nunca lo hicimos, pero no sé por qué algo dentro de mí se rompe al admitirlo en voz alta.

No me pasan inadvertidos los ojos tristes que tiene mientras acerca su cara a la mía y me da un beso suave en la mejilla.

—Buenas noches.

Cuando se marcha de la habitación, no me molesto en quitarme la ropa del trabajo ni en lavarme la cara. Solo me quedo tumbada, mirando el techo, y con unas ganas tremendas de llorar pero sin derramar ni una sola lágrima. ¿Es posible que me haya quedado vacía? A lo mejor tenemos unas lágrimas asignadas para cada persona y he agotado todas las existencias que tenía para Adrián.

Por fin he cerrado mi etapa con él, aunque haya sido de una forma tan terrible, y puede que mi corazón en parte lo sepa y por eso se niegue a seguir llorando por él.

Me vine de Erasmus para cumplir uno de mis sueños y al final me he acabado conociendo mucho más a mí misma. Pero creo que, después de todo lo que ha pasado, he construido un muro alrededor de mi corazón que me permite dejar de sentir, aunque solo sea durante un tiempo.

Solo espero que, cuando esté lista, Gael siga ahí.

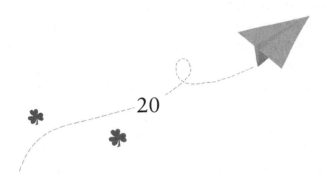

20

Con los ojos cerrados, tomo una bocanada profunda de aire y bajo los brazos hasta tocar el suelo.

Me concentro todo lo que puedo en la postura de yoga mientras Eva y Leire, que ha pasado la noche aquí, se afanan preparando el desayuno en la cocina y, cómo no, haciendo tanto ruido como pueden.

—¡Carola! —grita mi compañera de piso—. ¿Quieres chocolate?

Intento aislar mi mente y finjo que no oigo nada.

Me encuentro en una playa, eso es, en una preciosa playa desierta...

—¡CAROLAAA!

Suelto un bufido. Me doy por vencida.

—¡No!

—Pues mueve el culo hasta aquí, ¡que las tortitas ya están listas!

Recojo la esterilla a regañadientes. Entre que he pasado más de una hora al teléfono con mi madre y que a estas dos les ha dado por ponerse creativas con el desayuno, solo he podido hacer quince minutos de estiramientos esta mañana.

Desde que les conté a mis padres que Adrián y yo habíamos terminado, mi madre está más pesada que nunca (y eso es mucho decir). Evidentemente, no entré en detalles. Me limité a decirles que la distancia nos había pasado factura y que era lo mejor. No quería tener que lidiar con las reacciones de mi familia al enterarse de lo que había pasado en realidad, aunque sé que en algún momento acabaré contándoselo.

Aun así, mi madre parece pensar, a pesar de que le he repetido mil veces que no es así, que estoy todo el día llorando en la cama y sin probar bocado. Así que me toca aguantar sus llamadas matutinas constantes para preguntarme cómo me encuentro. No es que no me guste que mi madre se preocupe, la adoro, pero sus preguntas son como un recordatorio diario de todo lo que pasó con Adrián y eso no me gusta tanto.

Con la ropa de deporte aún puesta, me dirijo a la cocina.

—¡Por fin! Empezaba a pensar que tendría que traerte a rastras.

Tomo asiento mientras me río ante las exageraciones de Eva.

—Buenos días —digo en respuesta—. ¿Habéis decidido ya adónde vais a ir?

Mis amigas se quedaron anoche hasta tarde planeando su próximo viaje. Cómo aún quedan unos meses para empezar los exámenes finales, todo el mundo está aprovechado estas fechas para hacer alguna escapada.

Todos menos yo, que no puedo permitírmelo.

—¡Sí! —responde una Leire emocionada.

—¿Estás preparada para que te lo digamos? —pregunta Eva.

Para crear expectación, las dos tontas se ponen a dar golpes en la mesa simulando el sonido de unos tambores y gritan a la vez:

—¡Nos vamos a Budapest!

—Qué guay, me han dicho que ese sitio es genial.

—Sí. Nos daremos un baño en las aguas termales, visitaremos isla Margarita, comeremos *goulash*... ¡Será increíble! —se emociona Leire.

—¿Estás segura de que no te puedes venir? —me insiste Eva. Lleva toda la semana igual.

Cojo un tarro de miel y unto con ella mi desayuno.

—Segura.

—¡Pero si es megabarato! Te juro que todo será *low cost*. —Me hace pucheros—. Venga, ¡vente!

Niego con la cabeza.

Ojalá pudiera, pero no solo es el dinero lo que me impide poder irme de viaje, al menos por ahora. Estar una semana sin trabajar me pasó factura al fin y al cabo. Le debo días a Liam. Días que me va asignando cuando lo necesita, y este mes el bar está hasta arriba.

—No puedo, pero gracias.

Por fin, mi amiga se da por vencida y me centro en comer mientras las escucho charlar animadas sobre el viaje.

Cuando terminamos, me doy una ducha rápida y me apresuro a ponerme el uniforme del trabajo. Al ser sábado no tengo clases, pero hoy me toca hacer el turno de mediodía.

Mientras me encamino hacia el Robin, no puedo evitar mirar con cierta melancolía uno de los parques por los que solía pasear a Hood. Después de..., bueno, dejar lo que fuera que tenía con Gael, no me puso problemas en seguir paseando a su perro algunas mañanas, como hacía desde antes de que pasara nada entre nosotros. Sin embargo, hace unas semanas me informó de que había llevado a Hood a pasar una temporada a casa de sus padres. Según él, tenerlo casi todo el día en su piso o en el bar no era bueno para un perro tan grande y en el campo tiene toda la libertad que quiera.

Lo entiendo, pero echo de menos los ratos que compartía con ese peludo blanco.

Ya ha pasado un mes desde lo que sucedió con Adrián y poco a poco he ido encontrándome mejor conmigo misma. Como me prometió en su carta, no he vuelto a tener noticias suyas. Ni un mensaje, ni una llamada... Nada. Y eso me ha servido, en parte, para empezar a olvidar lo que ocurrió y también para aprovechar mi soledad, que lo necesitaba.

En este tiempo he ido pegando los pedacitos de mí que Adrián consiguió romper y pisotear hasta tal punto que, llegado un momento, ya ni siquiera sabía dónde se hallaban. Supongo que, con los que he encontrado, he podido reconstruirme en cierta forma, aunque aún me quedan muchos por descubrir. Es liberador sentir que por fin todo lo que hago solo va a repercutir en una persona: en mí. Puedo hacer lo que me dé la gana, ir y venir a mi antojo sin tener que aguantar malentendidos, dar explicaciones y sin sentimientos de culpabilidad de por medio.

Los primeros días no pude evitar sentirme fatal por todo, era como si algo dentro de mí me culpabilizara por los actos de Adrián.

Pero ahora sé que eso no es así. He aguantado y permitido durante demasiado tiempo que hiciera conmigo lo que quisiera, dejándole guiar cada paso que daba y hacerme sentir como una mierda por las cosas más tontas del mundo...

Suelto un suspiro, eso no me volverá a pasar. No dejaré que lo haga.

El sonido de un claxon me saca de mis pensamientos y me doy más prisa de la que debería en llegar al bar. Me gusta pensar que es porque quiero ser puntual y que no tiene nada que ver con que hoy entro a la misma hora que Gael, aunque la sensación que me recorre cuando accedo a la sala de personal y lo encuentro ahí, poniéndose el delantal, delata que es justamente por eso.

Desde que le pedí espacio, nuestra relación ha vuelto al punto de inicio: somos amigos. La verdad es que el irlandés lo ha respetado sin problemas. Una parte de mí tenía miedo de que, después de aquello, me diera de lado y decidiese mantenerse alejado de mí un tiempo.

Pero Gael no es así.

Aunque sí que ha mantenido las distancias, no ha dejado de hablar conmigo ni ha tenido gestos feos hacia mí. En el bar me trata igual que a todos los compañeros: me saluda cuando nos vemos, me ayuda a llevar algunos platos cuando estos son demasiado pesados para mí y sigue echándome una mano cuando algún cliente se pone muy pesado.

En apariencia, todo es normal entre nosotros.

Entonces ¿por qué siento que una parte de mí se rompe al pensarlo?

—Hola —dice al darse cuenta de que hay alguien más en la sala de descanso.

—Hola. —La voz me sale más nerviosa de lo que pretendía—. ¿Qué tal estás?

Me doy una bofetada mental, menuda forma más sosa de sacar conversación. Es la primera vez que estamos solos desde... aquella noche, y aún no sé muy bien cómo comportarme.

—Bien —responde amable—. ¿Tú qué tal?

—Como siempre. —Buscando algo que hacer con mis manos, saco el delantal de mi bolsa y empiezo a atármelo—. ¿Cómo está Hood?

—Molestando a mis padres todo lo que puede, ya lo conoces.

—Es un amor.

—Es un pesado —responde con guasa.

No puedo evitar mirarle y dedicar más rato del que debería a contemplar la pequeña sonrisa que ha asomado a sus labios.

—Eva me dijo el otro día que a lo mejor os ibais de viaje, ¿tienes ganas? —pregunta.

Pongo los ojos en blanco. Supongo que se lo diría la tarde que vinieron a tomarse una cerveza y Gael las atendió.

—Muchísimas, pero no puedo ir. Aún no he ahorrado lo suficiente y tengo que trabajar.

Asiente en señal de comprensión.

—Bueno, ya tendrás más oportunidades —dice para animarme.

—Eso espero.

—Yo puedo sustituirte cuando lo necesites.

Su ofrecimiento me reconforta y hace que mi corazón se encoja un poco.

—Gracias, pero ya has hecho suficiente por mí.

Nos quedamos callados durante unos segundos que se me hacen eternos.

Sigo intentando atarme el delantal al cuello, pero tengo los dedos un poco temblorosos y no hay manera.

—¿Te ayudo?

Creo que afirmo con la cabeza, pero no estoy muy segura. Estoy centrada en hacer el dichoso nudo y no es fácil mientras sus ojos verdes me observan.

En un instante, se acerca a mí. Noto su cuerpo tras el mío y, con cuidado, sus dedos rozan los míos para apartarlos con cariño.

Bajo las manos y trago saliva.

Noto cada movimiento de sus dedos mientras toma ambos extremos y hace un nudo. Diría que, por lo general, se tarda cinco segundos en hacer algo tan básico (aunque quién soy yo para juzgar eso cuando está claro que no soy capaz de hacerlo ahora mismo), pero no me pasa desapercibido que Gael se toma su tiempo y tarda por lo menos un minuto.

Sesenta segundos en los que contengo el aliento, atenta a cada uno de sus gestos.

Cuando creo que ya está, decido quedarme quieta.

Un escalofrío me atraviesa cuando noto las yemas de sus dedos en mi piel, sobre mi cuello. Es una caricia tan leve que casi me pregunto si de verdad ha pasado. Pero sí, porque escucho la respiración agitada de Gael tras mi espalda y ambos parecemos reacios a movernos. Nos quedamos quietos lo que me parecen minutos. Mi corazón late tan deprisa que amenaza con salirse de mi pecho. ¿Podrá sentirlo Gael? Espero que no. Que una tontería tan pequeña como esta me ponga tan nerviosa me da mucha vergüenza, pero no puedo evitarlo, mi cuerpo responde a su presencia de una forma a la que no estoy para nada acostumbrada y que sigo tratando de entender.

Inconscientemente, inclino mi espalda hacia atrás y la dejo apoyada en su pecho. Su mano sigue sobre mi cuello, sin moverse ni un milímetro.

—¿Dónde dices que la has dejado? —dice una voz femenina.

Mila abre la puerta de súbito y nos separamos con rapidez, como si nos hubiera pillado haciendo lo más indecente del mundo.

—Hola —saluda con voz cantarina al pasar—. ¿Habéis visto una chaqueta marrón? Liam dice que la ha dejado aquí, pero no la veo.

Niego con la cabeza, incapaz de hablar ahora mismo en voz alta.

Gael, en cambio, carraspea y dice:

—Creo que está en el armario.

Nada más decirlo, desaparece por la puerta como un vendaval y yo me dirijo hacia el lavabo.

—Uy, qué seco, ¿no? —comenta Mila—. Este necesita un par de días libres.

Con la chaqueta ya en la mano, vuelve a la sala principal y me quedo sola.

Me echo agua en la cara para ver si así me refresco y me calmo un poco.

«No ha sido nada», me digo a mí misma.

Ya, claro que no.

Dos días más tarde, estoy vagueando en la cama cuando suena el timbre.

Me incorporo, sorprendida.

Eva y Leire se han ido esta mañana de viaje y no volverán hasta dentro de unos días, por lo que es imposible que sean ellas. ¿Y si es Tom? Esta tarde le he escrito un mensaje para ver si quería quedar para tomar algo, pero me ha dicho que no podía. ¿Habrá cambiado de opinión?

Una sensación familiar se abre paso en mi pecho y hace que respire inquieta.

¿Será Adrián de nuevo?

No puede ser.

Cuando el timbre vuelve a sonar, me levanto corriendo, pero antes de abrir miro por la mirilla.

Suelto un suspiro, aunque esa inquietud que sentía pasa a transformarse en unos nervios descontrolados.

—Hola, ¿qué haces aquí?

Gael, con el pelo ligeramente revuelto y esos ojos verdes que consiguen que me pierda en ellos con apenas un vistazo, me devuelve el saludo.

—Pasaba por aquí y, como me dijiste que te quedabas sola, quería saber si te apetecía cenar algo.

No puedo evitar mirarle sorprendida. Es imposible que Gael «pasase por aquí». Aunque no he ido nunca a su casa, recuerdo haberlo oído mencionar alguna vez que vive a treinta minutos del bar, lo que significa que este barrio le pilla aún más lejos. Me enternezco. ¿Ha venido para hacerme compañía? Por si fuera poco, como respuesta, observo que de su mano cuelga una bolsa que sospecho que contiene los ingredientes para hacer uno de sus maravillosos platos. Aun así, le pregunto:

—¿Cocinas tú?

Me dirige una sonrisa amplia que hace que me tiemblen las piernas.

—Pues claro.

—Entonces puedes pasar.

Cierro la puerta a mi espalda y sigo a Gael hasta la cocina.

—¿Me vas a dejar ayudarte?

—¿Tengo alguna opción? —responde con resignación.

—No.

—Eso me suponía.

Empieza a sacar los ingredientes uno por uno.

—¿Y cuál es el menú del día, chef?

Suelta una risa bajita.

—Pasta a la carbonara.

—Vaya… Qué casualidad, ¿no?

Vuelve la cabeza hacia mí, confuso.

—¿El qué?

—Que justo pasaras por aquí con todo lo necesario para hacer una cena casera.

Sin poder evitarlo, se sonroja.

—Ya, bueno… —Se rasca la cabeza, pensando qué decir—. Cosas que pasan.

—Cosas que pasan —repito divertida.

Asiente y vuelve a dirigir los ojos a la encimera.

Durante la media hora siguiente, el irlandés me explica todos los pasos para hacer «la carbonara perfecta». Aunque reconozco, no muy orgullosa de ello, que hace un rato que he desviado mi atención a los músculos de su espalda y a la forma que tiene de moverse por la cocina con naturalidad, lo que me hace pensar que, en realidad, Gael tiene el poder de convertir cualquier cocina en suya.

Mientras se dedica a mezclar los ingredientes, yo me centro en hacer la labor que me ha asignado lo mejor que puedo, aunque no creo que sea capaz de cocer mal un poco de pasta.

—¿Y la nata? —le pregunto al verle mezclar un par de yemas de huevo con algo de pimienta.

De repente, se queda quieto.

—¿Nata?

Lo miro extrañada.

—Claro, la pasta a la carbonara lleva nata.

Pone los ojos como platos.

—¿De dónde has sacado eso?

—En España nos la comemos así.

—Estás de broma.

—Te prometo que no —contesto riéndome.

Como prueba, busco una foto en el móvil y se la enseño. Niega con la cabeza, impactado.

—Si estuviera aquí mi amigo Vincenzo se moriría de un ataque al corazón.

—¿Así es como aprendiste a cocinarla?

—Sí. Hace unos años mis padres se apuntaron a una de esas agencias para recibir estudiantes de todo el mundo durante el verano. Cuando supe que íbamos a recibir a un italiano, vi la oportunidad clara para aprender algunos de sus platos más típicos.

Un brillo especial cubre sus pupilas mientras me lo cuenta ilusionado. Parece que el propio sol incide sobre ellas.

—¿Me sigues?

Carraspeo y finjo que corto un trozo de beicon como creo que estaba haciendo él hasta hace un segundo.

—Claro.

Sin terminar de creérselo, pregunta:

—¿Y cómo va la pasta?

Mierda.

Me acerco corriendo a la olla y apago el fuego.

—¡Genial! —respondo mientras escucho que estalla en carcajadas al verme tan apurada—. No tiene gracia, ¡está bien!

Se acerca, aún riéndose, y la examina.

—Es cierto. —Suelto un suspiro de alivio.

Cuando terminamos, nos sentamos en el sofá, frente a la mesa pequeña. Mientras él acababa de cocinar, la he preparado y le he puesto el mantel y la vajilla.

Como siempre, la comida está para chuparse los dedos. Sabía que echaba de menos compartir tiempo con Gael, pero no me había dado cuenta de cuánto hasta que pasan dos horas y seguimos hablando sin parar.

—¿Y qué hiciste luego? —le pregunto.

Me ha estado contando cómo sus hermanos y él se metieron sin querer en la propiedad privada de un vecino cuando volvían de fiesta y acabaron chafándole el césped con la forma de sus cuerpos, como si estuvieran en la nieve

—Salir corriendo, ¿por quién me tomas? Mis padres nos habrían matado si llegan a enterarse, ese vecino tenía un amor por su jardín que no era normal.

Suelto una carcajada.

—¿Y no te dio pena?

—Mucha, pero el césped crece. El castigo de mi madre habría durado mucho más tiempo.

—¿Así es como te hiciste esa herida en la frente? —pregunto con curiosidad.

Se lleva la mano a la cicatriz y me mira un poco sorprendido.

—Vaya, no sabía que la habías visto. Casi nadie la nota.

Me encojo de hombros, repentinamente tímida.

—No está tan escondida. —Aunque la realidad es que es tan pequeña que pasaría desapercibida para cualquiera, pero yo me he fijado en ella muchas más veces de las que estoy dispuesta a reconocer en voz alta. «O te has fijado en Gael», me dice una vocecita que espanto tan rápido como puedo.

Asiente, no muy convencido.

—Fue cuando tenía seis años. Estaba intentando hacerme el valiente frente a mis hermanos y entré en la cocina dispuesto a robar las chuches que mis padres guardaban para «ocasiones especiales». Me subí a una silla, tratando de llegar al armario más alto, pero acabé en el suelo —explica con una sonrisa—. Mis hermanos no querían que nuestra madre les echara la bronca, así que no se les ocurrió otra cosa que echarme limpiacristales en la herida, pensando que así la desinfectarían. Como te estarás imaginando, yo acabé en urgencias y los tres estuvimos sin salir de casa un mes entero.

—Estáis fatal —le chincho.

—Estábamos —me corrige con guasa—. ¿Nunca has hecho una locura por la que tu madre haya querido castigarte?

Me lo pienso durante unos segundos.

—Creo que no —acabo admitiendo—. La verdad es que nunca he sido de hacer tonterías.

—Vaya, vaya...

Le doy un pequeño manotazo.

—No vayas de chulo, que antes me has dicho que todo

eso fue por culpa de tus hermanos. No te veo yo a ti liándola por ahí, eres un buenazo.

Se ríe.

—No soy un buenazo.

—Sí que lo eres.

—¿Se puede saber por qué?

Lo miro, algo ruborizada.

—Pues porque... —Suspiro—. Porque eres generoso, simpático, sincero... Siempre piensas en los demás y pones de tu parte en todo. Ayudas a todo aquel que lo necesite sin esperar nada a cambio ...

—Menuda lista, no sé cómo no me han dado aún el premio Nobel de la Paz.

—Es la verdad —refunfuño.

Tengo la cabeza apoyada en el cojín y cruzo un poco más las piernas bajo la manta. Gael está junto a mí, reclinado y con el codo apoyado en el sofá.

—Ojalá lo fuera, pero también tengo muchos defectos, Carola.

—Pues a mí no se me ocurre ninguno.

Niega con la cabeza, divertido.

—A veces le miento a Liam y le digo que he llegado tarde porque he tenido algún problema, pero la realidad es que me quedo dormido siempre que me toca el turno de mañanas. Y cuando un cliente se pone muy pesado, tardo un poquito más en servirle solo por joderle.

Suelto una carcajada.

—Podría... —Hace una pequeña pausa—. Podría pelear más por las cosas que quiero, ser más honesto con mis sentimientos.

Se queda callado, mirándome durante unos segundos. Noto que mi piel se eriza bajo su escrutinio y pienso en preguntarle a qué se refiere, pero continúa:

—Y, a veces, cuando Hood hace caca en el césped y estoy cansado... —Acerca un poco su cara mí y me dice en tono confidente—: No la recojo.

Resoplo y le doy un leve codazo.

—Venga ya, eso no son defectos. Son cosas muy pequeñitas que te hacen más humano.

Se encoge de hombros.

—Pues claro, pero no soy un buenazo.

Me quedo unos segundos pensativa. ¿Tiene razón? ¿Puede que haya estado tanto tiempo con una persona con un fondo tan oscuro que en cuanto veo a alguien que es normal me pienso que es un ángel caído del cielo?

No, no es normal. Nadie se habría tomado las molestias de venir aquí para pasar un rato conmigo y que no estuviera sola. A mí no me engaña, sé que Gael, en parte, ha venido porque le dije que Eva se iba de viaje y que yo no podía ir.

—Me ayudaste cuando más lo necesité —le confieso entre susurros un poco avergonzada—. Y eso no lo habría hecho cualquiera.

Gael asiente con gesto serio.

—Lo haría una y mil veces, Carola.

Trago saliva y fijo mis ojos en los suyos.

Volvemos a quedarnos en silencio y, al cabo de unos segundos, él aparta la mirada y se levanta.

—Se me ha hecho tarde... Debería irme a casa.

—Sí... —respondo un poco aturdida mientras me pongo en pie.

Hace amago de ayudarme a recoger, pero se lo impido.

—No te preocupes, tú has hecho la cena, al fin y al cabo.

Lo acompaño hasta la puerta con pasos indecisos.

Algo dentro de mí me grita que no se vaya. Mi cabeza busca una excusa convincente para pedirle que se quede, pero me quedo callada.

Abre la puerta y, antes de salir, se vuelve hacia mí y me da un beso suave en la mejilla.

—Buenas noches...

Cuando se va, me tiro en el sofá y me acurruco en el sitio donde ha estado hace tan solo unos segundos. Me vuelvo a tapar con la manta y cierro los ojos.

«Necesitas estar sola», me recuerdo.

Pero parece que mi corazón no opina lo mismo.

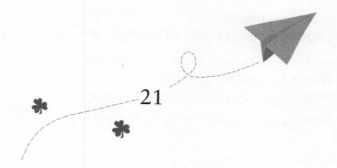

21

Vega
Hace mucho frío en Dublín?

Nuri
Ya empezamos

Vega
Calla

Yo
Lo normal para estar en abril,
ahora mismo llevo un jersey

Por qué?

Vega
Joder

NURI

Porque se piensa que nos vamos de viaje a las Maldivas en vez de a Dublín, por eso

VEGA

Puedes dejar de hablarme por mensajes y ayudarme con las maletas, por favor?

NURI

Puedes dejar de viajar con medio armario a cuestas?

YO

Cuándo llegáis?

VEGA

A las cinco, cogeremos un taxi hasta tu casa

NURI

Te llamo cuando lleguemos, voy a ayudar a la petarda esta

YO

Vale, buen viaje!

VEGA

Eso será para algunas, yo voy a tener que aguantar a Nuri tres horas de vuelo, que Dios me ampare

Son las cinco y media cuando las chicas llegan a casa.

Abro la puerta, emocionada al verlas bajar del taxi.

—¡Por fin! —grito.

Nuri se lanza a mis brazos y me da un apretón tan fuerte que casi me deja sin aliento.

Cuando se separa, observo a Vega, que vestida con unos pantalones rosa chillón y un jersey rojo sigue intentando bajar su equipaje del coche.

—¿Es que nadie va a ayudarme?

Pongo los ojos en blanco, divertida al ver su figura diminuta junto a una maleta de proporciones gigantescas.

—Pero si solo vais a estar tres días —comento mientras le echo una mano, y me da un beso sonoro en la mejilla.

—Es que no sabía qué ponerme.

—Y por eso se ha traído quince conjuntos distintos —añade Nuri con ironía.

—¡Exacto!

Entre risas, las invito a pasar y les enseño la casa.

—¡Menudo piso más bonito! —comenta Vega mientras lo mira todo fascinada.

—Pero si ya lo habías visto —responde la rubia.

—Por fotos no es lo mismo.

Con su típico tira y afloja, ambas se pasean por la casa a sus anchas. Es un choque verlas aquí, en Dublín, y se me hace más raro de lo que me esperaba. Vega se ha dejado el pelo un poco más largo y le cae liso por la espalda, está tan morena que parece que viene directamente de la playa y no de Madrid. Nuri, en cambio, lleva su pelo corto recogido en dos moños bajos y un *eyeliner* que acentúa sus ojos azules saltones.

Tras dejar las cosas en mi habitación, nos sentamos en el sofá.

—Qué fuerte que estemos por fin las tres juntas —comento.

—Y tanto, llevamos meses sin vernos.

—Me han parecido años —dramatiza Vega.

—¿Algo nuevo que contar? —les pregunto.

—Nada desde la última vez que hablamos. Nuestra diseñadora favorita sigue enamorada hasta las trancas y está encantada con la carrera, que ya era hora —responde Nuri con guasa, ganándose un manotazo de Vega—. Y yo estoy igual. Uno de mis profesores dice que, si sigo así, puede mover hilos para que en el futuro haga prácticas en algún periódico o cadena de televisión importante, pero todavía no tengo claro por dónde quiero ir.

La miro, emocionada.

—¡Eso es genial, Nuri!

—Gracias.

—Y bueno, ¿tú cómo estás? ¿Qué tal con la psicóloga? —me pregunta Vega.

A raíz de todo lo que pasó con Adrián, el miedo que tenía a que volviera a aparecer en algún momento y el hecho de no saber cómo reaccionar ni como sentirme, decidí empezar a ir a terapia. Encontré una psicóloga joven en Madrid que ofrecía consultas online y me sentí cómoda con ella de inmediato. He vivido demasiados cambios en muy poco tiempo y necesito algo de ayuda para seguir adelante.

—Muy bien, la verdad. De momento solo hemos tenido dos sesiones, pero estoy muy contenta con ella. Y lo bueno es que cuando vuelva a Madrid podré seguir con ella presencialmente.

—Me alegro, tía. Sigo flipando con el gilipollas de Adrián, como lo pille por banda...

—Ese tío está fatal de la cabeza —añade Nuri.

Hago una pequeña mueca. No me apetece mucho hablar del tema ahora.

—Bueno, aparte de eso, no tengo mucho más que contar.

Ambas me dirigen una mirada sospechosa.

—¿Qué?

—¿No ha pasado nada más con el cañón irlandés? —pregunta Nuri.

Pongo los ojos en blanco.

—No, nada. Ahora mismo está todo normal entre nosotros, somos...

—Como digas «amigos» me va a dar un chungo —me interrumpe la rubia.

—Déjala terminar de hablar, pesada. A lo mejor no era eso lo que iba a decir.

Me miran expectantes.

—Pues... sí que era eso lo que iba a decir. Somos amigos, ¿qué tiene de malo?

Por las expresiones de ambas, parece ser lo peor del mundo.

—Me rindo, no puedo más con vosotras dos y lo ciegas que estáis.

—Eh, a mí no me metas —se queja Vega.

—¿Se puede saber qué pasa? —termino preguntando un poco irritada.

Nuri centra sus ojos en mí y toma mis manos, como si lo que me va a decir fuera la cosa más impactante del mundo.

—¿Recuerdas que el año pasado nos reíamos de Vega por su necesidad insistente y un tanto preocupante de negar lo evidente? No dejaba de decir que Nico y ella eran amigos.

—Es que lo éramos... —dice la morena por lo bajini.

—Claro, ya vemos lo amiguísimos que sois.

Me río un poco ante la mirada asesina que le dedica Vega.

—Pero no es lo mismo —me defiendo, un poco más tranquila—. Yo no niego que Gael despierta en mí... algo. Pero le pedí estar sola y él respeta esa decisión. Somos amigos de verdad, no como Nico y Vega.

—Eh, que sigo aquí —se queja la susodicha.

Le dedico una mirada de disculpa.

—¿Y no te da miedo perder ese algo? —me pregunta Nuri de repente.

Me muerdo un poco el labio inferior, indecisa.

Pues claro que me da miedo. Pero no quiero volver loco a Gael, no se lo merece.

—Ese no es el caso. Lo importante es que ahora está todo bien entre nosotros y ya está. —La voz me sale más titubeante de lo que pretendía.

Pero mis amigas me conocen lo suficiente para saber que es mejor no seguir preguntando, por lo que cambiamos de tema y nos ponemos a organizar las cosas que quieren hacer estos días hasta que, media hora más tarde, llega Eva a casa.

—¡Por fin te conozco! —le dice mi compañera de piso a Nuri cuando las presento.

—A mí también me han hablado mucho de ti, pero antes de que sigamos hablando, ¿qué signo del zodiaco eres?

Mi amiga me mira extrañada.

—¿Debería contestar? —me pregunta.

Suelto una pequeña risa, pero la que responde es Vega:

—Deberías. Si no lo haces, corres el riesgo de que te dé la charla de los astros y de lo importante que es saberlo para conocer y entender bien a las personas. Y créeme, no es lo que quieres.

Nuri asiente contenta, dándole la razón.

—Está bien, pues soy aries.

Un silencio dramático se apodera de la rubia hasta que, segundos más tarde, dice con voz cantarina:

—Me caes bien.

Todas nos echamos a reír. Me levanto del sofá con la intención de empezar a vestirme para llevar a las chicas a dar una vuelta y veo que Eva finge un suspiro aliviado.

—Empezaba a preocuparme.

Al día siguiente, durante mi turno en el bar, las chicas se pasan por allí.

—Ahora mismo os atiendo —les digo mientras llevo una bandeja llena de bebidas.

Es viernes, lo que se traduce en que el Robin está hasta arriba de jóvenes universitarios y de estudiantes erasmus. Me sabe mal tener que trabajar justo cuando mis amigas me han hecho una visita, pero por suerte Liam me ha dado el día libre mañana, por lo que podremos salir sin problema. Acompañadas de Eva y Leire, se sientan a una de las pocas mesas que quedan libres mientras charlan animadas. Me encanta que hayan hecho tan buenas migas.

—Hay que ver lo bien que te queda el rollito de camarera, Carola. Si no fueras mi amiga, ya te estaría tirando los tejos —me dice Nuri cuando me acerco

—Traducción: estás muy mona con tu delantal —añade Vega riéndose.

Suelto una carcajada.

—Gracias. ¿Qué vais a querer?

Tomo nota de sus bebidas y, antes de irme, Vega me pregunta:

—Oye, ¿y Gael? ¡Queremos que nos lo presentes!

Me pongo nerviosa y no sé por qué.

—Creo que ha entrado un momento a ayudar en cocina.

—No lo creo, lo sé a ciencia cierta, ya que no he podido quitarle los ojos de encima durante toda la tarde, pero ese dato me lo guardo para mí—. Ahora saldrá, pero no hagáis tonterías —les advierto.

—Tranquila, yo las controlo —me intenta calmar Eva.

Pero por la sonrisa que veo asomar a sus labios, sé que no es verdad.

—Eso no me tranquiliza para nada.

Tras llevarles a las chicas todo lo que me han pedido, vuelvo a mis tareas y me veo inmersa en un cúmulo de comandas y quejas de clientes hartos de esperar. Al cabo de un rato, ya no puedo más. Y eso que aún me quedan dos horas más aquí.

Echo un vistazo a la mesa donde mis amigas singuen bebiendo.

—Si quieres, puedo hacer tus tareas durante un rato. —La voz de Gael me sobresalta y hace que esté a punto de tirar la bandeja—. Vaya, a ver si vas a necesitar clases particulares otra vez.

Suelto un bufido y me vuelvo hacia la barra, algo sonrojada al pensar en esa posibilidad.

—No digas tonterías. Como Liam me pille sentada, me mata.

—Yo controlo a esa fiera, no te preocupes.

Lo miro y, con toda la fuerza de voluntad que soy capaz de reunir en apenas treinta segundos, trato de no desviar la atención hacia sus brazos. Normalmente Gael suele llevar una sobrecamisa sobre una camiseta básica, pero hoy hace tanto calor aquí dentro que en algún momento ha debido de quitársela y ahora sus bíceps se ven a la perfección.

—No hace falta. —Trago saliva. De repente, me falta un poco de aire—. Pero gracias.

—¿Por qué eres tan cabezota? —Mientras apoya ambos antebrazos en la barra, ladea la cabeza hacia la izquierda—.

Mira, Liam va a ir a comprar unas cosas que nos faltan, tómate algo con ellas mientras tanto, yo te cubro.

Miro en la misma dirección y veo a nuestro jefe saliendo por la puerta.

Sigo dudando, pero el rubio continúa:

—Si te quedas más tranquila, puedo avisarte cuando vuelva.

—Estás hecho todo un estratega, ¿eh? —respondo divertida—. Di la verdad, en realidad lo que quieres es deshacerte de mí.

Suelta una pequeña carcajada y posa sus ojos sobre mí con aire chulesco.

—Me has pillado, aunque la verdadera razón es que hemos tenido una reunión todos los compañeros y hemos decidido que necesitas un descanso. Eso de comprar vajilla nueva cada dos por tres nos está empezando a salir muy caro.

Le doy un manotazo y finjo estar molesta.

—¡Eh! Has preguntado tú.

Resoplo.

—¿Seguro que no te importa?

—Para nada —responde irguiéndose de nuevo y preparando un par de cervezas.

—Gracias.

Asiente con una sonrisa y me acerco a la mesa de las chicas.

—¿Has terminado tu turno? —pregunta Eva sorprendida.

—Qué va, Gael me va a sustituir, pero solo durante unos minutos.

—Vaya, qué considerado —comenta Nuri con voz ñoña—. ¿Dónde podré encontrar yo a uno de esos?

—Pues en Madrid, que hay un montón de chicos majos —comenta Vega.

—Ja, sí, claro. Los tíos así de buenos son una especie en peligro de extinción, te lo digo yo.

Noto que lo dice con un tono un poco resignado y me da por pensar que puede que Nuri no se esté refiriendo solo a los chicos que conocemos, sino a alguien mucho más cercano a ella: su padre.

—Antes pensaba igual que tú, pero te aseguro que no es así.

—Claro, aparte de Nico, está Bruno, que es gay. Esos son todos los que conoces que no tienen menos de tres neuronas —sigue la rubia.

—E Iván.

Nuri suelta una carcajada tan exagerada que varios pares de ojos se vuelven para mirarnos.

—Tía, que te he dicho que tengan al menos tres neuronas, no el cerebro completamente vacío.

La morena se cruza de brazos.

—Iván es muy buen chico, no sé qué problema tenéis el uno con el otro.

—¿Quién es ese? —me pregunta Eva en voz baja mientras mis amigas siguen con su discusión.

—El mejor amigo de Vega —le respondo lo bastante alto para que Leire también lo escuche—. Pero no se lleva muy bien con Nuri.

—Ya lo veo.

—Tía, ¿muy buen chico? Eso será contigo porque eres como su hermana, pero con los demás es un prepotente, un chulo, un... —Suelta un bufido—. Un «soysuperioratiytejodes».

—Vaya, un nuevo adjetivo —comento divertida.

—Bueno, dejemos el tema de Iván, que parece que te va a explotar la vena de la frente —claudica Vega.

—Además, tú no tienes que preocuparte por eso. ¡Cuentas también con el sector femenino! Tienes el doble de posibilidades de encontrar a alguien decente —la animo.

Entre risas, nos ponemos a hablar de otras cosas que no causen que a mi amiga le dé una embolia. De vez en cuando, echo un vistazo a la puerta; no debe de quedar mucho para que Liam vuelva. Sin embargo, al cabo de un rato el único al que veo es a Gael acercarse a nosotras.

—¿Qué tal? —dice un tanto tímido mientras pone un refresco frente a mí—. Toma, por si te apetecía.

Me derrito un poco por ese gesto tan atento y murmuro un «gracias», a lo que responde con una ligera sonrisa.

Le presento a mis amigas con rapidez y se queda un rato charlando con ellas de forma educada. Estas no dejan de lanzarle preguntas a diestro y siniestro que el irlandés al principio contesta un poco extrañado, pero luego más divertido. Yo me llevo las manos a la cabeza cuando comienzan a hablarle sobre mis tiempos de instituto y a intentar sonsacarle anécdotas graciosas sobre mis primeras semanas trabajando como camarera.

—Bueno, ya está bien —termino interrumpiéndolas—. Tenemos que volver al trabajo.

Me levanto y me sacudo un poco el delantal.

—¡Gael! —exclama Nuri—. Mañana es nuestra última noche aquí y saldremos de fiesta, ¿por qué no te vienes?

Sé lo que está tramando y le dirijo una mirada asesina, pero mi amiga pasa olímpicamente de mí.

En cuanto lleguemos a casa, la voy a matar.

Pero de repente me encuentro a mí misma volviéndome hacia él, esperando su respuesta con algo de esperanza.

—Muchas gracias, pero... tengo planes —Se remueve en el sitio, un poco nervioso.

Mi pecho se desinfla un poco, decepcionada.

¿Qué planes tendrá?

Sus ojos verdes se posan sobre los míos, un poco dubitativos, pero un segundo después mira hacia algún punto detrás de mí.

—Liam ya ha llegado —me informa—. Ha sido un placer, chicas.

Sin más, regresa a la cocina.

—Ostras, qué pena —comenta Vega.

—Sí... —Me toqueteo un poco la trenza y, tras unos segundos, rescato la bandeja de dónde la había dejado—. Tengo que atender algunas mesas.

Mis amigas me miran, algo preocupadas por mi cambio de humor, pero me alejo y trato de mantener la mente ocupada con el aluvión de comandas que hay el resto de la noche.

Por desgracia, no lo consigo.

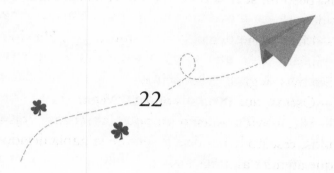

22

Pasar el sábado dando una vuelta por la ciudad con las chicas resulta ser un método de distracción muy eficaz. Para cuando llega la noche y estamos todas arreglándonos en mi habitación, casi he dejado de darle vueltas a que Gael tiene planes.

Casi.

—Tía, ¿tú crees que si me pongo este vestido pasaré frío?

Odio que me importe, no es asunto mío. No somos nada, solo amigos, y todos esos sentimientos que albergo hacia él tengo que guardarlos en un lugar seguro antes de que terminen haciéndome daño. Fui yo la que le pidió estar sola, no puedo ser tan egoísta de querer que él esté esperando a que me sienta preparada, no es justo.

Pero, aunque sé que no debería, a una pequeña parte de mí le molesta.

—Carola, ¿me estás escuchando? —repite Vega.

—¿Qué? —le pregunto despistada.

—Déjala, estará pensando en su Robin Hood —canturrea Nuri mientras, kit de maquillaje en mano, se sienta frente a mí.

Enderezo la espalda, que hasta ahora había tenido apoyada en la cama, y cierro los ojos.

—¿Sigues rayada por eso de que tenía planes? —me pregunta Vega.

Trato de no moverme mucho, pues Nuri ha empezado a aplicarme el maquillaje.

—No, puede que solo haya quedado con sus amigos —contesto. Lo cual, en realidad, dudo mucho. Estoy segura de que de ser así nos habría invitado—. Y si hubiera quedado con una chica, ¿qué más da? Es libre de hacer lo que quiera.

Un silencio se apodera de la habitación. Me dan ganas de abrir los ojos para ver los gestos de mis amigas, pero como lo haga corro el riesgo de recibir una bronca monumental por parte de Nuri, así que decido quedarme quietecita.

—¿Qué?

—Nada —responden ambas a la vez.

Suspiro.

—Sé lo que estáis pensando.

—Ostras, ¿lees la mente y no nos lo habías dicho? ¡Menuda bruja!

Solo por fastidiar a Nuri, me muevo un poco y ella suelta un quejido.

—Bueno, ilumínanos. ¿Qué es lo que estamos pensando? —pregunta Vega con curiosidad.

—Pues que todo lo de Gael es una tontería, que no tendría que haber terminado lo nuestro y que debería hablar con él.

La rubia me da el visto bueno para que abra los ojos, dando por terminado el maquillaje, y las miro dubitativa.

—No es así —responde Vega—. Creo que la que piensa eso eres tú.

—¿Yo? —pregunto extrañada—. ¡Qué va!

—Estás en la fase de negación —me informa la rubia mientras me da un par de palmaditas en la espalda—. Es normal. Aunque debo decir que a mí me da una pereza que flipas. Todo sería más fácil si las cosas se aceptasen desde el minuto uno. Te gusta alguien... ¡Pues a por ello!

—A ver, no siempre es tan fácil —comenta Vega.

—Sí que lo es —responde Nuri—. Tía, para que lo entiendas: con todo lo que ha pasado, en mi opinión en el tema del amor estás... Bueno, no te ofendas, pero estás... un poco suspensa.

—Menuda comparación. —Se ríe la morena.

Nuri le dedica una mirada fulminante, pero sigue:

—El caso es que Gael parece el chico perfecto para saber lo que es amar de verdad, ¡sin toxicidad! Es tu oportunidad.

—¿Para estar aprobada en el amor? —cuestiono divertida.

—Exacto.

Suelto una ligera risa mientras niego con la cabeza, pero Vega vuelve a hablar, esta vez un poco más seria.

—Tía, no creemos que la cagaras al terminar con Gael y darte un tiempo para estar sola. Lo necesitabas, salir de una relación así de tóxica y de aquella manera... no tiene que haber sido nada fácil. Pero, por lo que nos acabas de decir y lo que nosotras hemos visto, sí que pensamos que puedes estar negándote a ti misma la posibilidad de dejarte llevar con él.

Enredo un mechón de pelo entre mis dedos, sopesando sus palabras.

—No sé, es que... ¿Cuándo sabes que estás preparada? ¿Hay algún tipo de señal o algo? Porque, si es así, yo no la veo.

La morena niega con la cabeza sonriendo.

—La señal son tus sentimientos. No vas a levantarte un día y a decir: ¡ha llegado el momento! Yo creo que tienes que centrarte en lo que sientes cuando estás con él, sin pensar en el pasado ni agobiarte.

Me quedo unos segundos pensativa.

¿Es así de fácil? Si me guío solo por eso... ¿Estoy preparada? Aún no lo sé. Nunca me había sentido así con nadie. Gael es especial para mí, pero las cosas son un poco más complicadas que eso... ¿Y si estas semanas le han servido para darse cuenta de que yo no le gustaba tanto como él creía? Vale que el otro día pasamos un buen rato en mi casa, pero eso no quiere decir nada.

A lo mejor él prefiere que las cosas se queden así, y quizá yo tengo miedo de que confesarle mis sentimientos ahora vaya a hacer que lo pierda por completo. No me quiero arriesgar.

Tras terminar de arreglarnos (y convencer a Vega de que ponerse un vestido de tirantes en pleno abril es una locura), salimos de casa y ponemos rumbo a Temple, uno de los pubes más famosos de la ciudad.

Cuando llegamos, está a rebosar. Aún no había tenido la oportunidad de venir, no es un lugar que frecuenten mucho los estudiantes erasmus, así que tampoco creo que vaya a encontrarme a ninguno de mis amigos esta noche.

Una vez que entramos, avanzamos como podemos hasta llegar a la barra.

—*One bear, please*! —le pide Nuri a uno de los camareros.

Este la mira con un gesto entre confuso y divertido al darse cuenta de que somos turistas.

—Tía, *beer*.

—¿*Beer*, qué?

—Que le has pedido un oso, pedazo de cazurra, menuda pronunciación tienes, como para ser reportera internacional... —le responde Vega.

Todas nos reímos y, cuando por fin la rubia consigue decirlo bien, nos sirven nuestras bebidas.

Sus habilidades con el inglés continúan sacándonos carcajadas un rato después cuando, sin un ápice de vergüenza en su cuerpo, se pone a hablar (o bueno, a gesticular) con unos chicos que hemos conocido mientras tratábamos de movernos en el espacio estrecho.

La música nos es totalmente desconocida. Supongo que al ser el típico pub irlandés, ni siquiera se molestan en poner algún tema más internacional para los extranjeros, así que al cabo de un rato solo me balanceo de un lado al otro mientras sigo flipando con las habilidades de mi amiga de ligar en otro idioma.

En serio, es increíble.

—¡Preciosa España, sí! —La oigo decir a uno de ellos—. ¡Estáis invitados!

Madre mía, a esta se le ha subido demasiado la cerveza a la cabeza.

—¿Deberíamos pararla? —me pregunta Vega.

—¿Tú te atreves a hacerlo?

Ella le echa un vistazo y termina encogiéndose de hombros.

—En realidad, ahora que lo pienso mejor, podríamos aprovecharlo. ¿No te gusta ninguno de ellos? Puede que la noche acabe siendo más interesante de lo que esperábamos, ese tal Charles es mono.

Suelto una risita y miro al chico.

Es cierto que es bastante guapete: pelo castaño, alto, brazos fuertes y... ojos verdes. Pero cuando siente mi mirada sobre él y se vuelve para mirarme, lo que veo en ellos no me transmite nada.

Al menos, nada comparado con los de cierto irlandés rubio.

Vuelvo a fijar mi atención en Vega.

—No es mi tipo —respondo simplemente.

—¿No? ¿Y cuál es tu tipo si se puede saber? —pregunta divertida—. Mientras que no sean morenos y manipuladores como tu ex, podré soportarlo.

Hago una pequeña mueca.

—Es... otro. —Suspiro—. Ay, no lo sé.

—Pues espero que no sean los camareros rubios con un aire irresistible —responde mirando a un punto tras mi espalda—. Porque si ese es el caso, es mejor que no te des la vuelta.

Noto cómo todo el aire desaparece de mis pulmones. ¿Que no me dé la vuelta? La voy a matar. ¡Sabe que si me dice eso, es justamente lo que voy a hacer! Intento obligarme a no darme la vuelta, pero solo aguanto unos míseros segundos. Cuando los ojos de mi amiga vuelven a mirar a mi espalda, sé que estoy perdida.

Ladeo la cabeza y, en efecto, ahí está.

Tan guapo como siempre, Gael se echa un mechón de pelo hacia atrás mientras avanza con lentitud. Compruebo que no va solo. Entre las cabezas con las que se mueve me parece reconocer al chico que conocí en Nochevieja y que tuvo una actitud un tanto rara conmigo.

Vuelvo a centrar la vista en Vega.

—¿Quieres que vayamos a saludarlo?

Me pongo nerviosa, ¿quiero?

Le preguntamos a Gael si se venía con nosotras y nos dijo que no, a lo mejor le apetece pasar un tiempo con sus amigos a su aire. Me doy una bofetada mental, y yo que pensaba que era porque había quedado con alguna chica... Si es que soy lo peor.

—Anda —dice Vega, sorprendida—. No va solo.

—Claro que no, está con sus amigos.

Mi amiga me dedica un gesto dudoso.

—Me refiero a que va con una chica y, por lo que veo desde aquí, tiene que ser supergraciosa porque no dejan de reírse.

Esta vez no hago ningún esfuerzo por contenerme.

Sigo su mirada y, cuando doy con Gael de nuevo, compruebo que es cierto: está riéndose y compartiendo una mirada cómplice con una chica a la que no había visto en mi vida.

Una sensación extraña y desconocida asciende por mi cuerpo al verlos así de juntos hasta el punto de causarme cierta molestia. Miro a mi amiga, que pone cara de circunstancias.

—Tranquila, si algo aprendí el año pasado es que nada es lo que parece. Solo están de colegueo —intenta calmarme.

Asiento, porque sé que tiene razón. Pero ¿y si resulta que no es así? ¿Y si hay algo más entre ellos? Mi ánimo decae en cuanto pienso en esa posibilidad. Si ese fuera el caso, no podría hacer nada. Gael ha estado para mí cuando más lo he necesitado, apoyándome, ya fuera en calidad de amigo o de algo más. No estaría bien que ahora esto me pareciera mal; si ha conocido a alguien que le gusta, ¿quién soy yo para meterme? Después de todo, lo que había entre nosotros acabó porque yo se lo pedí... Seguramente quiera dejar las cosas como están, ser amigos y punto, sin tantas complicaciones.

—Tía, te has puesto roja, ¿estás bien?

—Sí, es solo que... —Echo otro vistazo rápido al irlandés y me quedo callada.

—Que estás un poquito celosa.

Niego con la cabeza con rapidez.

—No, qué va. Los celos son algo horrible... y tampoco tendría motivos, Gael no es nada mío, no tendría sentido que me molestase.

«Pero lo hace», me dice una vocecita en mi cabeza.

—Carola, es lógico que te duela verlo con otra chica si te gusta. Sentir celos no es lo peor del mundo, al revés, ¡es normal! Si te diera igual, querría decir que no hay nada en absoluto entre vosotros. No compares los celillos tontos de alguien pillado con los de Adrián. Esos eran del rollo: «Eres mía y de nadie más» —imita en tono dramático—, que necesita terapia con urgencia.

—¿Tú sientes celos cuando sales de fiesta con Nico? —le pregunto con curiosidad.

Suelta una carcajada.

—Qué va, sé que está enamorado de mí, confío en él. Pero cuando nos conocimos y no sabía lo que había entre nosotros, uf..., ¡me volvía loca! Aunque no se lo digas a él, se le subiría a la cabeza y ya tiene demasiado ego ahí metido.

Me río.

—No sé, es que... —Miro el botellín de cerveza que sujeto y le doy vueltas, nerviosa—. Aún no tengo claro lo que siento. Cada vez que estoy con él es como si el cerebro dejara de funcionarme. Es exasperante.

—Ay, Carola... —Enreda mi meñique con el suyo—. Yo no diría que «exasperante» sea la palabra adecuada.

Mi amiga abre la boca con la intención de decirme algo más, pero una Nuri un poco achispada aparece tras ella y la interrumpe.

—¡Tía! Acabo de ver a Gael, ¡está allí! —Le señala sin vergüenza alguna.

—La reina del disimulo —comenta Vega poniendo los ojos en blanco.

—¡Se están acercando!

Me volteo y compruebo que es cierto, se están moviendo en nuestra dirección. Gael no se ha dado cuenta aún de que estoy aquí, y a una parte de mí le apetece que eso siga siendo así. Le dedico una mirada de apuro a Vega que comprende al instante. Pero Nuri está tan emocionada que no se percata de nada y, al cabo de unos segundos, chilla:

—¡Gael!

Vega le da un manotazo en el brazo.

—Chist.

—¿Qué pasa? —pregunta la rubia, extrañada.

Pero ya es demasiado tarde, Gael no la ha escuchado, pero su amigo sí.

En los pocos segundos en los que tardan en acercarse, trato de hacer mi mejor actuación y finjo que hablo tranquilamente con las chicas. Para nada estoy atenta a todos los movimientos del irlandés, que está apenas a unos pasos de mí, qué va.

—No me puedo creer lo que ven mis ojos, ¡qué sorpresa encontrarte aquí! —dice el amigo nada más llegar.

Intento recordar su nombre. En Nochevieja había tanta gente que aún sigo hecha un lío.

—¡Sí! —respondo con una sonrisa nerviosa—. ¿Qué tal estás..., Kevin?

Ruego mentalmente haber acertado.

—No me puedo quejar. —Suelto un pequeño suspiro de alivio—. Aunque ahora mejor que nos hemos encontrado, ¿verdad, Gael?

Mis ojos, que he estado tratando de controlar todo el rato para que no vuelen hacia el rubio que se encuentra de pie a su lado, deciden dejar de hacerme caso. Me llevo una sorpresa cuando descubro que tiene los suyos fijos en mí.

Nos quedamos así unos segundos, callados y con nuestras miradas conectadas. Está guapísimo, con una camiseta gris y las manos metidas en los bolsillos de unos vaqueros anchos.

Suelta un pequeño carraspeo cuando Kevin le da un codazo muy poco disimulado.

—Sí…, genial.

Lo miro extrañada.

Vega, supongo que al darse cuenta de que el ambiente está un poco raro, se presenta a Kevin y empiezan a hablar de algo a lo que no presto atención, pues la tengo toda puesta en el irlandés, que de repente ha decidido esquivar mi mirada y fingir que escucha lo que dicen nuestros amigos.

No lo entiendo. ¿He hecho algo que le ha molestado? No parece muy contento de verme aquí, y eso…, bueno, no es propio de Gael, y me duele. A lo mejor sí que estaba en una especie de cita con esa chica y verme aquí le ha fastidiado.

Solo de pensar en esa posibilidad se me vuelve a poner mal cuerpo.

Decido imitarle y fingir que escucho de lo que habla Kevin con mis amigas. Nuri sigue tratando de hacerse entender en inglés y al final Vega le traduce algunas de sus expresiones. Pero, al cabo de dos minutos exactos, no aguanto más.

—Creo que Nuri, por el camino que va, acabará sacándose el título avanzado de inglés esta noche —le comento divertida a Gael.

Él esboza una pequeña sonrisa y algo dentro de mí se remueve.

—Me recuerda a cierta pelirroja a la que conocí hace unos meses —dice con la vista aún fija en nuestros amigos.

—Tuvo un buen profesor.

Ahora sí vuelve la cabeza, pero no contesta nada.

—¿Habéis venido con más gente? —decido preguntar a pesar de saber la respuesta.

—Sí, estamos con unos amigos.

De nuevo se queda callado.

Me muerdo el labio inferior, pensado en algo más que decir.

¿Qué nos está pasando? No entiendo nada. Gael y yo siempre tenemos algo de lo que hablar, nos sentimos cómodos el uno con el otro. O, al menos, yo me siento cómoda.

Pero cuando pensaba ya que este silencio iba a ser eterno, lo rompe.

—Me... —Carraspea—. Me gusta cómo llevas el pelo.

Lo miro sorprendida y no puedo evitar que el calor me suba por las mejillas y las tiña de rojo.

Hoy, a pesar de haberme dejado la melena suelta, me he recogido los mechones delanteros, que siempre me molestan, en dos trenzas pequeñas y los he sujetado por detrás.

—Gracias —respondo en voz tan baja que me pregunto si me habrá oído.

Se rasca la cabeza, un tanto tímido, y curva la boca en una pequeña sonrisa.

Ahora sí que lo reconozco un poco más.

Aun así, no vuelve a decirme nada, y yo me quedo sin ideas para sacar algún tema de conversación. Aunque supongo que no lo necesito porque, de la nada, aparece una chica.

Bueno, no una chica cualquiera, es *la chica* con la que he visto antes a Gael. Por si me quedaba alguna duda, se acerca a él y enreda el brazo con el suyo.

—Pero bueno, llevamos un rato esperándoos para la siguiente ronda, ¿pensáis venir o qué?

—Nos hemos entretenido un poco —le responde Kevin.

—Ya lo veo. ¡Hola! Soy Amy. Me presento ya, que mis amigos son unos maleducados —comenta con guasa.

Kevin pone los ojos en blanco, pero ella pasa de él y saluda a mis amigas con educación.

Cuando llega a mí, noto cierto reconocimiento en sus

ojos. ¿Acaso nos conocemos? La miro extrañada, pero no comenta nada, así que me quedo callada.

—¿Os han estado molestando mucho?

—La que nos molesta ahora eres tú, Amy —le reprocha Kevin.

—Es lo que hay. —La chica se encoge de hombros.

Mis amigas se ponen a charlar con ella mientras yo observo a Gael.

La mano de Amy sigue enredada en su brazo, no dejan de reírse de algo que están comentando con complicidad, y la sensación molesta de antes reaparece.

Trato de espantarla y me centro en la conversación.

—Bueno —dice Amy al cabo de un rato—, tenemos que volver si no queremos que los demás nos den por muertos. ¡Ha sido un placer!

Me dedica una sonrisa amable mientras tira de Gael para irse.

Él solo me dedica un movimiento de cabeza antes de mezclarse entre la gente, seguido de Kevin.

Creo que me quedo más tiempo del que debería mirando el lugar donde han desaparecido, porque Nuri me toma del brazo de repente y me dice con una mirada cómplice:

—Venga, vamos a pedirnos algo más fuerte que esto.

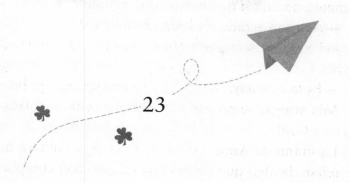

23

Creo que si tuviera que describirme con una palabra, no diría que soy una persona precisamente nerviosa.

¿Tímida? Puede ser. ¿Un poco obsesionada con las comidas vegetales? Depende de quién lo pregunte. ¿Demasiado introvertida algunas veces? Según con quién me compares.

Por eso no entiendo qué es lo que me pasa. Desde que se fueron las chicas hace unos días, estoy hecha un manojo de nervios. No me concentro a la hora de estudiar, le llevo una cerveza al cliente que me había pedido unas patatas... Incluso ayer, de camino a la universidad, estaba tan despistada pensando en mis cosas que me pasé la parada del autobús y llegué tarde a clase.

Ni siquiera el yoga ha conseguido relajarme.

Y es que no puedo dejar de pensar en la noche del bar y en la actitud tan extraña que tuvo Gael conmigo. Una parte de mí no ha podido parar de darle vueltas al comportamiento tan cómplice que tenía con Amy. A lo mejor ya ha pasado página, puede que esté con ella y no me lo haya querido decir aún.

El corazón se me encoge un poco.

Además, me duele pensar en la posibilidad de estar perdiéndolo como amigo. ¿Qué he hecho mal? Pensaba que todo estaba bien entre nosotros. De hecho, ese es el principal motivo por el que he decidido quedarme callada y no decirle nada sobre lo que siento.

Prefiero tener solo un pequeño trocito de Gael que perderlo por completo.

Supongo que por eso estoy así de nerviosa. Bueno, por eso y porque hoy es la primera vez que lo voy a ver desde aquella noche.

Salgo de la sala del servicio ya con el delantal puesto y miro a mi alrededor con disimulo, ansiosa por encontrarme con sus ojos verdes.

No tardo mucho en dar con él. Como siempre, está tras la barra preparando comandas y sirviendo cervezas a aquellos clientes que vienen a tomarse algo rápido antes de volver al trabajo. No se ha dado cuenta de que he llegado. Me perturba un poco la forma en la que mi piel se eriza solo por tenerle a unos metros. Nunca me ha pasado con nadie, y una vocecita en mi cabeza me dice que es porque nunca había albergado sentimientos como los de ahora.

Durante un segundo me planteo acercarme para saludarle, pero ¿qué le digo?

«Hola Gael, llevo días sin dejar de pensar en ti» no es una opción. Así que, haciendo honor a esos nuevos nervios que parecen formar parte de mi vida ahora y que, para colmo, se han intensificado durante estos últimos minutos, me doy la vuelta y me pongo a atender las mesas.

Reconozco una cabellera castaña entre las tantas que hay ahora mismo en el local y, como está en mi sección, me acerco.

—Hola, Kevin —lo saludo—. ¿Qué vas a tomar?

El amigo de Gael me mira divertido.

—¿Qué tal, Carola? Te he visto llegar —dice con picardía—. ¿Podrías traerme una cerveza? Díselo a Gael, él sabe cuál me gusta.

—Está un poco ocupado ahora mismo —respondo, dedicándole un gesto extrañado—. Dímela y te la sirvo yo.

—Es que no me acuerdo de cuál es, mejor habla con él —insiste.

Vale, ¿está un poco raro o soy yo?

Termino asintiendo con la cabeza y me encamino a la barra.

Gael sigue tras ella, va de un lado para otro haciendo cosas. Tomo una bocanada profunda de aire antes de hablar.

—Hola.

Alza la cabeza.

—Hey —responde.

Nos quedamos callados, mirándonos el uno al otro, y durante unos segundos se me olvida el motivo por el que me he acercado a él. Un mechón de pelo le cae sobre la frente y me entran unas ganas irrefrenables de apartárselo, pero me contengo y, en su lugar, enredo mi trenza entre mis dedos.

—Kevin está aquí —le informo—. Dice que quiere una cerveza y que solo tú sabes cuál le gusta.

Gael examina a su amigo tras de mí y le dirige una mirada sospechosa.

—Claro.

Observo todos sus movimientos mientras coge un vaso y lo llena. La camiseta de manga corta que lleva deja al descubierto sus brazos y, de repente, siento la boca demasiado seca.

Me obligo a tragar saliva

—Toma.

Me la tiende y nuestros dedos se rozan cuando la cojo. Siento el pulgar de Gael sobre mi mano, acariciándome por un breve instante, o ¿puede que solo sean imaginaciones mías? Un poco ruborizada, mis ojos vuelan de nuevo hasta los suyos.

—Gracias… —respondo en voz baja.

Él carraspea mientras suelta el vaso y se lleva la mano a la nuca.

—De nada.

Vuelvo sobre mis pasos y dejo la cerveza en la mesa.

—Aquí tienes.

Kevin me dedica una amplia sonrisa.

—¿Qué pasa?

Se encoge de hombros mientras le da un trago.

—Sois muy divertidos.

Lo miro sin entender nada.

—Gael y tú —explica—. Es increíble lo tontos que sois.

¿Me acaba de insultar?

Kevin suelta una carcajada al ver mi expresión ofendida y sigue:

—Déjalo, son cosas mías. Aunque… ¿puedo hacerte una pregunta?

Un poco desconfiada, asiento con la cabeza.

—¿Te gusta mi amigo?

Creo que el color desaparece de mis mejillas, tengo que estar blanca como el papel. Miro a ambos lados, buscando cualquier excusa con la que salir de esta, pero él niega con la cabeza y se ríe.

—Eso me vale como respuesta.

—No me gusta —miento—. Solo es mi compañero de trabajo, me llevo genial con él.

¿Ha quedado convincente? Creo que no, así que añado:

—Además, tampoco podría gustarme. Está conociendo a esa chica… ¿Amy? —Finjo que dudo del nombre, como si no lo tuviera grabado en la mente—. Así que no entiendo por qué me lo preguntas.

—¿Crees que está saliendo con ella? —pregunta—. Joder, cómo me alegro de haber venido hoy, esto es como ver una telenovela, me lo estoy pasando genial.

—Bueno, tengo que atender más mesas.

Antes de irme, me dice:

—Yo que tú hablaría con Gael sobre eso. Pero no le digas que has charlado conmigo, soy demasiado joven para morir.

Lo dejo ahí, tomándose la cerveza, mientras no paro de darle vueltas a lo que me ha dicho.

Tres horas más tarde, el bar está a punto de cerrar y, una vez más, me toca quedarme a recoger.

Como siempre, Gael se ha quedado conmigo. Me centro en limpiar el suelo mientras él guarda las bebidas en el frigorífico y cambia los barriles de cerveza. Permanecemos en silencio, como si ambos estuviéramos esperando a que el otro dijera algo pero ninguno terminara de atreverse.

Una vez que acabo de poner las sillas en el suelo, entro en la barra para dejar algunos platos sucios que quedaban en una de las mesas.

Miro de reojo a Gael y trato de pasar por su lado. Ocupa casi todo el espacio, por lo que tengo que ponerme de lado. Pero él también se da la vuelta y de repente nos quedamos el uno frente al otro, mirándonos. Inspiro hondo de manera inconsciente y su olor se cuela por mis fosas nasales.

Si me acercase tan solo unos centímetros, nuestros cuerpos se tocarían sin problema.

—Perdón —dice un poco ruborizado mientras da un paso al lado.

Suelto un suspiro y me dirijo al fregadero algo aturdida. Durante unos minutos no dejo de darle vueltas a esa conversación tan extraña que he tenido con Kevin. ¿Que hable con Gael de qué exactamente? ¿De la noche del bar? No entiendo nada.

Lo maldigo para mis adentros porque, sin darse cuenta (o a lo mejor eso era justo lo que pretendía), ha hecho que ahora tenga una curiosidad tan grande que la idea de sacar esa conversación no deja de rondarme la cabeza. Y no sé si va a salir bien o mal, pero al cabo de unos segundos me encuentro a mí misma abriendo la boca y diciendo:

—¿Qué...? —Carraspeo—. ¿Qué tal lo pasasteis la otra noche?

Me concentro en fregar los platos mientras espero su respuesta.

—Muy bien, la verdad es que me vino bien para... Bueno, distraerme un poco.

¿Distraerse? ¿De qué?

Dejo esa curiosidad a un lado porque supongo que si quisiera entrar en detalles ya lo habría hecho.

—Esa chica... Amy. Es muy maja.

Alzo la cabeza y lo observo. Apoya la cadera en la barra, a unos metros de mí, mientras se seca las manos con un trapo.

—Sí, lo es —responde.

Me muerdo el labio inferior.

—Hacéis muy buena pareja.

Entonces sí que alza la vista y la fija en mí.

¿A lo mejor he sido demasiado obvia diciendo eso? Puede que aún no hayan formalizado nada y yo la esté cagando. O puede que a Gael no le apetezca hablar de eso conmigo, pero necesito que me confirme si está conociendo a alguien. Cuanto antes lo sepa, antes puedo hacerme a la idea.

—¿Pareja? —pregunta extrañado—. ¿Se puede saber qué te ha dicho Kevin?

Saco las manos del fregadero y, mientras me las seco, giro mi cuerpo para quedar frente a él.

—Nada... Simplemente me ha dicho que hable contigo. —Decido guardarme para mí la dichosa pregunta que me ha hecho.

—¿Nada más?

Niego con la cabeza.

—Bueno, también ha dicho que somos tontos. Pero no he entendido muy bien por qué, la verdad.

Un gruñido de frustración sale de su garganta.

—Qué pesado es... —murmura.

—¿Por qué?

Sus ojos se encuentran con los míos, y me da la sensación de que está a punto de decir algo. Pero en el último momento parece cambiar de opinión porque se queda callado un instante.

—Por nada.

Me remuevo en el sitio, nerviosa.

—Gael..., ¿estás enfadado conmigo?

Me dedica un gesto de sorpresa.

—¿Enfadado? No. ¿Por qué lo preguntas?

—No sé, es que... el otro día, en el pub, te noté muy raro. No sé si es porque estabas con esa chica y te incomodó verme allí, porque he hecho algo que te haya podido molestar o... no sé. —Suspiro y me llevo las manos a la cara, avergonzada por lo que estoy diciendo.

De golpe, noto su presencia frente a mí. Coloca una de sus manos sobre las mías y me las aparta con cariño de la cara.

Me abruma tenerlo tan cerca de repente. Alzo los ojos y recorro con la mirada cada centímetro de su cara hasta llegar a sus iris verdes; me quedo embelesada con ellas. Tiene la mandíbula ligeramente apretada y lo veo tragar saliva.

—No estoy enfadado contigo —me explica con voz ronca.

—Entonces ¿qué pasa?

Suelta un suspiro y se revuelve un poco el pelo.

—Me pasas tú, Carola.

—¿Yo?

—Sí —responde con un gesto atormentado—. Joder...,
voy a matar a Kevin.

—¿Por qué?

—Porque tiene razón —dice resignado—. Yo... no estaba enfadado contigo, Carola, y tampoco tengo nada con
Amy, es amiga mía de toda la vida. Esa noche salimos porque necesitaba distraerme.

El corazón se me acelera un poco al oírle.

—¿De qué? —me atrevo a preguntar finalmente.

—¿No es evidente? —responde resignado—. Necesitaba
no pensar en ti.

El aire se escapa de mis pulmones de golpe.

—¿En... mí?

Afirma con la cabeza.

—Yo... He intentado ser tu amigo, Carola, de verdad que
sí. Me encanta pasar tiempo contigo y me conformo con
eso. Pero hay veces que se me hace difícil y... pienso cosas en
las que no debería. La noche del pub salí con mis amigos
para intentar olvidarme de ti, pero supongo que el destino
tenía otros planes. Kevin lleva dándome la tabarra con que
te lo diga.

En un impulso, acorto la distancia que nos separa hasta
quedar apenas a unos centímetros de distancia de él.

—Sé que lo has pasado mal con todo lo de Adrián y no
quiero presionarte ni agobiarte, pero... no puedo controlar
lo que siento —se lamenta.

—Y... ¿qué sientes?

Una sonrisa triste asoma a las comisuras de su boca. Eleva una mano y, con suavidad, me coloca un mechón de pelo tras la oreja.

—Que soy un maldito egoísta —responde en susurros—. Porque cada vez que escucho tu risa quiero ser yo quien te haga reír hasta que te duela la mandíbula. Porque cada vez que te miro siento el impulso de tocarte, y me cuesta un mundo contenerme para no hacerlo. Porque quiero borrar de tu mente todos tus miedos y ayudarte a perseguir tus sueños. Porque no hay un jodido minuto del día en el que no tenga ganas de volver a besarte, Carola...

Siento que el mundo desaparece bajo mis pies, y casi pierdo el equilibrio. Pero Gael coloca la mano sobre mi mejilla, sosteniéndome, y me ayuda a asimilar que todo esto es real.

Abro la boca, con la intención de decirle que la egoísta soy yo por haber pensado que sería posible dejar a un lado nuestros sentimientos, porque está claro que no ha servido para nada. Quiero confesarle que no he podido dejar de pensar en él ni un solo día, que durante ese tiempo que necesité para estar sola me di cuenta de cuánto había traído a mi vida y lo mucho que lo echaba de menos en ella.

Las palabras se agolpan en mi garganta luchando por salir, pero aún no me siento preparada para decirlas en voz alta. Porque la última vez que le confié mi corazón a alguien acabó tan magullado que me va a costar volver a arriesgarlo otra vez.

Así que me limito a hacer lo que cada uno de mis sentidos me pide a gritos que haga.

Salvo los escasos centímetros que nos separan y uno mis labios a los suyos como toda respuesta, esperando que, de momento, sea suficiente.

Gael, al principio sorprendido, me devuelve el gesto con cuidado y acuna mis mejillas entre sus manos.

Acaricio su pelo y profundizo un poco más el beso, nuestras lenguas se enredan y juegan entre ellas mientras pego mi pecho al de él.

Su sabor me impregna y me embriaga, es como si estuviera borracha de él. Separa una de sus manos de mi cara y me acaricia el cuello hasta bajar a mi cintura. Cada toque suyo hace que mi piel se erice y que mi cuerpo se caliente tanto que siento que en cualquier momento voy a explotar.

Un gemido ronco sale de su garganta cuando lo tomo del cuello y me pego a la barra.

De un salto, me subo a ella y enredo las piernas en torno a su cintura, pegándolo todo lo que puedo a mí sin llegar a separar nuestros labios.

Me quiero dejar llevar por una vez, sin pensar en las consecuencias. Ahora mismo solo importamos él y yo. Cada poro de mi cuerpo me pide a gritos estar en contacto con él, y lo que ha empezado como un beso normal se ha convertido en un deseo desenfrenado que no puedo ni quiero parar.

Pero quizá Gael no piensa igual, porque de repente separa sus labios y fija sus ojos verdes en los míos con la respiración agitada.

—Carola…, no podemos hacer esto aquí.

Lo miro extrañada. Debo de estar toda roja; siento las mejillas y todo mi cuerpo ardiendo.

—¿Por qué?

Él suelta una especie de gruñido. Apoya sus manos en la madera, a ambos lados de mí, y observo su expresión atormentada.

—Porque te mereces algo mejor que hacerlo en la barra de un bar.

Suavizo un poco el gesto y rozo mi nariz con la suya.

—Tú eres lo mejor que me ha pasado en mucho tiempo.

Las palabras salen de mi boca sin previo aviso. Pero, de

repente, me doy cuenta de que son tan reales que no puedo negármelas ni a mí misma. Es cierto, Gael ha sido un soplo de aire fresco en esa especie de infierno en el que me encontraba antes de conocerle. Me ha apoyado sin esperar nada a cambio. Es la persona más buena que he conocido en mi vida y ahora mismo quiero esto con él. No puedo evitar pensar con ironía que, en realidad, incluso me parece un sitio perfecto. Aquí empezó todo.

Acerco mis labios a los suyos de nuevo, pero sin llegar a tocarlos. Nuestros alientos se entremezclan mientras contemplo su expresión dubitativa.

En cambio, yo le dedico una decidida.

Tras unos segundos que se me hacen eternos, inhala hondo y vuelve a devorar mis labios, pero esta vez con muchas más ganas que antes si eso es posible.

Me dejo llevar por mis instintos y, con los dedos, recorro su cuello, sus brazos, su abdomen... hasta llegar a su entrepierna y compruebo que está tan excitado como yo.

Sin dudar, le bajo la cremallera. Sus labios se alejan de los míos para empezar a besarme el cuello. Un gemido escapa de mi boca y noto cómo una de las manos de Gael se cuela por debajo de mi camiseta y me aprieta levemente la piel.

Por suerte, hoy ha sido uno de esos días en los que me he puesto falda para trabajar, por lo que lo único que nos separa es la ropa interior y las medias finas que llevo.

Él me mira antes de agarrar ambas prendas, pidiéndome permiso. Asiento y me las quita poco a poco mientras se agacha sin separar sus ojos de los míos. Es el movimiento más simple y excitante que he presenciado en mi vida.

Una sensación de anticipación me recorre el cuerpo una vez que estoy desnuda de cintura para abajo. Trato de agarrar la camiseta de Gael para volver a acercarlo a mí, pero el irlandés tiene otros planes.

Acerca su boca hacia mí y empieza a saborearme sin descanso. Su lengua juega con mi punto sin tregua, provocando que mi cuerpo vibre en respuesta y que varios gemidos escapen de mi garganta. No puedo controlar las sensaciones que me recorren cuando noto como introduce uno de sus dedos dentro de mí. Entonces, todo se intensifica por mil.

Me arqueo y lo agarro el pelo, derritiéndome con cada una de sus caricias, y no tardo mucho en sentir un cosquilleo que me baja por la espina dorsal y hace que sienta que estoy en el cielo.

Cuando vuelve a subir, lo hace con una sonrisa socarrona que nunca le había visto y que me gusta demasiado.

Respiro agitada y siento como si mi cuerpo ahora mismo fuera de gelatina. Pero en cuanto lo tengo frente a mí y me fijo en su erección amenazando con salirse de sus calzoncillos, es como si volviera a despertar de repente. Tiemblo un poco.

Gael entiende mis intenciones a la perfección. Antes de colocarse entre mis piernas busca en su cartera un preservativo y se lo pone mientras le beso la piel del cuello y juego con su pelo, que se ha rizado un poco.

Desliza el dorso de su mano por mi mejilla hasta enredar los dedos en mi pelo y lentamente se hunde en mí. No pierdo detalle de sus ojos, un poco vidriosos debido a la excitación, ni de cada uno de sus suspiros mientras empieza a moverse. Su brazo derecho me rodea y me acerca aún más a él, como si no quisiera dejar ni un centímetro de nuestros cuerpos separados. Su piel está caliente, al igual que la mía, y con cada embestida siento que pierdo más y más la cordura, dejándome llevar por completo.

Empezamos despacio, como si quisiéramos recrearnos en este momento todo el tiempo del mundo, tratando de alargarlo al máximo. Nos besamos con ganas y con cariño a la vez, nuestras narices se rozan y varios mechones que se han escapado de mi trenza me cubren la cara.

Aprieto las piernas a su alrededor aún más, y él aumenta el ritmo sin necesidad de palabras.

Hundo los dedos en su espalda y me parece escuchar que Gael dice mi nombre en susurros, pero mis gemidos no me dejan oírle con claridad y en cuestión de segundos sus jadeos se unen a los míos.

Las embestidas se tornan cada vez más fuertes, consiguiendo que pierda el sentido por completo.

Sin poder contenerme, me estremezco mientras otro orgasmo me sobreviene y me invaden varios espasmos. Gael me mira a los ojos mientras me voy, y no tarda mucho en esconder la cara en mi cuello y darme pequeños besos mientras él también se deja llevar.

Cuando termina, calma su respiración poco a poco y siento los latidos acelerados de su corazón. Instintivamente, apoyo una mano sobre él y acaricio su hombro con la nariz hasta llegar a su mejilla. Ahora mismo no sé dónde termina él y empiezo yo; seguimos abrazados, con sus manos rodeándome, reacias a separarse.

Y me quedo así, entre sus brazos, porque ahora mismo es el único sitio donde me apetece estar.

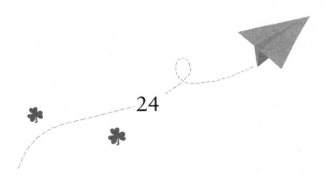

24

Despertar entre los brazos de Gael es una sensación que no sabría muy bien cómo describir.

Podría decir que es algo mágico, cómodo, incluso un poquito rutinario después de haber estado dos semanas durmiendo juntos noche sí y noche también. Pero cada vez que abro los ojos y lo miro, con la boca entreabierta, despeinado y uno de sus brazos posado sobre mi cintura, mil sensaciones revolotean en mi interior y me hacen sonreír como si fuera la primera vez.

Esta mañana decido recrearme unos segundos de más en observarle. Me doy la vuelta con cuidado para no despertarle y apoyo el codo en mi almohada. Su respiración es tranquila y aguanto una pequeña risa cuando un leve sonido escapa de sus labios. Puede que Gael no tenga una de esas bellezas evidentes que hacen que te gires con solo verle por la calle, pero sus rasgos angulosos, su piel dorada y ese pequeño hoyuelo que tiene en el mentón son tan especiales que habría que estar ciega para no darse cuenta de su atractivo.

Un ligero olor a bosque ya recubre mis sábanas e inspiro hondo.

No es que hayamos planeado pasar tantas noches juntos,

simplemente se ha dado así. A veces salimos tarde de trabajar y él se ofrece a acompañarme a casa. Yo le invito a pasar (por educación, me digo. «Ja. Sí, claro») y entre una cosa y otra se nos hace tarde y acaba quedándose a dormir. Otras veces, como anoche, le invito a ver una película en casa y él se encarga de hacer la cena. En esos casos la justificación para quedarse a dormir es otra totalmente distinta... Supongo que quedarnos enredados entre mis sábanas se podría considerar excusa suficiente.

—¿Disfrutando de las vistas?

Me sobresalto al escuchar su voz.

Su pecho vibra a causa de la risa.

—¿Cuánto tiempo llevas despierto? —pregunto un poco avergonzada.

—Lo suficiente.

Una sonrisa perezosa asoma a sus labios.

Gael me acaricia suavemente la piel que deja descubierta mi camiseta con el pulgar y me recuesto sobre su hombro.

Me abraza con cariño y siento los latidos de su corazón, lentos, calmados. Seguros.

—Se nos ha hecho un poco tarde —le informo—. Es casi mediodía.

Ladea el cuerpo y se inclina hacia mí. Empieza a darme pequeños besos por el cuello que hacen que todas las células de mi cuerpo despierten.

—¿Y si nos quedamos así el resto del día?

—No creo que a Liam le haga mucha gracia —respondo divertida.

Sus besos comienzan a descender por mi clavícula.

—Le puedo llamar. Estás enferma. —Pone su mano sobre mi frente y alza la cabeza, clavando en mí sus ojos verdes, un poco hinchados—. Te noto fiebre, Carola, creo que deberías pasar el día descansando.

Suelto una pequeña risa.

—¿No deberías ser tú el que está malo? Eres quien tiene que trabajar.

Roza su nariz con la mía con suavidad.

—Yo tengo que cuidarte, claro.

Mi corazón se hincha un poco y le acaricio la mejilla.

—Ojalá pudiéramos quedarnos así todo el día... —Suspiro—. Pero tengo que estudiar.

Hoy es sábado, por lo que no tengo clase. Pero Gael tiene el turno de tarde en el bar y yo debo avanzar y empezar a prepárame los exámenes si no quiero suspender.

—Lo sé —responde comprensivo—. Pero mañana no hagas planes.

—¿Por qué?

Niega con la cabeza.

—Es una sorpresa.

—¿Una sorpresa?

Asiente.

Abro la boca con el propósito de sonsacarle toda la información que pueda. Pero él sospecha cuáles son mis intenciones y se ríe mientras me da un beso cariñoso en los labios.

—Ni lo intentes, pelirroja.

—Al menos dame una pequeña pista de qué se trata.

—No.

Resoplo y finjo enfadarme.

Sin embargo, pronto sus labios vuelven a hacerse con los míos y se me olvida todo lo relativo a la sorpresa.

Nos pasamos un rato más en la cama, besándonos, hablando y vagueando. Estamos tan a gusto que nos cuesta un mundo pensar en salir de esta especie de burbuja en la que nos encontramos, pero cuando miro la hora me doy cuenta de que, si no nos damos prisa, Gael llegará tarde al trabajo.

Me levanto de la cama y me pongo unos pantalones cortos cómodos bajo la camiseta ancha que llevo. Tras insistirle varias veces en que se quede en la cama, me encamino a la cocina. Hoy me toca a mí preparar el... ¿desayuno? Será mejor que haga una especie de *brunch*, las tripas me rugen solo de pensar en comer algo.

Saco de la nevera aguacate y un par de huevos.

Estoy frente a la sartén cuando Eva entra.

—Bueno, dichosos los ojos. ¡Quién diría que vivimos juntas!

Se acerca a mí y roba una de las tostadas que he hecho.

—Lo sé, perdona. Entre las clases, el trabajo y...

—Gael —termina por mí con una sonrisa.

Asiento.

—No he parado —admito.

Se encoge de hombros mientras le da un mordisco.

—No te preocupes, mi nuevo compañero de piso me cae genial —comenta con guasa.

—Ya, pero si en algún momento te molestara...

—Pero ¿qué dices? ¡Era broma! —me suelta con tranquilidad—. Me gusta mucho verte bien con él, sobre todo después de lo de... Bueno, ya sabes.

La miro, sé perfectamente que se refiere a Adrián.

—¿Y tú qué tal? ¿No tienes ninguna novedad que contarme? —le pregunto para cambiar de tema.

—Nada nuevo, ya me conoces, soy un alma libre que va y viene a su antojo —responde mientras se sirve un vaso de agua—. Por cierto, esta tarde voy a estudiar en la biblioteca, ¿te apuntas? Leire y Tom se vienen.

—¡Claro! Luego podemos cenar algo si os apetece —propongo mientras vierto los huevos revueltos en un plato.

—¡Perfecto! Así no estoy en modo sujetavelas con esos dos.

—Vale, podríamos ir a... —Me detengo a media frase, comprendiendo de repente lo que ha dicho—. Espera, Leire... ¿y Tom?

Mi amiga se ríe.

—Si les preguntas, te lo negarán, pero a mí no me engañan.

No me puedo creer que haya algo entre nuestros amigos y que no me haya dado cuenta. Supongo que he estado más desaparecida de lo que me pensaba.

Al cabo de un rato, Eva se marcha a su habitación con la excusa de que tiene que arreglarse para ir a la biblioteca.

Yo tengo la bandeja repleta de comida ya casi lista cuando Gael aparece por la cocina.

—¿Necesitas ayuda?

Va vestido tan solo con unos pantalones de chándal negros, sin camiseta. Ni siquiera trato de ser disimulada cuando lo recorro de arriba abajo con la mirada y me recreo unos segundos de más en su abdomen definido y la forma en la que su pecho se ensancha con cada respiración que toma.

Trago saliva y obligo a mis ojos a volver a la fruta que estaba troceando; tenemos que comer algo ya si ambos queremos ser puntuales.

—No hace falta, ya casi he terminado.

Se acerca con pasos lentos y noto su cuerpo tras mi espalda.

Las yemas de sus dedos empiezan a hacerme caricias por los brazos y siento sus labios dándome un pequeño beso en la parte baja del cuello.

Suspiro.

—Huele genial —dice sobre mi piel.

—¿La comida o yo? —pregunto divertida.

Otro beso, esta vez bajo mi oreja.

—Las dos cosas, aunque... —Sus manos se posan en mi cintura y me aprietan contra él—. Tú me apeteces más.

Dejo el cuchillo y me doy la vuelta, hipnotizada por su contacto. Atrapa con su boca la pequeña sonrisa que estaba esbozando y pronto pongo mis manos sobre su cuello, devolviéndole el beso.

Ni siquiera nos sentamos, vamos alternando la comida con caricias, miradas cómplices y besos robados frente a la encimera de la cocina.

Acabamos de vuelta en mi habitación unos minutos más tarde para terminar lo que hemos empezado.

Como era de esperar, Gael llega tarde al trabajo.

El domingo por la mañana, tras desayunar con Eva en la cocina, me pongo unos vaqueros cómodos y un cárdigan rojo sobre mi camiseta blanca y salgo hacia el Robin, donde he quedado con Gael.

Sigo sin saber adónde vamos ni qué es lo que se supone que vamos a hacer, por lo que los nervios me acompañan durante todo el camino. Lo veo a lo lejos, esperándome en la puerta. Aprovecho la oportunidad para acercarme por detrás y darle un abrazo que le pilla por sorpresa.

—Te sientan bien las mañanas —me dice mientras me devuelve el abrazo.

—Es mi forma de hacerte la pelota para que me digas qué es lo que estás tramando.

Suelta una carcajada.

—En breve lo sabrás. Paciencia, pelirroja.

Lo sigo hasta la parada del tranvía y tardamos veinte minutos en llegar a nuestro destino. Durante el trayecto contemplo cada una de las calles por las que pasamos, repletas de personas que disfrutan de esta mañana soleada de domingo. Mayo ha empezado a traer consigo el calor y, a pesar de estar a principios de mes, la temperatura es perfecta para disfrutar de un día al aire libre.

Cuando llegamos, no puedo evitar mirar fascinada el parque que hay frente a nosotros.

—¿Dónde estamos?

El irlandés me mira un poco ruborizado pero con una ancha sonrisa en la cara.

—En el parque Fénix.

—¿Cómo es que no lo conocía?

Creía haber visto muchas de las cosas más importantes de la ciudad, pero no había oído hablar de este sitio.

Se encoge de hombros.

—Es bastante famoso, pero tienes que conocerlo bien para disfrutarlo. Por suerte, vas con el mejor guía de todo Dublín.

Aún un poco alucinada, pues a lo lejos veo una extensión verde repleta de árboles y caminos tres veces más grande que el Retiro, acompaño a Gael hasta una especie de puesto junto a la puerta en el que no me había fijado.

No tardo mucho en comprender que es para alquilar bicis. Gael debe de conocer al dueño, pues cruza un par de palabras con él y, poco después, los dos estamos sobre ellas.

—Sabes montar, ¿no?

Resoplo, fingiendo molestia.

—¡Pues claro que sí! ¿Por quién me tomas?

Divertido, pone su pie izquierdo sobre el pedal y me mira.

—Era por asegurarme, te espera un largo día sobre ese sillín.

—¿Vamos? —le apremio, emocionada.

—Vamos.

Empezamos a pedalear y nos perdemos entre los caminos del parque.

Es incluso más grande de lo que parecía desde fuera, kilómetros y kilómetros de césped verde se extienden frente a nosotros y una brisa ligera me acaricia la cara mientras los recorremos. Gael parece conocer cada recoveco de este sitio, pues a veces de pronto gira hacia un lado o se mete por un camino más escarpado que nos lleva a lugares un poco más escondidos, pero especiales.

De vez en cuando sacamos nuestro lado más competitivo y nos da por empezar una carrera que ambos nos empeñamos en ganar. Pedaleo con todas mis fuerzas, intentado superarlo en velocidad, y él me dedica una sonrisa burlona a escasos metros de distancia.

La primera vez gana él.

La segunda, yo. Aunque sé perfectamente que no ha sido una victoria justa y que ha fingido despistarse con una ardilla, me callo.

Un par de horas después pasamos por una terraza y compramos rápidamente varias cosas para picar. Aún en la bicicleta, pedaleamos hacia un sitio cuya ubicación Gael presume de conocer solo él.

Es curioso, la Carola de hace un año no se habría imaginado ni en sueños que hoy estaría aquí, con otra persona que no fuera Adrián. Me da por pensar que todo ha sido una especie de proceso, uno muy lento, en el que poco a poco me he ido dando cuenta de que tengo que ponerme por delante a mí misma, a mis sueños. Creo que, en realidad, desde que llegué aquí he empezado a conocerme, y no porque antes me dedicase a fingir todo el rato y a ocultar mi verdadera personalidad, sino porque..., de una forma u otra, tenía miedo.

No puedo achacarle la culpa de todo a Adrián en ese

sentido. Es cierto que él ha sido el freno principal en muchos momentos de mi vida estos últimos años. Pero, si soy realmente sincera conmigo misma, dentro de mí estaba aterrada. Porque el problema no es querer perseguir un sueño.

A veces llegas a tener tanto miedo que ni siquiera te atreves a soñarlo.

Y esa era yo antes. Me preguntaba a mí misma si merecía la pena pensar siquiera en salir de casa, de mi ciudad, el sitio que me había visto crecer y al que ya estaba acostumbrada. Los cambios no son fáciles, son un ejercicio increíble de valentía para el que no siempre estás preparado. Por eso creo que el otro freno era yo misma.

Ignoro de dónde saqué las agallas para irme a Madrid. Creo que, en el fondo, ni siquiera me esperaba entrar en la carrera allí. Pero lo hice, y tenía a mis dos mejores amigas para apoyarme. Puede que ese fuera el primer paso, sin darme cuenta, y quizá allí fue donde comprobé que a lo mejor sí podía atreverme a soñar un poco más alto.

Y ahora estoy aquí, y me parece increíble.

Gael me saca de mis pensamientos cuando pega un frenazo que casi hace que acabe en el suelo.

Nos bajamos de las bicis y las dejamos junto a un árbol.

Miro a mi alrededor, esperando encontrar qué es eso tan especial que me había comentado, pero no veo nada fuera de lo común.

—¿Dónde estamos?

—En la zona norte —me explica mientras deja la bolsa con las cosas que hemos comprado—. Ven, sígueme.

Andamos durante unos minutos hacia una parte del parque que está totalmente desocupada. El sol nos incide directamente en la cara y me limpio unas gotas de sudor de la frente. Gael me toma de la mano y me guía sin dejar de prestar atención a los árboles que nos rodean. Cuando llegamos a un claro, me paro en seco.

—No hagas mucho ruido —me dice entre susurros—. No queremos que se asusten.

Asiento, porque ni aunque tuviese algo que decir sería capaz de articular palabra.

Frente a nosotros, a solo unos metros, una familia de ciervos descansa bajo la sombra que les proporcionan las copas de los árboles. Dos de ellos, tan pequeños que ni siquiera les han crecido los cuernos, juegan a su alrededor yendo de aquí para allá y se revuelcan en el césped de vez en cuando.

—Gael, esto es... —Me quedo callada sin saber qué decir—. ¿Cómo es posible?

—Es una reserva natural, aquí están protegidos —me explica—. Podemos acercarnos, si quieres.

Lo miro ilusionada.

—¿En serio?

Se ríe.

—Claro, ven.

Sin soltarme, Gael se acerca con calma hacia ellos.

Yo voy un poco más precavida. Nunca he tenido animales tan grandes cerca, como mucho el gato que mi hermana pequeña se empeñó en meter en casa hace unos años (para disgusto de mi madre), por lo que no sé cómo se supone que debo comportarme frente a ellos.

Pero Gael parece tenerlo todo controlado. Sin hacer movimientos bruscos, supongo que para no espantarlos, da un paso tras otro con mi mano aún entre sus dedos. Estamos cerca de los dos cervatillos, que siguen sin parar de moverse y, cuando se percatan de nuestra presencia, uno de ellos se aleja y se tumba junto con sus padres.

Sin embargo, el otro se aproxima a nosotros con curiosidad.

Me quedo quieta, temerosa de espantarlo con tan solo respirar, y Gael suelta una pequeña carcajada. Noto su hocico sobre el cárdigan, me está olisqueando, y clava en mí sus ojos oscuros.

La mano del irlandés se mueve y, con suavidad, me posa algo sobre los dedos.

—¿De dónde has sacado una zanahoria?

Se encoge de hombros y sonríe.

—¿Tienes poderes y tus bolsillos son como el bolso de Mary Poppins? —pregunto divertida pero sin levantar la voz.

—Las he comprado en la terraza por la que hemos pasado —me explica.

Noto al ciervo agitarse.

—¿Qué le pasa?

—Que quiere comer.

Gael guía mi mano hacia el cervatillo y, sin esperar ni un solo segundo, me arrebata la zanahoria.

Todavía un poco alucinada mientras lo observo masticar, Gael saca otra y me la tiende. Esta vez suelta mis dedos y deja que se la dé yo sola. Noto los ojos de Gael puestos sobre mí y alzo la cabeza. Me mira con un brillo especial, uno que hace que mi corazón se ensanche y que las piernas amenacen con fallarme. Con las mejillas algo ruborizadas, vuelvo la vista al animal, que me hace cosquillas cuando me la quita de nuevo, y contemplo divertida cómo, una a una, se zampa todas las reservas que el irlandés se ha embutido en los bolsillos.

Al cabo de unos minutos, rescatamos las bicicletas de donde las hemos dejado, pero en vez de volver a subirnos a ellas, caminamos el uno junto al otro.

—Eso ha sido...

—Increíble —termina él por mí.

—¿Vienes mucho por aquí?

—Cada vez que lo necesito, es mi sitio seguro. Los ciervos se pasean a lo largo del parque sin parar y la gente los visita, pero ese claro siempre está vacío.

—¿En qué piensas cuando vienes? —me atrevo a preguntar.

Suspira.

—En muchas cosas. Al principio venía solo cuando podía. Al vivir en las afueras no era tan fácil, así que aprovechaba las ocasiones en las que visitábamos a mi tía para escaquearme. Pensaba en cómo era posible que suspendiera Matemáticas después de pasarme toda la semana estudiando sin parar.

—Qué profundo —digo con guasa.

—Eh, que tenía doce años. —Se ríe—. Luego empecé a venir aquí porque me gustaba el silencio que me aportaba este sitio. Vivir con dos hermanos mayores no es fácil al fin y al cabo. Aquí fue donde decidí que quería dedicarme a la gastronomía; a pesar de que en el fondo siempre lo había sabido, no fue una decisión tan simple, es algo arriesgado cuando no tienes recursos para pagarte los estudios. Y también he venido aquí a pensar en... —Me mira de reojo.

—¿En mí?

Asiente, un poco avergonzado.

—Alguna que otra vez, sí —añade tratando de aparentar tranquilidad—. Me preguntaba cómo era posible que alguien tirase tantos platos en menos de una hora.

Me río.

—Yo nunca he tenido un lugar donde buscar paz —reconozco al cabo de unos minutos.

Nos detenemos al llegar a uno de los caminos principales.

—Podemos compartir este si quieres.

—Es tu sitio especial, no podría.

Se encoge de hombros.

—Si vienes tú harás que sea un sitio único.

Nos quedamos callados varios segundos. El corazón me va a mil y, sin pensarlo dos veces, acerco mi cara a la suya y le doy un beso tierno en los labios.

—Gracias… —susurro al separarme.

—No me las des. —Carraspea—. Es lo normal.

Le sonrío.

Volvemos a montarnos en las bicis y, mientras pedaleamos de regreso a la puerta principal, no puedo evitar pensar que por primera vez creo que Gael no tiene razón.

Esto, lo que hay entre nosotros, no es para nada normal.

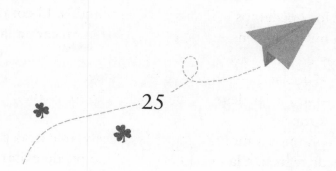

25

Son las nueve de la noche del viernes cuando Gael me llama.

—¿Sabes que la dependencia emocional es un problema muy serio? —bromeo al descolgar.

Nos hemos visto hace unas horas. Al salir de clase me he acercado al bar y he comido algo allí antes de irme a la biblioteca.

Escucho su risa a través del teléfono.

—Tengo una buena excusa, lo prometo.

—Dispara.

Pauso el capítulo de *Las chicas Gilmore* que tenía de fondo y voy del salón a la cocina para coger un vaso de agua.

—Del uno al diez, ¿cuánto te apetece ver a Hood este fin de semana?

Me quedo con el vaso a medio camino y pego un grito de emoción.

—¡Mil! ¡Un millón! ¿Lo dices en serio?

—Creo que me he quedado sordo.

Me río.

—¿Lo vas a traer de vuelta a la ciudad?

—No. Mañana es el cumpleaños de mi madre y van a hacer una pequeña fiesta en mi casa. Iré a pasar el día y luego volveré, aprovecharé para estar con Hood todo el tiempo que pueda.

Me quedo callada.

Una comida… ¿con su familia?

El irlandés debe de interpretar mi silencio, pues sigue:

—Sé que parece algo muy formal, pero no lo es. Como el otro día me dijiste que te apetecía mucho verlo…, estás invitada, si quieres.

—Entonces… ¿es algo informal?

—Sí.

Tardo un poco en contestar.

Eso de la comida no me suena a mí a algo muy casual, pero mis ganas de ver a Hood y pasar un rato con él son tan grandes que acabo contestando:

—Me parece bien… ¿Debería llevar algo?

—Puedes hacer un pastel si quieres.

—¿Estás seguro? Si no hubiera sido por ti, la última vez habría acabado envenenada.

—Un pastel para Hood, él se come cualquier cosa —aclara.

—Vaya, es el mejor cumplido que me han hecho nunca.

Escucho su risa ronca.

—Mañana por la mañana paso a por ti, ¿vale?

—Vale.

Cuelgo y vuelvo a sentarme en el sofá.

«Es algo informal», me repito.

Pero los nervios que han empezado a crecer en mi pecho no me dicen lo mismo.

Los padres de Gael viven en Bray, un pueblecito costero a una hora de Dublín.

El viaje en coche se me pasa rapidísimo. El irlandés me ha recogido en la puerta de casa temprano y hemos pasado todo el camino charlando y jugando a los juegos de carretera más tontos que se nos han podido ocurrir. He tenido que explicarle cómo se jugaba al veoveo. ¿Cómo ha podido vivir, el pobre, todo este tiempo sin conocerlo? De pequeña, cada vez que mis padres nos llevaban a mí y a mi hermana a cualquier sitio, era obligatorio jugar durante el trayecto.

Por desgracia, me ha ganado él. En mi defensa diré que «farola» no es una palabra que utilice todos los días cuando hablo en inglés.

Cuando llegamos, Gael aparca en la entrada de una casa muy pintoresca rodeada de un pequeño jardín y de césped. La fachada es marrón, desde fuera parece tener dos plantas y los ventanales están pintados de blanco. Hay varias estatuillas dispuestas aquí y allá un tanto extrañas: un cisne, dos duendes, varias ranas...

—¿Eso es un perro haciendo caca?

No puedo evitar reírme al verlo.

—A mi madre le gustan todas esas cosas, mi hermano se la regaló una Navidad por hacer la gracia, nadie pensaba que fuera a ponerla de verdad.

Lo sigo hasta la puerta principal. Entre mis manos llevo una pequeña bandeja con el bizcocho que he podido cocinar con el poco tiempo que tenía.

—Antes de entrar, debo avisarte de que mis hermanos son... un poco liantes. Les gusta mucho molestar, no dudes en mandarles a la mierda si lo necesitas. Tienes mi permiso.

—De acuerdo —respondo con una sonrisa nerviosa.

Gael abre la puerta con sus llaves y, en cuanto ponemos un pie dentro, un olor especiado llega hasta mis fosas nasales.

Escucho unos ladridos acercándose a nosotros.

Hood atraviesa corriendo lo que parece la puerta del salón.

—Cómo te he echado de menos —le digo al peludo mientras le acaricio la cabeza.

—¿Por qué no me sorprende que haya ido directo a ti? —se queja Gael.

—Es que llevamos tiempo sin vernos —respondo mientras el perro me da un par de lametones en la mano.

—¿Gael?

Una mujer de pelo rubio ya entrada en años aparece en la entrada con un delantal puesto y una sonrisa radiante en la cara.

—Hola, mamá. —Va a darle un beso en la mejilla.

—¡Has llegado en el momento justo! Necesito ayuda en la cocina. —Entonces se percata de mi presencia y se acerca con alegría—. ¡Tú debes de ser Carola!

Dice un par de cosas más que no llego a entender del todo bien, pero le sonrío de todas formas.

Sin esperármelo, la mujer me da un fuerte abrazo que casi hace que se me caiga el bizcocho.

—Mamá, recuerda que te dije que es española.

—¡Es verdad! Perdona. Después de haber pasado tantos años en este pueblo, se hace difícil no usar algunas expresiones, ya me entiendes —explica amable—. Que alegría que hayas venido, soy Anna.

—Encantada, y no se preocupe.

—Ven, deja eso en la cocina.

La seguimos hacia la sala contigua. Hay varias ollas en el fuego y una tabla para cortar repleta de verdura.

Gael toma la bandeja de mis manos y la deja en un lado de la mesa.

—¿De zanahoria? —pregunta divertido al mirar dentro del envoltorio—. Sabes que en esta zona no hay ciervos, ¿no?

Me encojo de hombros.

—Es lo que tenía en la nevera.

—¡¿Ha llegado ya Gael?! —pregunta una voz masculina.

—¡En la cocina! —responde la madre—. Habían ido un momento a comprar al supermercado unas cosas que me faltaban, ¿a qué son buenos, mis niños?

Por la puerta aparecen dos chicos tan altos como Gael.

—¡Hermano! —dice uno de ellos—. Qué bien que estés aquí, empezábamos a aburrirnos sin ti.

—Qué pena no poder decir lo mismo —responde Gael con guasa.

—Cómo le gusta hacerse el duro —comenta el otro hermano—. Y encima con acompañante. No te preocupes, preciosa, estamos aquí para salvarte.

Me guiña un ojo exagerando mucho el gesto y me río mientras el otro hermano le da un codazo.

—Carola, estos son mis hermanos mayores. Colin... —Señala al de la izquierda, que tiene el pelo castaño y los ojos verdes—. Y Declan. —Este último también es rubio, pero sus ojos son marrones, al igual que los de su madre—. A veces me da por pensar que soy adoptado. Como puedes ver, no son muy normales.

Los hermanos sueltan una carcajada.

—Más quisieras —responde Declan.

—¿Esa voz que oigo es la de Gael? —Un hombre, el cual supongo que es su padre, aparece detrás de sus hermanos. Tiene el pelo canoso, pero ahora entiendo de dónde ha sacado Gael sus preciosos ojos verdes.

—¿Qué tal, hijo?

Se dan un abrazo y varias palmaditas en la espalda.

—Bien, papá. ¿Tú qué tal estás?

—Pues muy delgado, ¿es que no lo ves? —responde Anna por él—. Estoy haciendo un estofado bien cargado de carne para remediarlo.

—Como cada sábado —dice el padre con una sonrisa y se vuelve hacia mí—. Tú eres Carola, ¿no? —Asiento—. Oscar, un placer.

Me da la mano a modo de saludo y vuelve a fijar la vista en su hijo.

—¿Ayudas a tu madre mientras nosotros ponemos la mesa?

—Claro —responde Gael.

Una vez que desaparecen por la puerta en dirección al salón, me dispongo a echar una mano en lo que pueda en la cocina.

Charlo un rato con la madre de Gael mientras él corta varias verduras a mi lado.

Su madre es muy dulce y no deja de hablar ni un solo segundo. Me pregunta cosas sobre mí, lo que estudio y varias curiosidades sobre España. También alaba a su hijo y hace que este acabe avergonzado, pidiéndole suavemente que pare, pero ella se niega y sigue. Incluso lo amenaza con sacar luego el álbum familiar para enseñarme fotos suyas de pequeño.

Se me hace muy raro estar aquí, pero me siento cómoda mientas hablamos. Verlos cocinar juntos y comentar cuándo añadir algún ingrediente me parece lo más tierno del mundo y hace que comprenda por qué Gael me comentó que su madre siempre le había animado en su pasión por la cocina. La comparten.

Me da por echar de menos a mis padres. A pesar de que hablo con ellos cada semana, al fin y al cabo llevo sin verlos tantos meses que a veces me resulta un poco duro estar lejos de ellos. Me prometo a mí misma pasar más tiempo con ambos este verano, cuando esté de vuelta en casa.

Cuando está todo listo, los ayudo a llevar las cosas al salón y comemos mientras, como Gael me había advertido, sus hermanos se dedican a hablar sin parar y a meterse con él con cariño.

—No siempre son así —me explica la madre.

—Sí que lo son —se queja Gael.

—Le damos alegría a tu vida —comenta Declan.

—Todo esto solo te hace más duro —añade Colin, divertido—. Deberías darnos las gracias.

Siguen con su tira y afloja hasta el postre.

—Niños, vais a asustar a la novia de Gael. ¡No va a querer volver nunca!

Creo que mis mejillas se tiñen de rojo al oírla decir eso.

¿Gael les ha contado que somos pareja?

—¡Mamá! —exclama él entonces. Por su gesto, está igual o incluso más avergonzado que yo—. Carola... —Carraspea, como si le costara pronunciar sus siguientes palabras—. No es mi pareja.

Anna se vuelve en el asiento, apurada.

Declan y Colin nos miran alternativamente, guiñándonos el ojo y sin dejar de reírse. Bajo la mirada a mi plato, de repente interesada en lo bonita que es la vajilla.

—Ay, cielo, ¡perdón! Es que os he visto tan... —Duda—. Bueno, nada. ¡Tenéis una amistad muy bonita!

La pobre no sabe dónde meterse, así que le dedico una leve sonrisa y le digo:

—No se preocupe.

—Son mejores amigos —suelta Declan.

—De esos que lo comparten todo, seguro —añade Colin.

—Os voy a matar —contraataca Gael.

—Bueno, ya está bien. —Oscar les corta antes de que presenciemos un asesinato de verdad. Porque si las miradas matasen, Gael se habría deshecho de sus hermanos en menos de un segundo—. Traed la tarta.

Intentamos dejar a un lado lo que acaba de pasar. Gael me dedica una mirada de disculpa a la que respondo quitándole importancia con la mano. Aunque lo cierto es que aún noto como si mi corazón fuera a salirse de mi pecho.

Todos cantamos «Cumpleaños feliz» y los hijos sacan un regalo sorpresa para su madre.

—No tendríais que haberos molestado...

—Tú ábrelo, que te va a encantar —la apremia Declan.

Cuando lo desenvuelve, ahogo una carcajada.

—Os voy a matar —les dice Gael—. Me dijisteis que le ibais a comprar un delantal bordado, ¿os habéis gastado mi dinero en... eso?

—Eh, *nuestro* dinero —le corrige Colin—. Y el delantal era muy aburrido, esto tiene más gracia.

—¿La estatua de un gato lamiéndose... sus partes íntimas os parece un regalo útil?

—Uy, qué delicado.

—Es que ahora es un chico de ciudad —añade Declan descojonándose.

—¡Me encanta! —dice la madre—. Lo pondré al lado del perro.

—Ahí quedará genial, cariño —le dice Oscar.

Gael se lleva las manos a la cabeza, me mira y articula con los labios:

—¿Ves? Están locos.

Después de la comida, Gael y yo nos vamos a dar un paseo por la playa de Bray con Hood.

Desde que visité Howth con Eva no había vuelto a ver el mar, y lo echaba mucho de menos. Hemos cogido uno de los juguetes del perro, que se divierte frente a nosotros yendo de aquí para allá buscándolo cada vez que se lo tiramos o metiéndose en el mar.

La brisa marina nos acaricia la cara y, si no fuera porque Gael me ha dejado una sudadera, ahora mismo estaría helada.

Con los zapatos en la mano, mis pies se hunden en la arena a cada paso que damos y no puedo evitar mirar a mi alrededor. La playa está escondida entre lo que parecen dos acantilados preciosos, el mar choca a lo lejos con unas cuantas rocas y el cielo, a pesar de estar algo nublado, se ve precioso.

—Siento lo que ha pasado en la comida.

Me vuelvo hacia Gael y veo su gesto apurado.

—No te preocupes...

Nos quedamos callados unos segundos más, únicamente escuchando el sonido de las olas y los ladridos de Hood.

Quiero hablar con Gael sobre lo que somos, pero me da miedo ponerle un nombre a lo nuestro y hacerlo oficial porque ¿qué pasará cuando me vaya dentro de unos meses? Mi estancia aquí tiene una fecha de caducidad, y no quiero que ambos salgamos malparados cuando me vaya. Pero, al mismo tiempo, siento cierta curiosidad. ¿Qué opina Gael? Quizá él también piensa que lo mejor es seguir como estamos. Tal vez sus sentimientos no son lo bastante fuertes para sacar el tema y hablarlo. Puede que prefiera que las cosas se queden así.

Pero, en el fondo, algo dentro de mí se agita al considerar esa posibilidad.

Trato de pensar en un modo natural de sacar el tema, la intriga se abre paso en mi cabeza y me pide a gritos que le pregunte. Pero cuando estoy a punto de hacerlo, Gael comenta divertido:

—Ya verás la bronca que me va a caer cuando lo meta en casa lleno de arena.

Miro al perro, que sigue corriendo de un lado para otro sin parar. Se ha mojado y revolcado en la arena sin pudor. Me saca una sonrisa.

—Tiene que haber sido increíble criarse aquí —comento.

—Sí. Está bastante bien. Es un sitio pequeño, nos conocemos todos.

—En mi ciudad pasa igual.

—¿La echas de menos?

Me lo pienso durante unos segundos.

—La verdad es que no —admito—. Echo de menos a mi familia y a mis amigas. Pero por lo demás... Adoro mi ciudad, pero me gusta mucho conocer sitios como este.

—Entiendo —responde.

—¿Te costó mucho mudarte a Dublín?

—Sí y no. Estaba muy acostumbrado a mi vida aquí y me dio pena dejarla, pero necesitaba dinero si de verdad quería estudiar en una escuela culinaria. Allí he construido otra vida, tengo mi trabajo y cada vez me queda menos para conseguir lo que quiero.

—¿Tienes algún sitio pensado?

Se encoge de hombros y suelta un poco de aire. El pelo se mece sobre su cara y se lo echa hacia atrás con la mano.

—No. Probaré en todas las escuelas que pueda hasta que una me acepte.

Me quedo unos segundos pensativa.

—Es curioso no saber lo que te depara la vida... Me gusta.

Lo miro y me encuentro con sus ojos verdes.

—Es mejor dejarse llevar que luchar contra ella, supongo.

—¿Y si no lo conseguimos? —pregunto, de repente abatida—. ¿Y si por más que lo intentemos con todas nuestras fuerzas no es suficiente?

Hood vuelve a por nosotros con la lengua fuera y nos ladra, divertido.

Le acaricio el hocico.

—Carola, lo conseguirás.

—¿Cómo lo sabes?

Tarda unos segundos en contestar.

Acerca su mano a la mía y me la toma.

De repente, nos paramos. Varios mechones de pelo se han escapado de mi trenza y se agitan a sus anchas con la brisa. Gael me acaricia la piel con el pulgar y, solo con ese gesto, me siento un poco reconfortada.

—Porque te veo —me explica—. Eres fuerte, decidida y valiente, aunque no te des cuenta. Puedes conseguir todo lo que te propongas.

Sus ojos, convencidos de cada una de las palabras que ha dicho, se clavan en los míos.

—Gracias… —respondo en un susurro y le devuelvo la caricia.

Me cosquillean los labios, pidiéndome a gritos unirse a los suyos, pero una gota de agua cae sobre mi frente y me sobresalta.

Hood rompe a ladrar y Gael mira al cielo.

Empiezan a caer gotas de manera más seguida.

—Vamos —me apremia—. Aquí, cuando llueve, es mejor que no nos pille en la playa.

La lluvia se intensifica mientras corremos por la arena con las manos aún unidas. Hood nos sigue, obediente. A pesar de habernos dado prisa, cuando llegamos a su casa estamos empapados.

—Dios santo —dice Anna en cuanto nos ve—. ¡Os va a dar una pulmonía! A la ducha, corred.

—No hace falta, esto se seca en un momento… —empiezo a decir.

—Tonterías, no voy a dejar que os vayáis de aquí enfermos. ¡O peor!, que tengáis un accidente de vuelta a Dublín. Es mejor que os quedéis aquí a dormir.

Agrando los ojos, pero no me atrevo a llevarle la contraria a su madre.

¿Cómo voy a dormir aquí, en su casa?

—Tenemos una habitación de invitados —me indica entonces Anna—. Gael, enséñale dónde está el cuarto de baño, yo os subiré ropa limpia.

—Mamá, no podemos quedarnos. Mañana me toca turno en el bar.

—Yo hablaré con Liam si hace falta, pero no me quedaré tranquila si cogéis el coche con esta tormenta.

Como para darle la razón, el sonido de un trueno se escucha a lo lejos y me estremezco.

—¡Arriba!

Sigo a Gael hasta el baño. La verdad es que noto la piel helada y la trenza se me pega al pecho de lo mojada que está.

—Dentro hay toallas limpias... —me explica—. Lo siento, mi madre es una cabezota..., pero la verdad es que no es seguro coger el coche por esta zona cuando hay tormenta.

Asiento. Lo comprendo.

—No te preocupes...

Se rasca la cabeza y me mira.

—Yo... iré al otro cuarto de baño.

—Vale.

Se dirige al fondo del pasillo y cierro la puerta.

Bajo el agua caliente de la ducha no puedo evitar sentir unos nervios descontrolados en mi estómago.

Estoy en casa de Gael, con su familia, y voy a dormir aquí.

Cambio la temperatura del agua y me la pongo fría, pensando que a lo mejor eso me ayuda con el agobio.

Cuando salgo de la ducha y voy a la habitación de invitados que me ha enseñado Gael, encuentro sobre la cama unos pantalones de chándal grises y una sudadera blanca. Me los pongo y bajo al salón, donde los hermanos de Gael charlan sin parar.

Cenamos todos juntos las sobras de la comida y, unas horas más tarde, me despido de ellos con la intención de irme a dormir.

Gael me acompaña, en silencio, y nos detenemos frente a la puerta.

—Yo dormiré allí. —Señala el final del pasillo—. Si necesitas cualquier cosa...

—Vale.

Nos quedamos callados.

Levanto la vista, buscándolo. Estamos muy cerca y contengo el aliento cuando noto sus manos subir hasta mi mejilla y hacerme una suave caricia.

Casi ni respiro cuando sus labios se posan sobre los míos y me da un beso tierno, inocente.

—Que descanses bien —me dice entre susurros.

—Tú también —respondo casi sin aliento.

Ya sola, en mi habitación, me meto en la cama, apago la luz de la lámpara que hay junto a ella y cierro los ojos con fuerza.

Dormir, necesito dormir.

Mañana será un nuevo día y regresaremos a Dublín, donde todo volverá a la normalidad.

Pero ¿cuál es la normalidad?

La realidad es que Gael y yo llevamos semanas viéndonos sin parar, durmiendo juntos y haciendo planes propios de una pareja. Pero no lo somos, aún no hemos hablado de ello, y reconozco, un poco avergonzada, que parte de eso ha sido por mi culpa. A lo mejor lo de venir a pasar el día a su casa no ha sido una buena idea. Me ha encantado conocerles y lo he pasado bien, pero ¿de qué sirve esto?

Salir en serio con alguien puede hacer que todo se venga abajo tan rápido que, para cuando te quieres dar cuenta, ya te encuentras en el fondo sin posibilidades de salir. Es ahí cuando empiezan los reproches, las discusiones y los límites.

Ese pensamiento me agobia y hace que, unas horas más tarde, siga sin poder dormir y dé vueltas en la cama sin descanso, buscando una postura cómoda que sé que no voy a encontrar.

Resoplo.

Entre que no dejo de darle vueltas a la cabeza y que me he acostumbrado a dormir con Gael, con su olor a madera y sus dedos haciéndome cosquillas en la tripa, creo que va a ser imposible que hoy pegue ojo.

Un rato más tarde, me doy por vencida.

Salgo de la cama y abro la puerta de mi habitación con cuidado. El pasillo está a oscuras y no se oye ningún ruido; todos están durmiendo.

Pero cuando pongo un pie fuera, un susurro me sobresalta.

—Carola.

Pego un brinco y me doy un golpe en el pie con la esquina de la puerta.

—¡Auch! —exclamo en voz baja.

—¿Qué haces aquí?

Gael se acerca a mí deprisa y me sujeta por el brazo mientras me toco el pie dolorido.

—¿No debería preguntarte eso yo a ti? Me has dado un susto de muerte.

—Perdona.

Entramos en mi habitación para no despertar a nadie. Me siento sobre la cama y Gael enciende la lámpara.

—Iba a por un vaso de agua —le explico.

—Si quieres, bajo a por él —se ofrece.

—No te preocupes.

En un pestañeo, se acerca y se inclina para ver mi pie.

—No te has hecho nada —dice tras examinarlo.

—¿Cocinero de éxito y médico a tiempo parcial? —digo con guasa.

Se ríe en voz baja.

—Yo... no podía dormir —me confiesa.

—¿Ibas también a la cocina?

Un poco avergonzado, se rasca la cabeza y me mira.

—La verdad es que no. Llevo como veinte minutos frente a tu puerta, sopesando si despertarte o no.

Lo miro sorprendida y algo dentro de mí se calienta.

—Yo... —Carraspeo—. Tampoco podía dormir.

Nos quedamos callados unos segundos.

—¿Quieres... dormir aquí?

La pregunta me sale sola, sin pensar.

Pero no me arrepiento de hacérsela.

—Claro.

Nos metemos en la cama y Gael nos tapa a ambos con la manta.

Me envuelve entre sus brazos y descanso la cabeza sobre su hombro. De repente, respiro un poco más calmada.

—Siempre tienes la piel muy suave —me dice mientras me acaricia la cintura.

Alzo la vista y me encuentro con su mirada.

No le contesto, solo me dejo llevar por un impulso repentino.

Le beso, pero no de una forma tímida ni delicada. Lo hago con ganas y pongo una mano en su cuello para acercarlo aún más a mí. Sé que esto no está bien, que estamos en casa de sus padres, por Dios, pero algo dentro de mí ha despertado y necesito las manos de Gael por todo mi cuerpo con urgencia.

Él responde al segundo. Enreda su lengua con la mía y cuela la mano bajo la sudadera. Me acaricia el pecho y hace que suelte un pequeño gemido.

—Carola..., si vamos a hacer esto —dice entre jadeos—, tiene que ser sin hacer ruido.

Asiento, porque ahora mismo le daría la razón a cualquier cosa con tal de que no me quite las manos de encima.

Me dedica una sonrisa ladeada, divertido, y vuelve a besarme con necesidad.

La ropa rápidamente desaparece y se arremolina a nuestros pies.

No tardamos mucho en estar unidos. Gael se hunde en mí y me siento llena. Enredo mis piernas alrededor de su cintura, buscando más profundidad, y él suelta un gruñido por lo bajo.

Nos movemos juntos y siento que mi piel se eriza con cada embestida. Gael entra y sale de mí sin separar sus ojos de los míos, como si intentara transmitirme todo lo que siente con la mirada, con caricias, besos, con todo.

Clavo las yemas de los dedos en su espalda y acerco mis labios a los suyos para volver a besarlo.

La electricidad que siento a su lado no es normal. Estoy segura de que si alguien quisiera estudiarla sería algo imposible, incoherente. Lo es incluso para mí. Porque no puedo controlar lo rápido que me late el corazón mientras Gael se mueve sobre mí ni el temblor que me traspasa cuando termino. No entiendo cómo mi piel sigue sintiendo esa descarga cuando él también termina y se tumba a mi lado sin soltarme, como si temiese que me fuera a marchar.

Es por eso, porque aún no lo entiendo y me aterra, que le digo:

—Gael...

Está medio adormilado. Varios mechones de pelo le caen sobre la frente y se los aparto con cariño mientras me doy la vuelta para quedar cara a cara.

—¿Mmm? —murmura.

—Esto..., lo que somos, es informal, ¿no?

Entonces sí que abre los ojos y clava en mí esos profundos iris verdes.

—¿Qué quieres decir?

—No somos pareja ni nada de eso, solo... pasamos el rato juntos, disfrutando el uno del otro, ¿no?

La voz me tiembla un poco.

Un brillo desconocido cubre su mirada y la mano que me había estado acariciando hasta ahora la cintura se detiene.

—Claro —dice con voz ronca.

Y no tengo ni idea de por qué, pero me rompo un poco al escucharle decir eso. Puede que antes tuviese razón, puede que sus sentimientos no sean tan grandes como para hacer esto más serio.

Trago saliva.

—Sin etiquetas.

Toma una bocanada profunda de aire y, de repente, me aprieta más contra él.

Con su barbilla apoyada sobre mi cabeza, repite:

—Sin etiquetas.

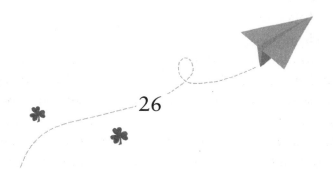

26

—Está un poco torcido.

—¿Qué dices? Está perfecto.

Miro de nuevo el adorno y niego con la cabeza.

—Tiene el lado izquierdo más bajo, súbelo un poco.

Eva me hace caso y alza un poco más la cuerda repleta de banderines donde pone: FELIZ CUMPLEAÑOS.

Cuando está pegada, volvemos a la cocina y empezamos a preparar el aperitivo.

Hoy es el cumpleaños de Leire y hemos decidido hacerle una pequeña cena sorpresa en nuestra casa. Algunos amigos del Erasmus ya están aquí, tomándose unas cervezas mientras esperamos a que ella y Tom lleguen.

—¿Y la tarta?

—La trae Gael, debe de estar al llegar.

—Qué mono... —Eva suspira—. Guapo, bueno y cocinero, ¿tiene algún defecto ese chico?

Me río por lo bajini, recordando la conversación que tuvimos nosotros sobre el tema la semana pasada.

—Supongo que no.

El timbre de la puerta suena y Eva va corriendo a abrir.

—¡Nuestro pastelero a domicilio ha llegado!

Gael, un poco avergonzado, deja la tarta sobre la mesa y se acerca a mí.

—Hola —lo saludo.

—Hola.

Lo miro y unas ganas tremendas de besarle se apoderan de mí. Pero, en vez de hacer eso, le sonrío. Eva y mis amigos saben perfectamente lo que hay ahora mismo entre nosotros, pero se me hace raro darle un beso aquí en medio, sobre todo después aclarar que esto es algo informal. Desde que hablamos sobre ello, noto a Gael un poco más tenso, pero no me ha dicho nada y yo no quiero volver a sacar el tema.

Estamos bien así.

—Vaya —exclama Eva—. Tiene una pinta increíble.

Como era de esperar, la tarta es impresionante. Tiene dos pisos, está cubierta por una capa de chocolate blanco y arándanos, y pide a gritos ser probada.

Nos afanamos poniendo las velas y, unos minutos después, Tom nos manda un mensaje para avisarnos de que están aquí.

Apagamos las luces corriendo y yo me escondo detrás de la mesa de la cocina.

Gael se agacha a mi lado.

Trastabillo, pero su mano me sostiene y evita que me caiga.

—Tan patosa como siempre.

—Solo cuando estoy contigo.

Nos dedicamos una sonrisa tonta y aprovecho que estoy apoyada en él para acortar la escasa distancia que nos separa y darle ese beso que he estado conteniendo desde que ha llegado.

No me dice nada, solo me lo devuelve y me sostiene por la cintura, pegándome un poquito más a él.

—Ya están aquí —nos susurra Eva a todo el mundo.

Le hemos dado unas llaves a Tom para que todo fuera más fácil, así que en cuanto escuchamos el sonido de la cerradura y vemos la puerta abrirse, alguien enciende las luces y todos nos levantamos.

—¡Sorpresa!

De primeras, Leire se pega un susto de muerte.

—¿Pero qué...? —exclama mientras se lleva las manos a la boca—. ¡Pensaba que solo íbamos a cenar algo!

—Y eso vamos a hacer, pero con un poco más de gente y en tu honor.

La cumpleañera se pone a dar saltitos de alegría y a saludar a todo el mundo.

Tampoco es que seamos muchos, después del desastre de la fiesta de hace unos meses, hoy nos hemos limitado a invitar a unas quince personas y a poner la música lo más bajo posible. Pero algo es algo, y a Leire parece encantarle igualmente.

Cantamos «Cumpleaños feliz» entre todos y ella sopla las velas. Me fijo en que Tom no se separa de su lado sin dejar de sonreír.

La fiesta va bien y nos pasamos el rato charlando y picoteando de los platos rebosantes de comida que hay repartidos por toda la casa. Cuando llega el momento, animamos a Leire a que se siente en el sofá y le vamos dando los regalos uno a uno.

—¿Qué le hemos comprado? —le susurro a Eva mientras le tiende un sobre.

—Ahora lo verás.

La miro extrañada. Se suponía que íbamos a comprarle algo entre todos, pero, cada vez que preguntaba, Eva me daba largas y me decía que lo tenía todo controlado.

—¡No me lo puedo creer! —grita Leire, emocionada—. ¿Es en serio?

—¿Qué es? —pregunto curiosa.

—¡Entradas para el festival de Belfast de la semana que viene!

Mi ánimo decae un poco. ¿Es por eso por lo que no han querido contármelo? ¿Porque sabían que yo no podría ir?

—Y falta la otra parte —dice Eva—. ¡Nos vamos todos!

La miro sin entender nada, y entonces saca otro sobre de su pantalón y me lo tiende.

Agrando los ojos.

—No puede ser... —Lo abro y varias lágrimas amenazan con derramarse cuando compruebo lo que contiene: otra entrada para el festival. A mi nombre—. Si mi cumpleaños no es hasta dentro de tres meses...

Mi amiga se encoge de hombros.

—¿Y qué? Este regalo te lo hemos hecho porque nos apetecía, ¡por fin vamos a hacer algo todos juntos!

—Eva... —Empiezo a decir, pero me acerco para darle un abrazo.

—No es a mí a quien tienes que darle las gracias —responde levantando las manos—. La idea fue de Gael. Es cierto que todos hemos participado, pero él fue quien se molestó en buscar las entradas y organizarlo todo.

Me vuelvo hacia él que, un poco sonrojado, me dedica una sonrisa ladeada.

—No tienes que preocuparte por el trabajo. Hablé con Liam y está todo resuelto, se las pueden apañar sin nosotros un par de días.

No me lo puedo creer. Las piernas amenazan con fallarme cuando clavo mis ojos, un poco emocionados, en los suyos. Gael ha organizado todo esto... ¿por mí? ¿Porque sabía lo triste que me ponía no haber podido ir a ninguno de los viajes que han hecho mis amigos? Vuelvo a mirar la entrada. No debe de haber sido nada barata y, sin embargo, han hecho el esfuerzo para que yo los acompañe.

—Bueno, di algo —me pide Eva—. El pobre chaval se merece un abrazo aunque sea.

Salgo de mi estupefacción y me lanzo a su cuello.

Sus brazos me sostienen con fuerza y noto su aliento sobre mi piel. Varias gotas escapan de mis ojos y terminan mojando su camiseta, pero no importa, seguimos así unos minutos más, sin separarnos.

—Gracias...

Noto que me acaricia la espalda y, con la voz amortiguada, contesta:

—Me alegro de que te haya gustado.

Cuando nos separamos le agarro de la mano, reacia aún a separarme de él, y mis amigos se abalanzan sobre nosotros, dándonos un abrazo de grupo.

—¡Va a ser genial! —exclama Leire.

Sí. Sí que lo va a ser.

El camino en coche a Belfast es un claro ejemplo de lo que nos espera este fin de semana. Nos pasamos dos horas enteras riéndonos, charlando y cantando a pleno pulmón las canciones que vamos a tener la suerte de vivir en directo en apenas unas horas. Vamos un poco apretujados en el coche de Gael. Bueno, rectifico, *mis amigos* van un poco apretujados en la parte de atrás del coche de Gael. Me doy la vuelta y suelto una carcajada cuando veo a Eva entre Leire y Tom, que no han dejado de hacer manitas durante todo el trayecto. Aún no nos han confirmado que son pareja, pero no hay más que verlos para darse cuenta de que hay algo entre ellos. Aunque son solo dos noches, vamos tan cargados con las tiendas de campaña y las bolsas llenas de ropa que, cuando Gael ofreció esta opción, todos estuvimos de acuerdo en que era la mejor forma de llegar al festival sin perder nada por el camino.

A pesar de haber salido temprano de Dublín para coger un buen sitio en el camping, cuando llegamos casi no cabe un alfiler. Aparcamos y cargamos nuestras cosas hasta la entrada. Una vez que nos ponen nuestras pulseras, nos abrimos paso entre la gente a empujones.

—Madre mía, esto está a reventar —comenta Eva.

Gael toma de mi brazo una de las tiendas de campaña y se la echa al hombro.

—Puedo con ella.

—Ya lo sé —responde—. Pero me apetece llevarla a mí.

Niego con la cabeza mientras me río, pero le dejo hacer.

Unos minutos más tarde damos con uno de los pocos sitios buenos que quedan bajo una carpa a la sombra y nos afanamos en montar las tiendas.

—¿Quién duerme con quién?

Es Leire la que pregunta, pero dirige su mirada directamente a Tom mientras lo hace.

—Creo que la pregunta adecuada es: ¿quién quiere tener el placer de dormir conmigo? —comenta Eva, divertida—. A pesar de ser una persona muy liberal, no quiero estar presente si algunos de vosotros os ponéis románticos por la noche.

—No entiendo por qué dices eso —comenta Leire haciéndose la tonta.

Sin embargo, el repaso que le vuelve a hacer a Tom demuestra que sabe perfectamente por qué.

—¿Y si dormimos las chicas en una tienda y los chicos en otra? —ofrezco.

La morena me mira con cara de loca y me encojo de hombros.

Es la opción más justa, así nadie se sentirá incómodo.

Hemos venido a pasarlo bien todos juntos y, aunque me encantaría, dormir con Gael sabiendo que mis amigos están tan solo a unos metros y que lo que nos separa es una capa fina de tela me pone un poco nerviosa.

Leire tarda en contestar, pero tras pensarlo durante unos segundos, responde:

—Me parece buena idea.

Una vez que hemos tomado esa decisión y montado las tiendas (esa parte nos ha costado más de lo que nos esperábamos) dejamos las cosas a buen recaudo y nos dirigimos hacia el recinto donde se dan los conciertos.

Nunca he estado en un festival de música. O, al menos, no en uno como este. Hace unos años las chicas me arrastraron a un «festival» que hicieron en un pueblo cercano a Murcia, pero entre el grupo que se dedicaba a imitar las canciones de ABBA y el DJ de sesenta años pinchando música «moderna» (si por moderan entendemos las canciones de Eurovisión de hace veinte años), digamos que se quedó más en el intento que otra cosa.

Supongo que es por eso por lo que me quedo boquiabierta cuando cruzamos la entrada y contemplo la gran explanada de tierra que hay frente a nosotros. Hay varios escenarios estratégicamente dispuestos a lo largo del recinto, unas cuantas casetas donde me parece ver que venden cerveza y comida y algún que otro puesto para peinarte o pintarte la cara que promocionan marcas de alcohol.

No tardamos mucho en acabar con un vaso de cerveza en las manos mientras bailamos al ritmo del grupo que está tocando ahora mismo y que ninguno conoce, pero nos da igual.

Pasamos tantas horas moviéndonos e inventándonos la letra de las canciones que, para cuando nos queremos dar cuenta, ya ha anochecido y estamos muertos de hambre.

Avanzamos entre la multitud como podemos hasta llegar a un puesto de comida rápida y, después de esperar por lo menos media hora a que nos atiendan, conseguimos comprar unas hamburguesas y nos sentamos en una de las partes con césped.

—¿Quién se atreve a colarse en la zona VIP a robar cerveza? —pregunta Leire mientras le da un mordisco a su comida.

—Aún no hemos bebido tanto para eso —responde Eva entre risas.

—Dame un par de horas y tendremos alcohol gratis el resto de la noche —asegura Leire.

—Ya, claro —dice Tom con ironía, ganándose así un manotazo de ella.

—¿No me crees capaz?

Tom se encoge de hombros, divertido.

—Te veo capaz, pero esos sitios siempre están hasta arriba de seguratas, no es fácil entrar.

—¿Qué te apuestas?

Mientras siguen picándose, Gael apoya una mano sobre mi pierna, consiguiendo que deje de moverla con nerviosismo.

—Llegamos de sobra, no te preocupes.

Calmo un poco el gesto y asiento.

No me sorprende que sepa por qué estoy inquieta. Desde que me enteré de que Imagine Dragons era uno de los grupos que tocaban en el festival, no he podido contener la emoción. No es que sea una forofa de la música en general, diría que mi gusto se basa en lo que ponen en la radio y el pop del momento, pero ese grupo siempre me ha encantado y no me puedo creer que lo vaya a ver en directo en apenas una hora.

—Bueno, pues entonces creo que es el momento de comprar más bebida, ¿no? —ofrece Eva cuando terminamos de cenar.

—No —responde Leire levantándose—. He dicho que puedo conseguirla gratis y os lo voy a demostrar.

—Esto va a acabar fatal —sospecha Eva.

Nos levantamos e intentamos pararla como podemos.

—Como te pillen, te van a echar del festival. —Intento que entre en razón.

—¡Confiad en mí! —sigue insistiendo—. Esto es pan comido.

Se adelanta con paso seguro y solo nos queda seguirla hasta que estamos a escasos metros de la entrada VIP.

—Si nos preguntan, ¿confesamos que somos cómplices o nos vamos pitando? —pregunta Gael entre risas.

—No la van a pillar —dice Eva, aunque no parece muy convencida.

Tom, en cambio, mira a Leire con una sonrisa en la cara que se le borra un poco cuando ve que sí que consigue adentrarse en la zona VIP, pero cogida de la mano de un desconocido.

—¡No me lo puedo creer! —exclama Eva, emocionada.

Minutos más tarde, vemos a Leire salir con una gran sonrisa y tantos vasos como sus manos pueden sujetar, y se acerca a nosotros corriendo.

—Os lo dije —presume mientras nos los entrega orgullosa.

—¿Te has divertido ahí dentro?

Mira a Tom con sorna y se acerca a darle un beso en la mejilla.

—No me digas que te has puesto celoso.

—¿Yo? Qué va.

Ella le vuelve a dar un beso, pero esta vez en los labios.

Creo que la euforia del momento le ha pasado factura.

Tom debe de pensarlo también, porque se queda flipando y mira de un lado a otro mientras la otra se ríe.

—Venga ya, ¡si todos lo saben!

—Eso es verdad —reconoce Eva antes de darle un largo trago a su cerveza.

—Eh... — Tom nos mira un poco cortado.

Pero Leire no le deja continuar. Le toma de la mano y nos dice:

—Vamos, ¡o llegaremos tarde al concierto!

Miro la hora y suelto una maldición por lo bajo.

Nos dirigimos todo lo rápido que podemos hacia el escenario más grande del festival. No somos los únicos que están emocionados por ver al grupo, cientos de personas se agolpan entre ellas buscando el mejor lugar desde el que disfrutar del concierto. Sigo a mis amigos corriendo mientras se empiezan a escuchar algunos acordes de fondo.

Creo que Leire ha debido de beber un poquito de más en la zona VIP porque, sin vergüenza alguna, se abre paso entre el gentío y consigue que lleguemos hasta uno de los laterales donde hay una parte de tierra un poco más elevada que nos permite ver mejor.

Justo en ese momento la música empieza a sonar más fuerte y con un ritmo más constante. Los integrantes del grupo salen uno por uno y, tras unos segundos, empiezan a cantar.

Le doy un trago a mi cerveza para refrescarme la garganta y me uno a los gritos que se han propuesto dejar sordo al cantante, que sonríe al ver la emoción de la gente.

—¡Esto es increíble! —grita Eva.

Saltamos al ritmo del estribillo de uno de los temazos del grupo y nos tomamos nuestras bebidas mientras fingimos que son una especie de micrófono que nos permite entonar bien las estrofas. Sospecho que mañana vamos a estar todos afónicos, pero eso es un problema del futuro. Me centro en disfrutar del ahora como nunca antes lo había hecho.

Jamás lo había pasado así de bien, y no puedo evitar derretirme un poco cuando Gael coloca una de sus manos en mi cintura y me abraza por detrás. Sin pensar, me doy la vuelta y le beso en los labios. Me siento borracha de felicidad y de algo más al verle sonreír, con las mejillas un poco sonrojadas y el pelo revuelto. A pesar de que no hace calor, solo llevo unos simples vaqueros y un top blanco bajo una sobrecamisa de Gael, y aun así noto el sudor bañarme la piel.

Mi pelo suelto no ayuda mucho, me cae en ondas gruesas por la espalda y hace que el calor se intensifique. Me lo recojo con la mano, buscando sentir un poco de aire fresco, pero es imposible entre tanta gente. Gael debe de darse cuenta, pues me dice:

—Súbete a mis hombros.

Lo miro extrañada.

—¿Qué?

—Súbete, y así ves mejor el concierto y te da un poco el aire, es lo típico de los festivales.

—Te voy a hacer daño.

—¿Tan flojo parezco?

Le hago un repaso sin pudor. No, no parece para nada flojo. Al revés, los músculos que su camiseta de manga corta dejan entrever y los abdominales que he podido disfrutar estas semanas son de todo menos débiles. De repente, la temperatura de mi cuerpo aumenta mucho más.

Al final, niego con la cabeza en señal de rendición.

Él se da por satisfecho y se agacha frente a mí.

Con cuidado, pongo mis piernas sobre sus hombros y, en apenas un pestañeo, me sube sin esfuerzo alguno y veo la cantidad de personas que hay a nuestro alrededor y el escenario donde el grupo sigue tocando sin parar.

En ese instante la canción que está sonando llega a su punto álgido y unos cañones empiezan a soltar confeti por todas partes, bañando el festival entero de papelitos de colores.

Alzo las manos, eufórica. Varios de ellos caen sobre nosotros y se me enredan en el pelo. Este es uno de esos momentos que no se me van a olvidar en la vida, siento una felicidad tan plena que casi me entran ganas de llorar.

Cuando Gael me baja, sigo en una nube. Me vuelvo a enredar entre sus brazos mientras el cantante presenta la siguiente canción.

Empieza a sonar «It's Time» y, a pesar de haberla escuchado miles de veces en la radio, una sensación distinta se apodera de mí al vivirla en directo. La letra de cada estrofa se cuela en mi pecho y hace que se me ponga la piel de gallina. Habla de nuevos comienzos, sobre tocar fondo y reconstruirse, dejar atrás el pasado y volver a ser uno mismo, pero mirando hacia el futuro. También de los miedos, del camino duro que has tenido que vivir pero de lo bien que te sientes cuando consigues superarlo.

Siento como si esta canción me estuviera lanzando un mensaje. Es posible que Nuri tenga razón. Quizá el destino siempre nos tenga preparado algo mejor y nos mande señales directas, y puede que esta sea una de ellas.

La música sigue sonando, pero yo he dejado de escuchar. Siento que, por fin, vuelvo a ser yo. O, bueno, a lo mejor soy una versión más fuerte que la Carola de antes, una que ya no se deja pisotear y que sabe lo que quiere.

Ladeo la cabeza y clavo los ojos en Gael, que sigue abrazándome y sonriendo mientras disfruta de la canción.

Eso es... Sé perfectamente lo que quiero.

Y esa certeza me impacta de lleno en el pecho.

Mis sentimientos por Gael son mucho más fuertes de lo

que pensaba y, de repente, siento como si me hubieran tirado un jarro de agua fría encima. Sabía que me gustaba, pero esto... esto es tan grande que ahora mismo no sé cómo gestionarlo.

Porque estoy enamorada de él, y eso es un problema, uno muy grande.

¿Qué voy a hacer? Esto no debería estar pasando... Me he expuesto demasiado y al final voy a acabar sufriendo otra vez, y eso es lo último que quería.

Se suponía que esta vez me iba a poner a mí misma por delante, pero lo que he hecho ha sido abrir de nuevo mi corazón, tanto que ahora mismo casi noto las grietas que empiezan a formarse en él, porque dentro de poco tendré que volver a España y entonces ¿qué pasara?

Se volverá a repetir la misma situación, pero esta vez puede que sea incluso peor, porque la forma en la que me siento cuando estoy con Gael es completamente distinta de la que sentía con Adrián, y eso solo hace que el miedo que noto en el pecho crezca más y más hasta que ya no puedo contenerlo.

De pronto, vuelvo a sentir calor, pero esta vez es uno tan asfixiante que hace que me suelte de su agarre y me separe unos metros, buscando un espacio que es imposible encontrar entre tantas personas.

Él me mira preocupado.

—¿Qué te pasa? —pregunta—. ¿Estás bien?

—Necesito salir de aquí.

Y, sin pensármelo dos veces, me adentro entre el tumulto tan rápido como puedo y me alejo de él.

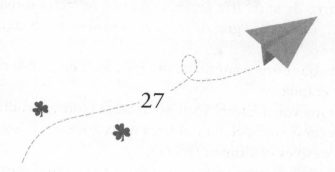

27

No sé cuánto tiempo corro sin pensar ni hacia dónde me dirijo, únicamente sé que voy en línea recta, pero de repente estoy fuera del recinto y llego a la playa que hay cerca del aparcamiento. Solo me detengo cuando el mar me impide seguir adelante.

La brisa me acaricia la cara y trato de recuperar el aliento. Mil pensamientos cruzan por mi mente y se enredan entre ellos, pero una voz se cuela en mi cabeza y los disipa. Me doy la vuelta de súbito.

—¡Carola! —repite Gael.

Se acerca a paso rápido.

«Joder, joder, joder».

—Para —le pido cuando está apenas a unos metros de mí.

Me hace caso, pero su expresión confundida me da a entender que no comprende nada.

—¿Qué pasa?

Tomo aire y me enredo las manos en el pelo.

—Nada, solo...

«Estoy aterrada», pienso en decirle.

—Necesitaba un poco de espacio —miento.

Él me mira. Por un momento creo que lo va a dejar pasar, sin insistir, y casi suelto un suspiro de alivio. Pero de repente se acerca unos pasos hacía mí y dice:

—No te creo.

El miedo se apodera de cada poro de mi cuerpo. Miedo a decir en voz alta la certeza que me ha atravesado hace tan solo unos minutos y que ha hecho que mi mente se tambalee por completo. Miedo a la decepción, al dolor, a mis sentimientos y a los suyos.

Miedo a volver a pasar por lo mismo.

Miedo al amor.

Retrocedo, sin importarme que el agua me moje los zapatos.

—Es la verdad.

Otra mentira más. Noto su veneno apoderarse de mis extremidades.

—No lo es.

Gael vuelve a acercarse, sus ojos fijos en los míos, decididos.

Es como si fuera capaz de ver mi interior. Estoy perdida, no puedo ocultárselo y, en realidad, una parte de mí tampoco quiere. Ha estado tanto tiempo dormida que, ahora que ha despertado y ha conseguido que la escuche, se niega a callarse.

—Te quiero —confieso con voz estrangulada.

Puede que Gael no se esperase que fuera tan directa, después de todo. Porque sus pupilas se agrandan y se queda quieto. Casi parece que no respira.

—Te quiero... —repito, y entonces me rompo.

Él sale de su estupor y acorta la distancia que nos separa.

—Carola...

—¡No! —Pongo una mano en su pecho, haciendo que se calle—. Esto es horrible...

Las lágrimas se acumulan en mis ojos.

—¿Quererme es horrible?

A Gael se le quiebra la voz.

Como no obtiene respuesta, enreda sus manos con las mías, que siguen sobre su pecho, y dice:

—Carola..., yo también te quiero.

Una sensación cálida se apodera de mí al escuchar su confesión. Pero esta se mezcla con las garras del miedo y la confusión que siento ahora mismo, porque no. Esto no debería estar pasando. Se suponía que las cosas no iban a ser así.

—No deberías.

Me dedica un gesto dolido que me hace añicos, pero sus manos siguen sin soltarme.

—No puedo controlarlo —confiesa.

Al escucharle, las lágrimas que estaba conteniendo consiguen escapar de mis ojos y me bañan la cara.

—Esto... se suponía que era algo informal.

—Los dos sabemos que en realidad nunca ha sido así. Esto —explica arrastrando mi mano hasta ponerla sobre su corazón—, lo que hay entre nosotros, nunca ha sido algo informal. Lo que siento cuando estoy contigo no es para nada normal. La manera en la que, con tan solo una mirada, sabemos lo que está pensando el otro no es normal. Joder, el modo en el que el mundo desaparece cada vez que te miro tampoco lo es, Carola. Nunca hemos tenido algo casual, pero puede que hayamos tardado más de la cuenta en entenderlo.

Eso no es verdad. Creo que algo dentro de mí sí que lo ha sabido desde hace tiempo, pero... lo que esos sentimientos conllevan me da demasiado miedo para reconocerlos.

—Es un error... Uno que parece bonito, pero que acabará con nosotros.

—¿Por qué? —me pregunta—. ¿Por qué es un error querernos?

—¡Porque no tiene futuro! —le confieso al fin, frustrada—. Porque el amor te hace sufrir y yo ya he sufrido bastante. Pero esto…, lo que siento por ti, es algo completamente nuevo para mí y eso solo quiere decir que luego dolerá más. Te quiero, ¿no te das cuenta de lo horrible que es eso? En un mes me vuelvo a España y entonces ¿qué pasará?

Va a decirme algo, pero lo interrumpo mientras separo mis manos de las suyas.

—Terminaremos con lo que sea que tenemos, pero yo seguiré enamorada de ti, aunque sea a kilómetros de distancia. ¡O peor! Querremos seguir con esto y entonces volverán los reproches y los malentendidos. Por eso es un error… —aclaro.

La mirada de Gael se suaviza.

—Lo que hay entre nosotros no es un error.

—Pero…

—Es imposible que algo tan increíble lo sea —me interrumpe—. Y si lo fuera, lo cometería una y mil veces con tal de estar contigo.

Sus palabras hacen que todos los muros que había construido se derriben de un plumazo. Me dejo caer sobre la arena, derrotada.

Gael se arrodilla a mi lado y toma mi rostro entre sus manos.

—Tienes miedo a sufrir porque Adrián te hizo daño, y es normal. —Con dulzura, mueve el pulgar y me limpia varias lágrimas—. Pero eso no era amor, Carola, tienes que entenderlo. Yo nunca haría algo que pudiera perjudicarte. Si me pides que me vaya y que te deje en paz, lo haré, pero no puedo mentirte y decirte que no me costará un mundo estar separado de ti y no poder tocarte.

—¿Y qué ocurrirá cuando me vaya?

Se queda callado durante unos segundos.

—Para mí es mucho más duro pasar las últimas semanas que nos quedan juntos evitándote que a tu lado, disfrutando de todo el tiempo que podamos —reconoce—. Aunque no puedo esperar que tú opines lo mismo. Carola..., sea cual sea tu decisión, la respetaré. Solo te pido que no dejes que el miedo tome las riendas; lo que elijas tiene que ser aquello que de verdad quieres.

Contengo el aliento, no sé qué decir.

Sus manos siguen acunando mis mejillas y sus ojos, de un verde tan intenso que consigue que me pierda en ellos, me observan con mil emociones contenidas.

Alzo mis dedos y los pongo sobre los suyos. Están suaves, y no tardo en entrelazar nuestras manos y cerrar los ojos.

Yo no quería que esto pasara, pero lo ha hecho, y supongo que tengo que aprender que sobre el corazón no se manda. Por más que haya intentado ignorar mis sentimientos y no sucumbir a ellos, al final lo he hecho y me ha pillado con la guardia tan baja que, al principio, ha sido un shock.

Pero cuando suelto un poco de aire y vuelvo a abrir los ojos, le veo.

Y no como el irlandés que hace que se me ponga la piel de gallina y que me hace reír, sino como el hombre que se ha colado en cada poro de mi cuerpo sin pretenderlo. Ha tapado cada grieta y arreglado las magulladuras que tenía con tanto cariño que, para cuando he querido darme cuenta, ya estaba llena de mil pedacitos de él.

Tiene razón, la idea de pasar mis últimas semanas en Dublín separada de él es más dolorosa que la despedida que tendremos que afrontar en apenas un mes.

—Quédate conmigo —le pido con la voz ronca—. El tiempo que sea.

Suelta un pequeño suspiro de alivio y ladea la boca en una media sonrisa.

—Esperaba que dijeras eso.

Me río un poco y me sorbo la nariz.

Acaricia mis nudillos con el pulgar y acerca su boca a la mía.

Nos damos un beso lento, inocente, saboreando cada segundo en el que nuestros labios están unidos. Inspiro hondo y su olor a bosque se mezcla con el del mar.

Acabamos tumbados en la arena con mi cabeza sobre su pecho y su brazo rodeándome con ternura.

La voz de Gael me calma poco a poco. Mientras me acaricia el pelo con cariño, hablamos entre susurros sobre nuestros sentimientos; con timidez, nos decimos más veces «te quiero» al oído y me pasa las manos por el pelo con delicadeza. Al cabo de un rato, me siento un poco más tranquila, es increíble el poder que ejerce sobre mis sentimientos sin apenas pretenderlo. A su lado me siento segura, arropada, pero no de una forma asfixiante; él es mi lugar seguro, aquel al que puedo acudir siempre que lo necesito sin sentirme juzgada.

Las garras del miedo vuelven a hacer acto de presencia cuando pienso eso último, pero las aparto todo lo rápido que puedo. Dentro de un mes, cuando llegue el día en el que tenga que volver, ya me preocuparé por eso. Hasta entonces…, Gael tiene razón, es mejor disfrutar de nosotros.

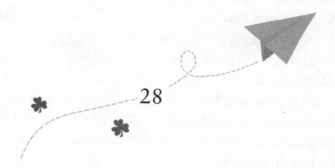

28

—Me estás mirando.

—¿Cómo lo sabes? —responde divertido.

Niego con la cabeza y centro mi atención en los apuntes. En apenas dos días empezamos los exámenes finales y aún me quedan varios temas por estudiar.

Vuelvo a notar ese cosquilleo que me recorre cuando siento sus ojos sobre mí y me doy la vuelta en la silla.

—¡Deja de mirarme! Me estás desconcentrando —me quejo.

Con la espalda apoyada en la pared, Gael fija la vista en el ordenador, que descansa sobre sus piernas, estiradas sobre mi cama, y finge que escribe algo.

—No te estaba mirando —responde encogiéndose de hombros.

Pero la sonrisilla que asoma a la comisura de su boca me indica todo lo contrario.

Con disimulo, hago como si volviera a centrarme en los apuntes, sin apartar la atención de él.

Como esperaba, alza sus ojos y lo pillo *in fraganti*.

—¡Lo sabía! —digo con aire triunfal—. He metido a un acosador en mi casa y ahora no puedo estudiar —termino con un lamento fingido.

Suelta una carcajada y responde:

—Es lo que hay, no puedo evitarlo. Ese pijama te sienta demasiado bien.

Miro mis pantalones cortos rojos y mi camiseta de tirantes llena de cerezas y pongo los ojos en blanco.

—Salido.

—Culpable, señoría.

Suelto una carcajada y me levanto.

—¿Qué haces? —le pregunto señalando el ordenador.

—Cosas.

—¿Qué cosas?

—Vaya, no sabía que eras una cotilla.

—Ni yo que tú eras de los que se hacen el misterioso.

Se encoge de hombros.

—Soy una caja de sorpresas.

Trato de mirar la pantalla, llevada por la curiosidad, pero cierra el ordenador, divertido.

—¿Eres un espía informático para el gobierno y por eso no puedo saberlo?

Deja el ordenador a un lado y se inclina hacia mí.

Me toma de las manos y me empuja, haciendo que me siente a horcajadas sobre él. Me rodea la cintura con los brazos y me da un beso breve en los labios.

—¿Qué me das a cambio de que te lo cuente?

—¿No es suficiente mi compañía?

Una risa seductora escapa de su garganta mientras me acaricia el cuello con la nariz. Empiezo a notar que mi cuerpo vibra en respuesta, excitándose.

—Es más que suficiente.

Dejo a un lado la curiosidad y centro toda mi atención en sus manos, que han empezado a jugar con el borde de mi pantalón.

—¿Qué pretendes? —le pregunto riéndome.

—¿Yo? Nada.

Pero, por primera vez, Gael me miente descaradamente, porque no tardamos mucho en acabar enredados entre mis sabanas.

La fiesta de despedida de Eva se me hace dura.

Hemos organizado una pequeña cena en casa y luego nos hemos venido a la discoteca. Estamos todos, gente del grupo del Erasmus que conozco y con la que me llevo bien, otros a los que no había visto en mi vida pero que lo están dando todo en la barra, y mis amigos.

Es raro pensar que esto está llegando a su fin. Leire y Tom se van dentro de una semana y el vuelo de Eva sale en apenas dos días. Estamos a principios de junio, pero hace unos días que acabaron los exámenes y la gente ya tiene planes en España y cosas que hacer, por lo que poco a poco se vuelven a sus ciudades y dejan su vida aquí para retomar la que tienen allí. Yo, en cambio, tengo el vuelo comprado desde hace meses y no puedo evitar pensar con curiosidad que tal vez entonces ya supiera que me costaría marcharme, dejar mi trabajo en el bar, mi vida, a Gael... porque me voy a finales de mes. El mismo día que se acaba el contrato de alquiler de nuestro piso, sale mi vuelo de vuelta. Quiero aprovechar cada segundo que me quede en Dublín.

A pesar de estar un poco triste, me paso la noche con ellos bebiendo, bailando y cantando hasta que cierra el local.

Gael se despide de mí con un beso en los labios y se va a su casa. Normalmente duerme conmigo, pero es una de mis últimas noches con Eva y sabe que quiero disfrutar lo poco que nos queda juntas como compañeras de piso.

—Voy a echar de menos esto —dice ella cuando estamos volviendo a casa.

En Dublín, el buen tiempo ha llegado definitivamente, por lo que vamos sin chaqueta, cogidas la una a la otra con los brazos entrelazados.

—No quiero que te vayas —me lamento.

—Si no tuviese ese viaje familiar, me quedaría, tía.

Asiento. La abuela de Eva ha organizado un viaje enorme con toda su familia y se van en apenas dos semanas, su madre le dijo que tenía que volverse antes para prepararlo todo, por eso ha sido una de las primeras en regresar a España.

—Tienes casa en Zaragoza siempre que quieras —me anima—. Además, ¡te estoy haciendo un favor! Casa sola el resto del mes para disfrutar con tu chico.

Me río.

—Eso es verdad.

—¿Cómo lo llevas? —me pregunta.

—¿El qué?

—Saber que os queda poco para deciros adiós.

Miro nuestros pies y me muerdo un poco el labio.

—Fatal —me sincero.

—Ay, mi Caro —dice mientras me pasa un brazo por los hombros y me abraza—. ¿Sabes si vais a seguir después?

—No, aún no lo hemos hablado.

—¿Y tú quieres?

Llegamos a casa y abre la puerta.

En cuanto entramos, nos tiramos en el sofá, cansadas.

—No lo sé —respondo—. Quiero estar con él, pero la distancia me da miedo. ¿Y si las cosas entre nosotros se enfrían? ¿O si pasa algo malo? No sé si prefiero acabar cuando me vaya, de una forma más triste pero sana, a que luego terminemos fatal. No nos merecemos eso.

Eva suaviza su gesto con comprensión.

—La distancia no tiene que terminar con vuestra relación si os queréis de verdad y hacéis las cosas bien, Caro. Piénsatelo antes de decidir nada.

Suspiro.

—Te voy a echar de menos.

Eva me mira un poco emocionada.

—Y yo a ti —dice antes de abrazarme—. Iré a molestarte a Madrid cada vez que pueda.

Me río y me sorbo la nariz. A lo tonto hemos acabado las dos llorando, a pesar de habernos prometido al principio de la noche que no lo haríamos.

—Te esperaré allí con los brazos abiertos.

El turno de hoy en el bar se me pasa volando.

Es martes, noche de karaoke, por lo que las comandas de la cena se ven envueltas en canciones desafinadas y gritos de ánimos entre amigos que han venido a pasar un buen rato.

Es mi última semana de trabajo, de manera que mis compañeros se pasan la noche recordando anécdotas graciosas de mis primeros días aquí, y hasta Liam ha sacado una nota donde ha ido apuntando la cantidad de platos que he roto desde que empecé, lo cual ha hecho que casi me muera de la vergüenza cuando, unos minutos más tarde, se me han caído dos más mientras recogía una de las mesas.

Haciendo honor a la rutina que creamos Gael y yo cuando llegué aquí, nos quedamos ambos limpiando para cerrar el bar.

Termino de fregar y me acerco a la barra, donde él lleva un buen rato fregando vasos sin quitarme los ojos de encima y con una sonrisa sensual impresa en los labios.

—Ni lo pienses, no se va a repetir —le digo recordando el día en el que lo hicimos sobre esta tabla de madera.

Suelta una carcajada.

—Yo no he dicho nada.

—Ya, pero piensas muy alto.

Vuelve a reírse y seguimos con nuestras tareas.

Mientras repone los refrescos en el frigorífico, no puedo evitar quedarme mirándolo un rato de más. Estamos intentando pasar todo el tiempo que podemos juntos y Liam nos ha puesto un horario parecido para tener así los mismos días libres y que nos sea más fácil. Como este fin de semana, que volvimos a ir al parque Fénix para hacer un pequeño pícnic que acabó durando todo el día; o el martes, que fuimos a comer a un restaurante superromántico que Gael conoce desde que era pequeño y luego pasamos la tarde en el cine. Casi no nos hemos separado desde que empezamos a salir oficialmente, y eso me encanta. Aunque no puedo evitar que una sensación de inquietud se apodere de mí de vez en cuando, porque aún no hemos hablado de lo que pasará en apenas unas semanas y creo que no podemos seguir retrasándolo mucho más.

Por eso, aunque me cueste muchísimo, cuando estamos terminando le digo:

—Oye… Creo que tenemos que hablar.

Gael alza los ojos y me mira.

—¿Qué pasa?

Me acerco hasta quedar frente a él y suspiro.

—Odio sacar este tema…, pero tenemos que hablar sobre lo que vamos a hacer cuando me vuelva a España.

Gael asiente.

—Cada vez queda menos y…

—Yo quiero seguir —me corta—. Lo llevo pensando ya mucho tiempo, pero aún no te lo había dicho.

Lo miro extrañada.

—¿Por qué?

Suspira y me toma de la mano, acercándose aún más a mí.

—Porque me da miedo que me digas que tú no quieres.

Mi corazón se encoge un poco.

—Gael, claro que quiero...

—¿Pero...? —Adivina con una sonrisa triste.

Le doy un pequeño apretón en la mano.

—Pero no quiero que la distancia nos destruya —me sincero.

Se remueve un poco en el sitio, nervioso, y fija sus ojos en los míos.

—No lo va a hacer —contesta decidido—. Haremos que funcione.

—¿Cómo? —Empiezo a notar las lágrimas amenazando en mis ojos.

—Queriéndonos como lo hemos hecho hasta ahora y no dejando que nada se interponga entre nosotros.

La determinación de su mirada hace que me sienta un poco más convencida.

—Va a ser duro.

—Sí —responde.

—Y nos vamos a echar mucho de menos.

—Lo sé.

—¿Y no te importa pasarlo mal? —Le hago la pregunta que ha estado rondándome la mente todo este tiempo.

Porque yo tengo clara mi respuesta: no me importa, pero me da miedo. Porque no quiero que eso nos pase factura y haga que perdamos esto tan mágico que hay entre nosotros.

Quiero a Gael. Lo quiero tanto que a veces me pregunto a mí misma si todo lo que sentí antes de conocerle era de verdad amor. Y no quiero perderlo. Pero esta es una decisión de dos, y ambos tenemos que estar seguros del esfuerzo que conlleva una relación a distancia.

—Siempre que esté contigo, todo lo demás deja de importarme, pelirroja.

Las llaves se me caen al suelo por segunda vez y suelto una maldición.

Gael sonríe sobre mis labios.

—Vaya.

—¿Qué?

—Nunca te había oído decir ninguna palabrota.

Recojo las llaves y abro la puerta con rapidez.

Entramos con los brazos enredados en el cuerpo del otro sin despegarnos.

—Eso no es verdad, de vez en cuando se me escapa alguna.

—Ya, claro.

Seguimos besándonos mientras nos quitamos las zapatillas a la vez, de pie, en medio del salón a oscuras.

—Gilipollas.

Suelta una carcajada que le retumba en todo el pecho.

Le levanto la camiseta con las manos y se lo acaricio, ansiosa.

—En tu boca suena como si estuvieras diciendo «osito amoroso».

—Imbécil. —Vuelvo a probar.

—Vale, chica mala.

El tono de guasa que utiliza hace que me ría mientras me baja la falda con destreza.

Sus manos me acarician los muslos y me alzan con facilidad. Le rodeo la cadera con las piernas y me pego todo lo que puedo a él.

Tiene la piel caliente y el pelo algo sudoroso, supongo que a causa de lo rápido que hemos salido de la discoteca para venir aquí. Aún noto en el cuerpo los efectos de las copas que nos hemos tomado con mis amigos; tengo las extremidades un poco entumecidas y creo que Gael también porque, cuando despega una mano de mi culo para abrir la puerta de mi habitación, se tropieza con algo y casi acabamos los dos en el suelo.

—¿Necesitas ayuda? —pregunto mientras le doy besos suaves en el cuello.

Niega con la cabeza, pero cuando vuelve a intentar pasar y oigo un ruido, ladeo la cara y lo miro.

—¿Seguro? —lo chincho divertida.

Pero sus ojos no están fijos en mí.

Miro en la misma dirección y me doy cuenta de qué es lo que nos impide el paso.

Mi maleta, abierta de par en par, está en el suelo junto a un montón de ropa que he dejado desperdigada antes de irme a la fiesta.

Los brazos de Gael se tensan y su respiración se acelera un poco.

Me muerdo el labio. Él sabe que he estado organizando lo que me tengo que llevar y que he empezado a prepararlo todo. Pero esto es como un pequeño recordatorio. Uno que nos grita que la cuenta atrás está en marcha.

Casi escucho el molesto tictac del reloj que indica que cada vez estamos más y más cerca de nuestra despedida

Mi corazón se encoge un poco al pensarlo.

Con cariño, pongo mi mano sobre la mejilla de Gael, obligándole a que fije sus ojos en mí.

—Aún nos quedan dos semanas —le recuerdo.

Su gesto ya no es divertido, ha quedado sustituido por uno mucho más serio y que hace que le mire con tristeza.

—Gael... —Pienso en algo que decir. Cualquier cosa.

Porque lo que sus ojos delatan ahora mismo es que necesita que le transmita toda la fuerza y la confianza que él me dio hace un mes, cuando me dijo que disfrutara del tiempo que nos quedara juntos sin pensar en el futuro. Gael y yo hemos compartido muchas de nuestras debilidades y nuestras dudas, pero creo que es posible que ahora mismo esté viendo una de sus versiones más vulnerables. Y no pasa nada, porque a veces es normal estar triste y necesitar algo de apoyo para poder sentirnos un poco mejor.

Y puede que yo no tenga la fuerza suficiente para decirle que todo estará bien y que no pasa nada, porque ni siquiera sé si es verdad, pero puedo intentar tenerla por él como él la ha tenido por mí. Así que pongo mi mano sobre su pecho, justo encima del corazón, y le beso. Esperando que, por ahora, sea suficiente.

—Dos semanas... —Suspira sobre mis labios. Sus manos me aprietan más contra él para darme un fuerte abrazo. Nuestras narices se rozan y nuestros alientos se entremezclan—. Aún tenemos tiempo.

Asiento, aunque la pequeña sonrisa que le dedico no me llega a los ojos.

Volvemos a besarnos, pero esta vez sin chistes de por medio y con mucha más prisa.

Aún conmigo en sus brazos, esquiva la maleta y me tumba en la cama. Se deshace de sus pantalones y acaricio su espalda desnuda mientras me quita la camiseta y me reparte besos por el vientre. Noto su aliento sobre mi piel y mil sensaciones distintas se arremolinan en mi interior, luchando por salir.

Suspiro, disfrutando de todas sus atenciones. Noto cómo sube lentamente dejando un rastro de besos allá por donde pasa, hasta llegar a mi cara y mirarme a los ojos.

Le acaricio la nuca con suavidad y tiro un poco de él para unir nuestros labios.

Nos pasamos la noche haciendo el amor, una y otra vez, hasta que el sol empieza a colarse por la ventana y el cántico de los pájaros nos indica que ha comenzado un nuevo día. Otro recordatorio.

Un día menos para que me vaya.

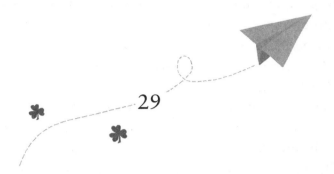

29

El día en el que cogí mi primer avión y puse rumbo a Dublín le estuve dando vueltas al tema de las despedidas.

Siempre las había concebido como algo doloroso, ya que en los libros y en las películas suelen involucrar una buena dosis de llanto y un adiós muy angustioso. No podía evitar pensar que a lo mejor había algo roto en mí, porque cuando me separé de mi familia, mi pareja por aquel entonces y mis amigas no sentí tanta tristeza como esperaba. Y eso me ponía muy nerviosa.

En todo caso, estaba llena de expectación, ganas y mucha emoción por empezar una nueva aventura que me esperaba en Dublín. ¿Eso me convertía en una persona horrible? Durante varios meses me estuve haciendo esa pregunta una y otra vez.

Pero ahora, en el coche de Gael de camino al aeropuerto, me doy cuenta del porqué.

Las despedidas temporales, esas que tienen una fecha de caducidad fija, no duelen tanto porque sabes a ciencia cierta que volverás a ver a esas personas. Tienes un billete de ida, pero también uno de vuelta.

Pero ahora que el momento ha llegado, me doy cuenta de

que se avecina otro tipo de despedida. Una con un sabor tan amargo que, cuando aparcamos y bajamos mis maletas, siento un mareo tan intenso que empiezo a dudar de si seré capaz de llegar a la terminal.

Porque esta despedida es definitiva.

Gael carga con una de mis bolsas y camina en completo silencio a mi lado. Llevamos así desde ayer, casi sin decir nada. Anoche, después de prepararme una cena especial, apenas abrimos la boca mientras nos la tomábamos. Tampoco hablamos cuando nos metimos en la cama e hicimos el amor; fue como si ninguno tuviera nada que decir, como si por pronunciar una sola palabra fuéramos a arruinar el momento.

Y cuando termino de facturar mi equipaje y nos dirigimos al control de seguridad, tampoco rompemos el silencio.

Es como si ambos supiéramos que en cuanto lo hagamos esto se va a hacer realidad. Como si quisiéremos mantener lo nuestro todo lo posible, alargar el tiempo hasta que ya no se pueda más.

Pero es que ya no da más de sí.

Cuando llegamos al control y busco los ojos de Gael, no sé si voy a ser capaz de hablar sin echarme a llorar.

Lo que veo en ellos no ayuda mucho: están húmedos, conteniendo unas lágrimas que amenazan con derramarse en cualquier comento. Pero Gael intenta ser fuerte, y lo es. Mucho más que yo, al menos, porque cuando toma mi mano y se acerca unos centímetros a mí ya me he dado por vencida y las lágrimas bañan mi cara sin compasión.

—Carola...

—No —le corto—. No digas nada. Sigamos callados, aún queda una hora para que salga mi vuelo, podemos quedarnos aquí hasta entonces.

Su mirada se suaviza un poco.

—Te voy a echar de menos —dice simplemente.

Niego con la cabeza y trato de secarme las lágrimas, pero estas no dejan de salir.

—No hagas eso.

—¿El qué?

—Despedirte —respondo entre sollozos.

Ya está, me he roto.

Ha sido tan fácil que casi empiezo a sentirme avergonzada. Sabía que este momento llegaría y creía que lo tenía asumido, pero está claro que no.

Lo miro entre lágrimas, ligeramente despeinado, esa sobrecamisa de cuadros que tantas veces le he visto puesta, sus profundos ojos verdes clavados en los míos... No puedo decirle adiós.

No quiero decirle adiós.

Tira de mí y pega mi cuerpo al suyo, hundiendo su cara en el hueco de mi cuello.

—Eres lo mejor que me ha pasado, Carola. —Escucho su voz amortiguada.

Me aprieta aún más fuerte, tanto que se me corta la respiración, pero me quedo quieta entre sus brazos, rodeándole el cuello y llorando sobre su ropa sin reparos.

—Gracias.

Se separa de mí un poco para mirarme a la cara.

—¿Por qué me das las gracias?

—Por haber estado a mi lado, incluso cuando yo misma te lo he puesto difícil.

Asiente con la cabeza y me dedica una sonrisa ladeada.

—Y seguiré estando.

—¿Aunque sea a miles de kilómetros de distancia?

—Incluso si son millones —responde serio.

Acerco mi boca a la suya y le beso con ganas.

Nos quedamos así, enredados el uno en el otro, tanto tiempo como podemos.

—Buen viaje, pelirroja —me dice con la voz un poco ronca al cabo de unos minutos.

Me cuesta separarme de él, pero lo hago.

Fingiendo una fortaleza que estoy lejos de sentir, le dedico una pequeña sonrisa, cojo mi bolsa y me dirijo hacia el control de seguridad.

Ahora entiendo lo que sienten los personajes de todos esos libros y películas, porque está claro que las despedidas sí que duelen. Tanto que con cada paso que doy me pregunto cómo es posible que pueda seguir respirando con normalidad. Decirle adiós a alguien del que no te quieres separar sin saber cuándo tendrás la oportunidad de volver a verle es una de las cosas más duras que puede vivir una persona. Porque sí, quizá Gael y yo hayamos estado de acuerdo en seguir con lo nuestro e intentar hacer que funcione, pero eso no quiere decir que vaya a ser fácil, y mucho menos que vaya a salir bien.

Y es inevitable que una parte de mi esté aterrada al pensar en esa posibilidad.

Paso mi billete por el escáner y me pongo en la cola.

No tardo mucho en volver mi cabeza y buscar la cabellera rubia de Gael entre la multitud, pero no lo encuentro.

Supongo que se habrá ido ya.

Avanzo en la fila sin dejar de llorar. Varias personas me miran con compasión, y trato de secarme la cara con el dorso de la mano y recomponerme lo más rápido que puedo.

Estoy poniendo ya las cosas sobre la cinta cuando escucho mi nombre.

—¡Carola!

Me vuelvo y encuentro a Gael en uno de los laterales, tras la barrera de metal que nos separa.

Corro hacia él, dejando mi bolso y mis pertenencias atrás, y me lanzo a sus brazos sin importarme que la barra se interponga entre nosotros.

—Solo… —Tiene los ojos llorosos y sus manos me sujetan por la cintura con fuerza—. Quería mirarte una vez más.

—¿Ya se te había olvidado mi cara? —digo entre sollozos.

—Eso es imposible.

Me besa por última vez, de una forma tan desesperada y salvaje que pierdo la noción del tiempo.

Nos separamos y, sin decir nada más, da un paso atrás y me dedica una sonrisa triste.

—Adiós —le digo.

—Adiós.

Me doy la vuelta y cruzo el control con un nudo en el estómago.

Sigo adelante y no vuelvo a mirar atrás. Si lo hago, no sé si seré capaz de montarme en ese avión.

Definitivamente, odio las despedidas.

Cuando me bajo del avión, no estoy mucho mejor de cómo entré.

Mi madre me ha llamado para avisarme de que no pueden venir a recogerme; al parecer, a mi padre le ha surgido un problema de última hora en el trabajo y necesita el coche, pero me ha tranquilizado diciéndome que han mandado a alguien a por mí. Solo espero que no sea mi tía, la pobre no distingue lo que es la izquierda de la derecha.

Recojo mi maleta y me encamino hacia la salida. Tengo los ojos hinchados por haber estado llorando durante todo el vuelo y noto el cuerpo cansado. Supongo que tantas emociones me han consumido toda la energía.

No sé por qué reviso mis mensajes, en realidad no espero

que Gael me haya escrito aún, nos hemos despedido hace apenas unas horas y supongo que tendrá cosas que hacer.

Pero mi corazón se encoge cuando me doy cuenta de que sí que me ha escrito, y lo que leo hace que varias lágrimas vuelvan a caer por mis mejillas.

Ya te echo de menos, pelirroja

¿Se puede echar de menos a alguien apenas unas horas después de despedirte? Está claro que sí.

Porque yo también le echo de menos. Tanto que me cuesta tomar la siguiente bocanada de aire mientras le escribo una respuesta con los dedos un poco temblorosos.

Yo también a ti

Guardo el móvil y cruzo la puerta con pasos pesados, como si aún tuviera la posibilidad de montarme en un vuelo de vuelta y regresar a mi vida de Dublín.

Con algo de pereza, reviso los rostros sonrientes que esperan en la salida a sus familiares, amigos y parejas. No tengo ni idea de por qué, pero ver eso solo hace que mi tristeza aumente más. Creo que necesito un abrazo de mi madre, o de un regimiento entero, ya que estamos.

De repente, entre todas esas cabezas, me parece ver una cartulina con mi nombre escrito con purpurina rosa.

Intento fijarme mejor en quien lo alza, pero me cuesta con tanta gente de por medio. Camino en esa dirección, rogando mentalmente no equivocarme y hacer el ridículo delante de gente que no conozco, pero entonces escucho unas voces que me son familiares.

—Tendríamos que habernos puesto delante.

—¿Y perder el factor sorpresa? ¡No seas aburrida!

—No nos va a ver.

En ese momento, Nuri mira en mi dirección. Le da un pequeño manotazo a Vega para que se dé la vuelta mientras una amplia sonrisa se dibuja en su boca.

—¡Carola! —chilla emocionada—. ¿Ves como sí nos ha encontrado? —le reprocha a Vega.

La morena pasa de ella y ambas se lanzan a mis brazos, dejándome prácticamente sin aliento.

—¿Qué hacéis aquí? —digo un poco abrumada.

—Esta mañana llamamos a tu madre y la convencimos de que lo mejor era que nosotras viniésemos a por ti. Sabíamos que necesitarías una pequeña dosis de tus amigas antes de llegar a tu casa —me explica la rubia.

Me quedo entre sus brazos mucho más rato del que debería. La gente poco a poco va desapareciendo, deseosa de llegar a su destino y dejar atrás el aeropuerto.

Yo, en cambio, aún no me puedo creer que estén aquí. Desde luego, es algo que no me esperaba, pero está claro que lo necesitaba y ni yo misma lo sabía.

—¿Cómo estás? —me pregunta Vega cuando se separan de mí.

Me encojo de hombros mientras me limpio las lágrimas.

Madre mía, no entiendo cómo no me he quedado sin existencias aún, llevo todo el día igual.

—Mal. —Ni siquiera se me pasa por la cabeza fingir, las chicas me conocen tanto que no merecería la pena.

—¿Ha sido dura la despedida? —Nuri me da un pañuelo y le dedico un gesto agradecido.

—Muchísimo… —reconozco.

Ambas me miran con un gesto de lástima.

—Nosotras estamos aquí, Carola —me dice Vega mientras toma mi meñique y lo enreda con el suyo.

—Así que no te preocupes —añade Nuri imitando su

gesto—. No vamos a dejar que te vengas abajo. Es una mierda que hayas tenido que separarte de Gael y que tu superaño de ensueño haya terminado, pero aquí estamos nosotras para subirte el ánimo, ¡sea como sea!

—Tampoco te vengas arriba, que nos conocemos lo suficiente para saber que es posible que por esa cabecita estén pasando miles de locuras que nos pueden llevar directas a un calabozo.

Por primera vez en todo el día, suelto una carcajada.

—Gracias, chicas —les digo sincera.

—No nos las des aún —contesta Nuri—. Espera a ver la que te tiene dispuesta tu madre en casa.

—¡Tía! Que era un secreto —se queja Vega.

—Créeme, es mejor que vaya preparada mentalmente para lo que se va a encontrar.

Como Nuri me había avisado, la bienvenida de mi madre es…, bueno, un poco más peculiar de lo que me esperaba.

Cuando entro en casa seguida de mis dos mejores amigas, me encuentro con el salón principal lleno de globos, confeti y carteles colgados aquí y allá con la palabra BIEN-VENIDA escrita en ellos. Toda mi familia está aquí, esperando ansiosa a que entre y les dé un beso a cada uno de ellos.

La primera en lanzarse a mis brazos es mi madre, que me da un apretón tan fuerte que casi consigue sacarme los órganos por las orejas.

—Mi niña —dice con los ojos cargados de emoción—. Por fin estas aquí.

—Después de haber estado recorriéndose el mundo entero, se ha dignado a ver a sus padres —me chincha mi padre mientras también me da un abrazo.

Pongo los ojos en blanco. Ojalá hubiera estado viajando por todo el mundo, pero no ha sido así. Aunque ellos, por haber estado en Dublín y haber salido de la ciudad un par de veces, ya me consideran una trotamundos en toda regla.

—Te he preparado tu cena favorita —me dice mi madre.

Miro la mesa y no puedo evitar reírme.

—Mamá, has hecho todas mis cenas favoritas.

Sobre la mesa del salón hay varios platos repletos de todas las comidas que alguna vez he dicho que me gustaban.

—Pensé que tendrías hambre —me explica.

Le doy otro abrazo y las gracias.

Mi hermana pequeña también aparece de repente para saludarme con su gato en brazos, cómo no.

—¿Me has traído algún regalo? —Es lo primero que me dice, aunque sé que lo hace para chincharme.

Le tiendo una bolsa que contiene la sudadera que me pidió y suelta un gritito al ver que hay otra más pequeña a juego para su gato.

—¡Me encanta!

Sin pararse ni un segundo, se dirige a su habitación para probársela.

Mientras tanto, yo me centro en saludar a todos los miembros de mi familia.

Sí, porque mi madre se ha encargado de invitar incluso a los primos que hace diez años que no vemos, a mis dos abuelas (con las que me quedo mucho tiempo hablando) e incluso a algún compañero del instituto al que no veo desde que entré en la universidad.

Para cuando esta especie de fiesta de bienvenida termina (en un momento dado han sacado una tarta y todo, ahora entiendo por qué Vega y Carola no paraban de reírse), me meto en mi habitación y me tiro en la cama, exhausta.

No puedo evitar mirar a mi alrededor y sentirme un poco

abrumada ante la cantidad de recuerdos que recubren estas paredes. Encima de mi escritorio, sobre la pared, hay un corcho repleto de fotos de las chicas y pósteres de mis series favoritas. Pero lo que me llama la atención no es eso.

De un salto me levanto y arranco las fotos que tengo junto a Adrián y que dejé aquí antes de irme de Erasmus. Las tiro todas a la basura, deseando mentalmente no encontrármelo este verano.

Es una posibilidad que se me ha pasado más de una vez por la cabeza y que espero que no suceda.

Miro la maleta, todavía cerrada junto a la puerta, y saco del bolsillo pequeño delantero una foto que nos hizo Mila a Gael y a mí con su Polaroid hace unos meses.

En ella aparecemos los dos con el uniforme tras la barra del bar, mirándonos mientras sonreímos con una cerveza en la mano.

Vuelvo a tumbarme en la cama sin dejar de mirar la imagen ni un segundo y, de repente, todos los ánimos que mi familia y mis amigas me han intentado dar desde que he llegado caen en picado y vuelven a su estado inicial.

Echo de menos el calor del cuerpo de Gael junto a mí. La forma en la que sus brazos me abrazan siempre antes de dormir y el ruidito que se escapa de su garganta cuando el sueño le vence.

Miro el móvil y reviso mis mensajes.

Me doy cuenta de que me ha contestado y mi corazón da un saltito involuntario.

> Qué tal tu primera noche de vuelta en casa?

Me dan ganas de responderle que quiero estar allí con él, que me apetece despertarme mañana a su lado y que me cocine unos huevos revueltos de esos que tanto me gustan, que me he acordado de él cada segundo desde que he llegado aquí y que sigo sin saber cómo van a ir las cosas entre nosotros si ni siquiera tenemos idea de cuándo vamos a volver a vernos.

Pero, en vez de eso, le contesto que ha estado bien y dejo el móvil en la mesilla de noche.

Esta es solo la tristeza de los primeros días, pero poco a poco todo irá a mejor, estoy segura.

Intento dormirme repitiéndome eso una y otra vez.

«Todo va a estar bien».

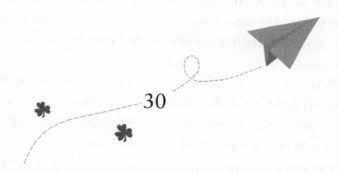

30

Volver a estar en casa se me hace mucho más raro de lo que me esperaba.

Después de estar una semana aquí, sigue pareciéndome extraño no despertarme en mi habitación de Dublín, escuchar la música de Eva de fondo mientras se hace el desayuno o sin tener que ir al bar por las tardes para trabajar.

Y, a pesar de que me encanta estar con mi familia de nuevo, no puedo negar que echo de menos mi vida allí.

Me levanto de la cama y me doy una ducha rápida antes de ponerme un vestido de flores veraniego para combatir el calor asfixiante que hace en Murcia.

—¿Ya te vas? —me pregunta mi madre cuando me dirijo hacia la puerta.

—He quedado con las chicas temprano para desayunar.

—Vale, pero te quiero aquí a las dos para comer.

—De acuerdo.

—¡Y no hagas planes para luego! Toca tarde de chicas con tu hermana.

Asiento y me río mientras le doy un abrazo rápido antes de salir. Mi madre ha decidido aprovechar cada segundo libre que tiene para pasarlo conmigo, no deja de quejarse por tenerme lejos y está empeñada en disfrutar todo lo que podamos juntas antes de que tenga que volverme a Madrid después del verano.

De camino al bar donde he quedado con las chicas pienso en mandarle un mensaje a Gael.

Ya debería estar despierto, aunque anoche me dijo que llegó tarde del trabajo así que... Por un momento me planteo dejarlo para después, pero mis ganas y lo que lo echo de menos hacen que me deje llevar por un impulso, y le escribo.

> De camino a desayunar unos churros con chocolate a treinta y cinco grados a la sombra, ahora mismo me vendría genial uno de tus smoothies

Guardo el móvil, suponiendo que tardará un poco en contestarme, pero el sonido de un mensaje hace que lo vuelva a sacar.

> Ahora cojo mi avión privado y te lo hago en un segundo

> Lo quieres de piña o de mango?

No puedo evitar reírme ante su respuesta.

> De mango, por favor

> Qué haces despierto ya?
> Allí son las ocho de la mañana

> Marchando

> Voy a pasar el día con mis padres y quiero llegar temprano

Vas a ver a Hood?

> Por qué no me sorprende nada que lo eches de menos más a él que a mí?

Yo no he dicho eso

> Entonces no es verdad?

Tampoco he dicho eso

Os echo de menos por igual. No me hagas elegir!

> Lo sabía

> Ahora sé que cuando me visites, solo será para ver a mi perro

Noto una presión en el pecho que reconozco demasiado rápido.

Ojalá pueda visitarle pronto de verdad, pero he mirado los vuelos y, como mucho, solo conseguiríamos estar juntos unos días antes de que empiece el curso y me tenga que ir a Madrid. Y sé que Gael tiene que trabajar; por más que se pida unos días, no puedo esperar que esté viajando cada dos por tres para venir a verme. Necesita ese dinero para ahorrar.

Aun así, le sigo el juego.

Porque fingir que vamos a vernos es más fácil que aceptar que tendremos que esperar mucho tiempo para que eso pase.

> Eso dalo por hecho

Quieres que te llame un rato cuando vuelvas de desayunar?

> Tengo tarde familiar con mi madre y mi hermana, pero por la noche puedo!

Genial, te aviso por la noche

Me despido de él mandándole un beso y llego a la mesa donde me esperan Nuri y Vega.

—¡Buenos días! —me recibe Nuri, emocionada.

—No me digas que os habéis tomado ya el café sin mí —contesto riéndome por su energía mañanera.

—Acabamos de pedir el desayuno. —Vega me da un beso y me siento entre ambas—. Aparte de los churros, café con leche de avena, ¿no?

Asiento y le doy las gracias. Adoro que mis amigas me conozcan tanto.

Una vez que el camarero nos lo trae, nos lo tomamos mientras charlamos.

Lo que más me gusta de estar de vuelta es poder verlas, esta rutina de irnos a tomar algo siempre que queramos y reírnos por las ocurrencias de Nuri es una de las cosas que más añoraba cuando estaba fuera.

—¿Y vas a participar? —le pregunto a Vega al cabo de un rato.

Nos ha contado que uno de sus profesores le comentó que, si seguía así, tenía muchas papeletas para participar el año que viene en uno de los desfiles que hace la universidad.

—Me dijo que todo se iría viendo, pero que si el año que viene lo hago igual de bien que este, es muy posible. ¡¿Os dais cuenta?! —grita emocionada—. En ese desfile solo participan alumnos de último curso, yo sería una excepción.

—Te lo mereces. Has estado todo el año trabajando y estudiando sin parar, tu habitación siempre estaba llena de retales y cosas así. —Nuri se alegra y me mira—. Por cierto, Carola, ¿has solicitado ya la habitación en la residencia? ¡Tienes que decirles que te pongan en el mismo piso que a nosotras!

—Lo iba a hacer esta semana. —Mis ojos vuelan hasta Vega, que se muerde el labio de repente y nos mira dubitativa—. ¿Qué pasa?

—No sabía si decíroslo aún o esperarme a que fuera seguro, pero ya que ha salido el tema... ¡Me mudo con Nico el curso que viene!

Las dos la miramos flipando.

—Ya sabía yo que se avecinaban cambios, mi horóscopo me dijo que me fuera preparando —comenta Nuri.

—¡Qué fuerte! Me alegro mucho por ti, aunque te echaremos de menos en la residencia.

—Tenéis que alquilar un piso muy grande, y así dispondremos de sitio para hacer fiestas.

—Ni lo sueñes, Nuri —le advierte.

—Qué aburrida.

Seguimos comentando la búsqueda de piso de Vega y lo fuerte que nos parece que se vaya a mudar con su novio hasta que, inevitablemente, el tema deriva en mí.

—¿Le echas mucho de menos?

Miro a Vega y me toqueteo un poco la trenza.

—Muchísimo.

—Si necesitas cualquiera cosa... —ofrece Nuri, y me observa con un poco de lástima.

—Estoy bien —les aseguro, aunque no es del todo verdad—. Pero es... raro.

—¿En qué sentido? —me pregunta Vega.

Ya me he terminado los churros, así que le doy un trago a mi café y contesto:

—Cuando me fui a Dublín, no echaba mucho de menos a Adrián. Sé que fue porque nuestra relación era un desastre y porque, en el fondo, yo sabía que no tenía futuro y estaba cansada de arrastrar tantos problemas. Pero una parte de mí tenía la esperanza de que con Gael fuera a ser parecido... Sabía que lo iba a pasar mal y que le iba a echar de menos, pero esto... es peor de lo que me esperaba.

Ambas me dedican un gesto amable en señal de comprensión.

—Es que tu relación con Gael, por lo que nos has contado, era totalmente distinta —confirma Vega.

—Es amor de verdad, sano —añade Nuri—. Y cuando una persona te aporta solo cosas buenas, cuesta estar separado de ellas.

Me encojo de hombros.

—Podremos con esto —aseguro—. Una relación a distancia no es lo ideal, pero va a funcionar.

—Seguro que sí —me anima la rubia.

Asiento y le doy vueltas a mi café mientras cambiamos de tema.

«Tiene que funcionar», pienso.

15 de julio

Hablamos esta tarde?

Me toca turno en el bar, te aviso cuando salga?

Tengo cena con las chicas... Y mañana?

Te llamo en cuanto me despierte

16 de julio

Pelirroja, te estoy llamando, estás viva?

Dios mío, lo siento! Me he quedado dormida, te llamo?

No te preocupes, pero te aviso luego

Mis hermanos han venido por sorpresa a la ciudad y me toca aguantarlos varios días

Suerte!

La voy a necesitar

—Te echo de menos...

Miro la cara de Gael a través de la pantalla.

Está en el bar, recogiendo, como tantas veces hicimos nosotros en su día.

—Y yo a ti —responde un poco triste—. Pero... he mirado los vuelos para ir en agosto y está un poco complicado, es temporada de vacaciones y están carísimos.

Me muerdo el labio y me aguanto las ganas de llorar.

—Lo sé. —Suspiro—. Yo también he intentado encontrar vuelos.

Nos quedamos callados unos segundos.

Estoy tumbada en mi cama, con el ventilador puesto para procurar sobrevivir a la típica ola de calor que vivimos en el sur cada verano. Me incorporo y trato de fijarme mejor en él. Está tan oscuro que apenas llego a ver nada, pero no me pasa desapercibido el cansancio que se le nota en la cara.

—¿Hay mucho trabajo?

Se encoge de hombros.

—Estoy haciendo horas extra para ver si saco un poco más de dinero.

El pecho se me contrae.

—Gael, si es para pagar los vuelos...

—No te preocupes —me interrumpe—. Solo estoy intentando ahorrar un poco más, así cuando podamos vernos no tendré que agobiarme con el dinero.

Pretende clamarme, pero no lo consigue.

—Ojalá estuviera ahí ahora mismo —le digo.

Me dedica una sonrisa que no le llega a los ojos.

—Ojalá.

6 de agosto

Abro la foto que me manda Gael.
Está con Hood en su rincón escondido del parque Fénix.
Yo le mando otra, en la playa con mis amigas.

> Estás en tu sitio de pensar?

> Ya me conoces

> Aunque empiezo a arrepentirme de haber venido con Hood, no deja de molestar a los ciervos y creo que se lo van a comer

> Si estuviera ahí, les habría llevado bizcocho de zanahoria

> Lo sé, y nos habrían prohibido volver a entrar al parque por provocarles una intoxicación alimentaria a los pobres ciervos

Suelto una carcajada.

> Eso no es verdad,
> desde que uso tus trucos
> ya me salen mucho mejor

Tardo unos segundos en escribir algo más, pero al final me atrevo a mandárselo.

> En qué piensas mientras estás ahí?

Imagino su respuesta, pero eso no evita que, cuando la recibo, el corazón me dé un vuelco.

En ti

Ahora, siempre que vengo, es solo para pensar en ti

10 de agosto

Estoy con mi familia cenando en un chiringuito de la playa cuando mi teléfono empieza a sonar.

Es Gael, habrá terminado de trabajar y es el único momento que teníamos hoy para hablar.

Me levanto de la mesa con la excusa de ir al baño, aunque mi madre no se la cree para nada. Cuando estoy lo bastante lejos para que el ruido de las conversaciones no se interpongan entre nosotros, descuelgo.

Hablamos solo unos minutos escasos, Gael está cansado y yo tengo que volver con mi familia.

Últimamente nuestras conversaciones son cada vez más cortas. Ambos intentamos llamarnos siempre que podemos, pero creo que empieza a hacerse demasiado duro no vernos y, cuando hablamos, nos damos más cuenta de eso.

A veces intentamos tener citas a distancia, cenamos mientras hacemos videollamada, vemos películas al mismo tiempo…, pero no es lo mismo.

Nos despedimos asegurando que mañana hablaremos y le susurro un «te quiero» que no tarda en devolverme, pero cuando vuelvo a la mesa se me ha quitado un poco el hambre.

13 *de agosto*

Hoy no nos hemos llamado ni hemos podido sacar tiempo para hablar, Gael tenía turno doble y yo he pasado el día con las chicas en la playa.

Sin embargo, antes de irme a dormir recibo un mensaje suyo.

> Te echo de menos

Se me escapa un sollozo y, al instante, estoy llorando. Veo cómo nuestra relación a distancia empieza a desmoronarse poco a poco, porque no saber cuándo vas a volver a ver a una persona es muy duro. Porque cuando pienso en el futuro, no veo la posibilidad de que esto vaya a salir bien. Yo tengo que terminar la carrera y Gael, tarde o temprano, se irá a estudiar cocina a algún sitio que esté aún más lejos que Dublín.

Aun así, entre lágrimas, le contesto:

> Yo también te echo de menos

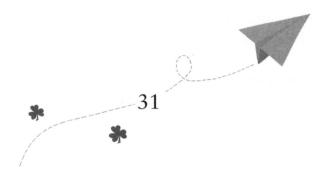

31

—¿Estás segura de que cabrá por la puerta? —pregunto.

—¡Claro que sí!

Vega intenta girar por la escalera como buenamente puede mientras Nuri y yo mantenemos el peso del sillón unos escalones más abajo.

—Recuérdame por qué estamos subiendo nosotras solas un sillón que pesa cuarenta kilos y no tu novio —le reprocha Nuri.

Sí, efectivamente, las tres estamos al más puro estilo de *Friends* subiendo uno de los muebles que Vega se ha empeñado en comprar para el piso que ambos han alquilado, a pesar de que este venía ya amueblado.

—¡Porque es una sorpresa!

La rubia suelta un suspiro exasperado, llevamos treinta minutos cargando esto y empiezan a dolernos los brazos.

Terminamos de subir el segundo piso como podemos y, aunque a duras penas, sí que conseguimos meter el sillón por la puerta y colocarlo en el salón.

Hemos venido a pasar unos días a Madrid para empezar a traer nuestras cosas. Vega, como era de esperar, prácticamente se ha mudado por completo a la capital y varias cajas de ropa suya llenan la entrada de su casa nueva.

En mi caso, como he vuelto a la residencia, he traído varias maletas y las he dejado en mi habitación junto con las de Nuri.

Apenas quedan dos semanas para que empiece el curso y no puedo evitar sentir una sensación extraña al pensarlo. Hace un año me estaba preparando para ir a Dublín... Se me ha pasado tan rápido que casi parece un sueño.

Y ahora estoy aquí de nuevo.

A pesar de estar contenta, me invade la melancolía al recordar mis primeros meses del Erasmus. Dentro de poco hará un año que conocí a Gael... Unas ganas tremendas de llorar se apoderan de mí al pensarlo.

Hace días que solo conseguimos hablar un par de minutos y da gracias.

Bueno, rectifico: Gael es el que está siempre ocupado y nunca puede hablar.

Intento que no me afecte, pero lo hace. Sabía que podía llegar el día en el que se cansara y a lo mejor tirara la toalla respecto a nuestra relación, pero eso no alivia el dolor que siento al darme cuenta de que se está haciendo realidad.

Trato de alejar esos pensamientos mientas ayudamos a Vega a colocar algunas cosas.

Cuando terminamos, las chicas insisten en que vayamos a una cafetería cercana a picar algo. El calor de Madrid hace que el sencillo vestido blanco que llevo se me pegue a la piel a cada paso que doy.

A pesar de eso, mis amigas se empeñan en que nos sentemos en la terraza.

Tras pedir unos refrescos, cojo el menú para mirarlo, pero no me concentro.

Dos pares de ojos no dejan de mirarme, ansiosos.

—¿Se puede saber qué os pasa?

Me miro la ropa, pensando que a lo mejor tengo una mancha gigantesca en ella, pero no hay nada.

Siguen con el escrutinio y les dedico una mirada de sospecha.

—¡Nada! —dice Nuri—. Tengo aquí un de brillo de labios precioso, ¿quieres un poco?

—Y el pelo lo llevas genial, pero si quieres te arreglo un poco la trenza. Con todo el rollo del sillón estás algo despeinada —sigue Vega.

Me llevo las manos a la trenza.

Está bien, como siempre. Y, además, con el calor que hace ni loca me dejo el pelo suelto.

Pero ¿qué les pasa a estas dos?

—Estáis muy raras.

No me pasa desapercibida la mirada cómplice que se dirigen.

—¡Ya están aquí las bebidas! —grita una Nuri emocionada.

Las miro sin entender nada, pero ellas ahora desvían su atención a mi espalda con una sonrisa gigantesca de emoción en la cara.

—¿Vienen con regalo o algo? —ironizo al verlas tan contentas por algo tan normal.

El camarero deja nuestros refrescos en la mesa y murmuro un gracias sin apartar los ojos de mis amigas.

Estas pasean la mirada entre el camarero y yo sin parar, nerviosas.

—Carola —dice Nuri—. ¿No quieres pedir nada más?

Lo dice sin dejar de sonreír, lo que le da un aire raruno que hace que suelte una carcajada.

—En serio, ¿qué pasa? —pregunto divertida—. Ni siquiera me ha dado tiempo a mirar la carta, no dejáis de hacer el tonto.

Me doy cuenta de que el camarero sigue a nuestro lado. O bueno, junto a mí, mejor dicho. Por lo que me vuelvo con la intención de pedirle que nos de unos minutos más, pero cuando le miro, me quedo impactada.

No puede ser.

Estoy soñando y aún no me he despertado porque no es posible que ahora mismo tenga a Gael frente a mí, con una bandeja vacía en la mano y esa sonrisa suya que le marca los hoyuelos.

Miro de nuevo a mis amigas, que nos observan emocionadas entre suspiros y con los ojitos llorosos. Vega incluso saca el móvil para hacernos una foto.

—¿Ese silencio quiere decir que no os apetece tomar nada?

La voz divertida de Gael me saca del estado de shock en el que me encuentro.

Me levanto de un salto y me lanzo a sus brazos.

El irlandés se tambalea un poco y deja la bandeja sobre la mesa antes de devolverme el abrazo.

Me aprieta contra él con fuerza e inhalo su olor, ese que tanto he echado de menos y con el que he soñado tantas veces que ya he perdido la cuenta.

Escucho las sillas de las chicas moverse y creo que nos dicen algo como «Os dejamos solos», pero estoy tan centrada en Gael que ni siquiera hago el amago de separarme.

—¿Qué haces aquí?

Separa un poco la cabeza y me mira sin soltarme.

Está guapísimo, con la piel un poquito más morena que la última vez que lo vi, los ojos tan profundos como siempre, pero recubiertos de un brillo de emoción, el pelo un poco revuelto y esa sonrisa ligeramente tímida tan característica suya.

Se rasca la cabeza, avergonzado.

—Verte.

No puedo aguantarlo más.

Me lanzo a por su boca y le doy un beso cargado de ganas.

Lo he echado tanto de menos...

—Pensaba que estabas enfadado conmigo o que te estabas replanteando lo nuestro —le recrimino con cariño—. Llevas días desaparecido. ¿Cuántos vas a quedarte? ¿Liam te ha dado muchos libres?

Se ríe ante mis preguntas aceleradas.

—Lo siento, sé que no he hecho bien al no hablarte, pero... no me veía capaz de guardar el secreto.

Le doy otro beso, esta vez uno más rápido.

—No te preocupes —le tranquilizo—. No quiero pasar los pocos días que tengamos enfadada por esa tontería.

Vuelve a reírse, pero esta vez con un poco más de nerviosismo.

—¿Qué me dirías si te contara que puedo quedarme todo el tiempo que quiera?

Agrando los ojos.

—Que estás loco... ¿Y tu trabajo? ¿Y tus ahorros? —Empiezo a sentirme culpable al instante—. Gael, yo no deseaba que dejaras toda tu vida por mí.

—Y no lo he hecho, he empezado una nueva.

—¿Qué quieres decir?

Se separa de mí unos centímetros, pero me toma de una mano, reacio a perder el contacto entre nosotros.

Saca el móvil del bolsillo y me enseña un documento.

—Me han aceptado.

Miro la pantalla y trato de leer todo lo rápido que puedo lo que pone.

—No puede ser... —Me llevo la mano a la boca y lo observo emocionada.

—Voy a estudiar en Le Cordon Bleu de Madrid, Carola. Me han aceptado.

Una sonrisa radiante se apodera de su boca y me la contagia al instante.

Vuelvo a abrazarle, pero esta vez con más ganas, si eso es posible.

—El día que estábamos en tu casa e insististe tanto en ver lo que estaba haciendo en el ordenador... estaba revisando esto. Solicité una plaza hace unos meses sin decirte nada porque no sabía si me aceptarían y no quería hacerme ilusiones... Pero hace unas semanas me llamaron, me han dado una pequeña beca y me mudo aquí en dos semanas, Carola. Lo he estado preparando todo para poder venir, por eso estaba tan ocupado y desaparecido.

—¿Y por eso las chicas han insistido tanto en venir a este bar? ¿Te has compinchado con ellas? —Empiezo a entenderlo todo.

Asiente.

—Se lo dije hace unos días para darte una sorpresa. Buscaban un camarero aquí y, como tengo experiencia, me cogieron bastante rápido, pero trabajaré pocas horas. Es solo para ganar un dinero extra mientras estudio. Con mis ahorros, puedo alquilar un piso compartido por ahora y, gracias a la beca, no iré tan apurado.

Lo miro sin creerme todavía todo lo que me está contando.

—Has conseguido tu sueño —le digo orgullosa—. Enhorabuena.

—He conseguido mucho más que eso. —Acerca su boca a la mía y roza nuestras narices con cariño—. No quiero volver a perder ni un solo segundo sin estar a tu lado, sea como sea. Te has colado dentro de mí, Carola. Has llegado tan hondo que se me ha hecho imposible sacarte de mi cabeza, aunque si te soy sincero, ni siquiera lo he intentado. No podía soportar la idea de estar un solo día más sin verte. Te quiero.

Sus palabras hacen que miles de mariposas revoloteen en mi interior. Lo miro, con varias lágrimas cayendo de mis ojos.

—Tú has sacado lo mejor de mí, Gael, incluso cuando ni yo misma sabía lo que había.

Me lanzo a por su boca y nos reímos mientras nos besamos con torpeza. Gael también está llorando.

—¿Eso quiere decir que te parece bien que me venga aquí? —pregunta sobre mi boca con guasa.

Me río y lo contemplo con cariño.

—Es la mejor idea que has tenido nunca.

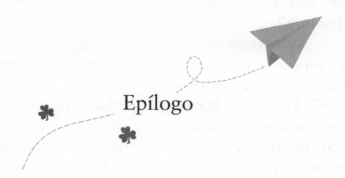

Epílogo

—¡Esto es el colmo! —exclama Nuri—. Ya sé que estáis superenamorados y que la vida es un arcoíris, pero ¿podéis dejar de daros el lote?

Vega suelta una carcajada mientras se separa de Nico que, sentado a su lado, la rodea con un brazo para pegarla a su cuerpo todo lo que puede.

—¿Esa mierda de beso era para ti darse el lote? —la chincha Nico—. Joder, qué bajo tienes el listón.

Nuri le saca la lengua y se cruza de brazos.

—¿Mierda de beso? —se queja Vega.

—Es para no dar tanta envidia, canija. Sabes que todos nuestros besos son maravillosos.

—¡De envidia nada, chato! —les interrumpe la rubia—. Es que estoy de sujetavelas a tiempo completo. Cuando os animé en vuestra vida amorosa, no pensé que repercutiría tanto en nuestras quedadas de chicas. ¡Es el fin de una era!

—Deja de exagerar, que ayer nos fuimos las tres solas de fiesta.

—Vives anclada en el pasado.

Me río con ganas al verla tan dramática. Normalmente

ese papel se lo dejamos a Vega, pero parece que nuestra Nuri también tiene una faceta teatral.

Hood ladra, pidiendo atenciones, y le doy un par de caricias. Aún no me acabo de creer que se lo trajera, pero así es Gael, no puede ni pensar en estar a tantos kilómetros de su perro, lo echaría demasiado de menos y, si soy sincera, yo también.

El camarero se acerca con nuestras bebidas y le doy un largo trago a mi cerveza, que me refresca la garganta al instante. El sol me baña la cara y el olor a mar se cuela por mis fosas nasales. Estamos en el cabo de Palos, en una de mis playas favoritas de Murcia. Al principio me daba un poco de miedo venir, ya que encontrarme con Adrián es una posibilidad tan grande que, por un momento, me planteé si merecía la pena siquiera salir de casa.

Pero, por suerte, no ha sido así.

Como me prometió en su carta, no ha vuelto a hablarme ni a aparecer en mi vida. Las chicas me han dicho que tampoco lo han visto por la ciudad este verano, así que una parte de mí está más tranquila. No sé dónde se habrá metido, si estará de viaje con sus padres o si simplemente ha cambiado de aires, pero espero que se quede así. Porque ahora tengo claro que, si vuelve a acercarse aunque sea a unos metros de mí con la intención de hablar o de hacer alguna locura, esta vez no dudaré en ir a la policía.

He dejado a un lado el miedo. Quería traer a Gael unos días para que conociera la ciudad y, de paso, disfrutar un poco del verano antes de volver a Madrid, y eso hemos hecho.

Le tiendo uno de los botellines.

—A ver qué te parece la cerveza española, irlandés —le dice Nico en español.

Gael ha estado estudiando muchísimo para adaptarse lo

antes posible y, poco a poco, cada vez se le da mejor y noto que se siente más cómodo hablando en otro idioma.

—Ahora tengo miedo —responde este con guasa antes de darle un trago.

La saborea durante unos segundos.

—Un poco floja comparada con la Guinness. Pero está... ¿Cómo se dice? —Me mira, como si yo pudiera darle la respuesta—. ¿De puta madre?

Me atraganto con la bebida y casi se me sale por la nariz.

—¿Quién te ha enseñado eso? —pregunto cuando dejo de toser.

Él me mira sin entender nada, pero la risa de Nico delata perfectamente al culpable.

—Sabía que dejarle un día entero con vosotros era mala idea —me quejo. La semana pasada, los chicos se llevaron a Gael «de ruta». Ja, sí, claro.

—Fue Iván, ¡lo juro!

—¿Lo he dicho mal?

Miro a Gael con cariño y, mientras le tomo la mano y se la acaricio, niego con la cabeza.

—Querrías decir «buenísima», a lo mejor. La expresión que ellos te enseñaron es un poco fuerte para usarla de buenas a primeras.

El pobre se rasca la cabeza, apurado.

—Lo siento.

Con ternura, le doy un beso en los labios mientras Vega le da una colleja a Nico.

—¡Eh! Te juro que fue Iván.

—Ya, seguro —responde su novia.

—Hablando de la rata de cloaca, ¿dónde está?

Vega y yo nos miramos alarmadas.

¿Nuri? ¿Preguntando por Iván?

El mundo se ha puesto del revés y no me he dado cuenta.

—Se suponía que estaba al llegar —le informa Nico.

—Una pena que no se haya perdido por el camino, entonces.

Vale. Todo sigue con normalidad, al parecer.

En ese preciso instante, vemos llegar al aludido y no viene solo.

—Me cago en todo —suelta Nuri—. ¿Tú sabías que la traía?

Vega niega con la cabeza, pero es Nico el que responde:

—Algo me dijo el otro día, sí.

—Ya podrías haber avisado —le recrimina Nuri—. No puedo ni verla.

—¿Por qué? —pregunta Gael.

—Es más mala que la peste, te lo digo yo.

—Si está con Iván, no tiene que ser tan mala —planteo—. A lo mejor ha cambiado.

Natalia no nos ha caído nunca especialmente bien, sus comentarios superficiales y su actitud creída se ganó un puesto en la lista negra de Nuri y, por ende, en la nuestra. Es verdad que cuando nos hemos encontrado con ella no ha sido muy agradable que digamos, pero si algo he aprendido este año es que las personas siempre pueden esforzarse en hacerlo mejor.

—Dios los cría y ellos se juntan —insiste Nuri.

Gael me mira, sin entender nada. Entre las expresiones extrañas que a veces usa Nuri y que habla tan rápido, el pobre se pierde en nuestras conversaciones. Niego con la cabeza mientras me río, luego le explicaré el rifirrafe de nuestros amigos.

Cuando llegan a nuestra altura, se calla y todos nos levantamos a saludarles.

Bueno, todos menos Nuri, que se queda sentada mirando

cualquier cosa que no sea a los recién llegados que tiene apenas a unos metros.

—Nuri —dice él a modo de saludo.

—Iván —responde con desgana.

No me pasa desapercibida la mirada que mi amiga le dedica a Natalia mientras esta se sienta, bien pegada a Iván. Tomo nota mentalmente para preguntarle después. Vale que la chica no sea de nuestro agrado, pero la manía que veo en sus ojos me hace dudar de los motivos de su molestia.

Por suerte, todo sigue como si nada. Iván saluda a Gael, contento de verle. La verdad es que el irlandés ha entablado buena amistad con todos mis amigos, y eso me encanta.

Nos tomamos unas cuantas cervezas más y a Nuri se le escapan algunos comentarios sarcásticos a los que Iván responde sin dudar, pero nada tan grave como para tener que echarles la bronca. Supongo que todos estamos acostumbrados ya a sus tira y afloja.

Al cabo de un rato, nos despedimos de mis amigos y llevo a Gael a dar un paseo por la playa. Nos quitamos los zapatos y nos cogemos de la mano mientras nuestros pies se hunden una y otra vez en la arena húmeda.

En una semana tendremos que estar de vuelta en Madrid, Gael empieza sus clases en la escuela culinaria y yo el tercer curso de carrera. Por suerte, su piso no está muy lejos de la residencia y lo veré sin problema cuando quiera.

Lo miro, sin poder creerme aún que esté aquí, y eso que hemos pasado más días de los que deberíamos encerrados en su habitación. Su compañero no llega hasta dentro de unas semanas y hemos decidido aprovecharlo. Ya tendremos tiempo de visitar la ciudad este año.

Hood corre de aquí para allá por la playa, mojándose las patas en el agua salada y con la lengua fuera, contento de disfrutar de un verano diferente.

Está feliz, parece haberse adaptado bastante bien a su nueva vida.

Tanto que, una vez más, cuando Gael lo llama para que se acerque, no le hace ni caso y sigue excavando un hoyo en la arena.

Divertida, pruebo yo.

—¡Hood! ¡Ven aquí!

Esta vez, el perro deja de cavar y se acerca a mí tan rápido como sus patas se lo permiten.

—Esto es increíble —refunfuña el irlandés—. Me siento el tercero en esta relación de amor entre mi perro y tú.

Me río con ganas.

Esa es una de las habilidades especiales de Gael, siempre me hace reír; incluso en mis momentos más oscuros, consigue sacarme una sonrisa y me tiende la mano. Continúa pareciéndome increíble que estemos aquí, que sigamos lo que empezó una noche cualquiera en un bar de Dublín, cuando un camarero me confundió con una irlandesa.

Y es que entonces no sabía todo lo que se avecinaba.

Ha sido un año inesperado. De bajones emocionales, pero también de reconstrucciones minuciosas. Porque sí, parece que poco a poco he ido encajando cada trocito de mí que creía haber perdido por el camino, incluso cuando no me daba cuenta. Cuando empecé el Erasmus era una persona totalmente distinta, tímida, insegura y con miedo. Pero ahora... ahora no solo he sanado, sino que he añadido partes nuevas a esa Carola que un día fui, y no tengo ninguna duda de que, en parte, eso ha sido gracias a Gael.

Porque él es quien ha hecho que me dé cuenta de que el amor, el de verdad, no duele ni destruye, sino que te acompaña, te anima a ser mejor cada día y te apoya cuando lo necesitas sin prejuicios ni reproches.

Gracias a eso y a haber seguido con mis sesiones online

con la psicóloga, ahora sé que tengo el poder de elegir. Que sola estoy bien y que puedo perseguir mis sueños sin reparos, pero elijo hacerlo todo con él.

—Es cierto. —Acaricio a Hood cuando por fin lo tengo a mi lado—. ¿Podrías dejarnos disfrutar de este paseo tan romántico, por favor? —le chincho.

Gael, lejos de achantarse, me toma por la cintura y acerca su boca a la mía.

—Ni lo sueñes, pelirroja.

Agradecimientos

Pensar que alguien está leyendo esto hace que se me ponga la piel de gallina y que me entren unas ganas tremendas de llorar. Porque eso significa que la primera parte de esta trilogía te gustó lo suficiente para haber querido continuar con ella y eso, para una escritora novel como yo, significa un mundo. Así que, si eres de esas personas, déjame darte las gracias desde lo más profundo de mi corazón.

Escribir la historia de Gael y Carola ha sido un proceso distinto. Ha sido tierno ver cómo se iban conociendo, la forma en la que se han ayudado el uno al otro y los momentos cuquis (como los llamamos mi editora y yo) que tenían sin que ellos se diesen cuenta siquiera. Pero también ha sido duro ver las complicaciones por las que han tenido que pasar, la manera en que alguien indeseable consigue que otra persona se tambalee tanto hasta que llega a tal punto que ya no encuentra el equilibrio y, por ende, a sí misma.

Les tengo un cariño especial a estos personajes, en parte porque considero que me han ayudado a mejorar como escritora, pero también porque me han hecho revivir un poco ese amor típico de la infancia, ese puro y auténtico, sin maldad ni rollos raros de por medio. Así que espero que a ti te hayan hecho sentir tanto como a mí y que, si has pasado por una situación similar a la de Carola, sepas que siempre va a haber gente a tu lado que te quiere y te apoya pase lo que pase.

Gracias a mi familia por estar siempre al pie del cañón y por apoyarme en este viaje increíble que es el de escribir y publicar una novela. A mi madre, por ser mi mejor amiga y no dejar nunca que me venga abajo, y a mi padre, por no dudar de mí y estar a mi lado siempre. Os quiero mucho.

A mis mejores amigas, mis marginadas (Olga, Marina, Rosa y Amparo), ese pilar fundamental en el que me apoyo muchas más veces de las que debería. Saben sacarme una sonrisa cuando no tengo mi mejor día y tienen una fe incondicional en todo lo que hago incluso cuando ni yo misma la tengo. Gracias por creer siempre en mí, os quiero.

A Alejandro, por simplemente estar ahí. Gracias por no dejar que me rinda nunca.

A Iryna y Alba, por ser dos de las mejores cosas que me ha dado el mundo de los libros. Hemos sido ese cliché tan básico de «amor a primera vista», pero me encanta que me hayáis hecho volver a creer en él.

A mis amigas del Erasmus, en especial a Marta y Sara, por seguir estando incluso cuando me meto en mi cueva y desaparezco durante meses.

A Javi, Pepe, Alba, Victoria y Triana, os quiero mucho.

A mis amigos del mundo de los libros: Meri, Carla, Laura y Sergio. En especial a Adriana Criado, porque nunca podré agradecerte lo suficiente todos los consejos y los ánimos que me das, y a Lidia, por estar siempre a mi lado y apoyarme.

A María, mi editora, por creer en esta historia y ayudarme a sacar lo mejor de ella. Adoro hablar contigo, mandarnos los stickers más turbios y graciosos que tenemos en nuestro repertorio y *fangirlear* sobre los personajes. Haces un trabajo increíble y nunca me voy a cansar de repetírtelo.

A Myriam, por ser tú. En ti no solo he encontrado a una compi de trabajo, sino a una amiga. Gracias por hacer que todo sea más ameno, aguantarme en mis tardes reflexivas cuando me da por dudar sobre una escena y por sacarme las mayores carcajadas del mundo.

A todas esas autoras que me han apoyado de una forma u otra y me han acogido con los brazos abiertos, en especial a Raquel Arbeteta, Paula Ramos y María Monrabal.

Y por último, pero no menos importante, a ti, lector.

Gracias por darle una oportunidad a esta historia y por apoyarme en esta etapa de mi vida. Los libros tienen el poder de ser hogar, incluso cuando estás a cientos de kilómetros de casa, y espero que este, en parte, lo haya sido para ti.